L'ultimatum

BETINA

KRAHN

LA FAMILLE BUMGARTEN – 1

L'ultimatum

Traduit de l'anglais (États-Unis)
par Élisabeth Luc

J'AI LU

Si vous souhaitez être informée en avant-première
de nos parutions et tout savoir sur vos auteures préférées,
retrouvez-nous ici :

www.jailu.com

Abonnez-vous à notre newsletter
et rejoignez-nous sur Facebook !

Titre original
A GOOD DAY TO MARRY A DUKE

Éditeur original
Zebra Books, published by
Kensington Publishing Corp.

Pour Michael, Sarah et Lauren.

Puissiez-vous trouver un amour
qui vous aidera à devenir
les personnes que vous voulez être.

Prologue

État de New York, 1888

Le moment qu'elle attendait depuis si longtemps était arrivé, son heure de gloire avait sonné !

Elle montait le cheval idéal – une bête robuste et endurante d'un noir de jais – et arborait la tenue d'équitation parfaite – veste rouge, jupe noire et petit chapeau joliment incliné sur le côté de la tête.

Les participants à la chasse à courre de Bellington étaient rassemblés dans la cour pavée. Déjà, le maître d'équipage battait le rappel de ses troupes, saluant avec chaleur les messieurs et complimentant les rares dames qui ne tarderaient pas à sillonner la campagne à la poursuite d'un renard traqué par une meute de chiens fébriles. En ce matin frais et ensoleillé, les chênes étaient encore nimbés de brume. Les chevaux piaffaient d'impatience tandis que les cavaliers pariaient sur qui assisterait à l'hallali tout en évaluant du regard la ravissante créature qui tenait les rênes d'un superbe étalon noir.

Elle leur rendait leurs regards, le menton haut. Lorsque le maître d'équipage lui présentait des messieurs, elle leur serrait la main d'une poigne de fer. Elle jeta un coup d'œil aux autres dames présentes : des créatures délicates montant en amazone qu'il fallait hisser en selle et harnacher comme des enfants. Elle-même se dispensait de montoir. Dès que le son du cor de chasse retentirait, elle leur prouverait à tous que Daisy Bumgarten était une cavalière hors pair qui n'avait nul besoin d'être ménagée. *Je vais leur montrer, à ces blancs-becs de citadins !*

— Daisy ! souffla sa mère d'un ton réprobateur.

La jeune fille émergea de ses pensées et vérifia aussitôt que sa jupe ne révélait pas ce qu'elle portait dessous. Sa mère déposa un baiser sur sa joue et redressa son chapeau pour lui donner un air plus sage, telle une mère attentive venue dire au revoir à son enfant. Daisy n'était pas dupe. Elle était juste venue lui rappeler l'importance de l'occasion qui s'offrait à elle.

— Cesse de regarder les gens fixement, gronda Elizabeth Bumgarten en crispant les doigts sur son bras. Retiens ton monstre de cheval et fais-toi discrète. Reste au milieu et efforce-toi de tenir compagnie à ces dames. Évite les haies. Une jeune fille convenable ne franchit pas les obstacles.

— En selle ! ordonna le maître d'équipage. Départ imminent !

Tous les cavaliers se mirent soudain en marche.

— Prends soin d'utiliser le...

Daisy n'entendit pas la fin de la phrase, mais sa mère lui recommandait à coup sûr d'utiliser le montoir. La jeune fille suivit la foule, puis regarda derrière elle, histoire de s'assurer qu'elle était hors de la vue d'Elizabeth. Elle empoigna alors le pommeau, glissa un pied dans l'étrier et jeta la jambe par-dessus la selle. *Voyons un peu si les autres filles sont aussi à l'aise que moi !* Elle releva le bas de sa jupe. Au son du cor, les chiens s'élancèrent, puis un cri donna le signal du départ aux cavaliers, qui quittèrent la cour en direction du champ voisin. Sa mère n'avait même pas remarqué qu'elle utilisait sa selle western, telle fut la dernière pensée de Daisy avant de se laisser emporter par l'excitation générale.

Deux heures plus tard, des chevaux en nage et leurs cavaliers pénétrèrent dans la cour. Les chiens aboyaient triomphalement en bondissant autour des chasseurs tandis qu'ils mettaient pied à terre. Enhardis par le bourbon, les hommes rivalisaient de fanfaronnades en quête d'une reconnaissance de leurs prouesses. Les flacons en argent gravés d'un monogramme passaient de main en main. Daisy saisit celui qu'on lui tendait avec un sourire, avant de boire une longue rasade d'alcool ambré de premier choix.

Des rires masculins fusèrent autour d'elle lorsqu'elle s'essuya la bouche d'un revers de manche avant de rendre le flacon à son propriétaire. Elle avait réussi ! Non seulement elle avait pris la tête du groupe, mais elle avait franchi cinq haies avec style. En bons camarades, les hommes portaient un toast à son exploit. Trop occupée à savourer leurs regards admiratifs, elle n'entendit pas les pas précipités de sa mère. Ce n'est que lorsque celle-ci la prit par le bras pour la faire pivoter qu'elle sut qu'elle avait des ennuis.

— Daisy, mon petit, tu dois être fatiguée. Viens te reposer un peu avant de te changer pour le thé, suggéra Elizabeth Bumgarten, les lèvres pincées.

Son regard étant aussi implacable que sa poigne, Daisy se laissa entraîner en priant pour que sa mère ne l'ait pas vue boire de l'alcool. Elle en sentait encore la chaleur dans tout son corps – un remontant qui allait lui être utile, devinait-elle.

Sa mère l'entraîna sans ménagement vers le manoir, puis dans l'escalier majestueux en acajou sculpté jusqu'à l'une des chambres mises à la disposition des dames en visite.

La chambre « bleu porcelaine » était envahie de robes, de valises, de cartons à chapeau et de diverses petites malles. Le sol et les tables étaient recouverts de papier de soie, de souliers, de boîtes de talc parfumé, de rubans et de brosses à cheveux. Dieu merci, les dames et leurs caméristes étaient absentes si bien que personne n'entendrait le sermon que Daisy était sur le point d'endurer.

— Comment oses-tu te montrer à ces gens dans cette... cette...

Sa mère fixa d'un regard noir sa surjupe, qui était relevée et coincée dans sa ceinture, révélant ses pantalons en laine.

— Pour l'amour du ciel, qu'est-ce qui t'a pris de te munir de cette... chose ?

— Je ne sais pas monter en amazone, maman. La dernière fois que j'ai essayé, j'ai failli me briser le cou. Essaye donc de franchir un obstacle sur une de ces selles de malheur.

Elle s'en voulut aussitôt d'avoir mentionné les obstacles, mais releva fièrement la tête.

— Tu préfères peut-être que je porte une maudite jupe et que je montre mes jambes ?

— Comment oses-tu employer un tel langage ?

Sa mère l'accula contre le mur et se pencha pour humer son haleine.

— Tu as bu !

— Rien qu'une goutte, admit Daisy, consciente de reprendre l'expression de son cher oncle Red, ce qui n'avait certainement pas échappé à sa mère.

Elizabeth blêmit, momentanément privée de l'usage de la parole, mais elle se ressaisit bien vite.

— Tu sais pertinemment que notre présence ici n'est que tolérée. Si Mme Barclay n'était pas intervenue pour nous obtenir une invitation… C'est notre unique chance de prouver que nous ne sommes pas qu'une bande de rustres…

Un brouhaha de voix féminines leur parvint soudain, puis la porte en acajou s'ouvrit sur le rire haut perché de Mme Townsend-Burden.

— Avez-vous vu le visage de cette femme ? s'écria-t-elle. Elle était mortifiée.

— À juste titre, répondit une voix inconnue aux intonations bostoniennes. Et ces culottes bouffantes ! Seigneur, même Amelia Bloomer a renoncé à défendre cette tenue alors qu'elle a mené un combat pour la réforme vestimentaire.

— Ce n'est pas une…, commença Daisy, aussitôt bâillonnée par sa mère.

Les deux femmes étaient dissimulées derrière un rideau de robes suspendues, mais elles ne passeraient pas inaperçues très longtemps. La porte menant au cabinet de toilette attenant à la chambre était ouverte, Elizabeth poussa sa fille dans la petite pièce carrelée de blanc. Portant un index à ses lèvres, elle lui intima le silence.

— Quant à monter à califourchon ! Avec les hommes, en plus ! poursuivit Mme Townsend-Burden. Quelle audace !

— C'est grossier, fit une troisième voix. Où est ma camériste ? Mes pieds me font un mal de chien !

Elle baissa d'un ton pour maugréer :

— En tout cas, ces messieurs se sont bien rincé l'œil.

Elle éclata d'un rire dur.

— Vous l'avez vue, ce matin, avant le départ ? Elle n'attendait même pas d'être présentée. Elle souriait,

riait, serrait des mains... comme un homme. Croyez-moi, cette fille n'a rien d'une innocente.

— C'est une gourgandine, voilà tout. Elle est trop effrontée pour qu'il en soit autrement.

Le cœur de Daisy se serra lorsqu'elle vit la flamme dans le regard de sa mère vaciller puis s'éteindre. Elle eut envie de se détourner pour ne pas voir la douleur d'Elizabeth. Celle-ci avait amené sa famille à New York dans un but précis. Depuis trois ans, elle s'efforçait de se faire accepter dans la bonne société dans l'espoir que ses filles y trouvent leur place.

La plupart du temps, Daisy ignorait les aspirations de sa mère ou feignait de s'en amuser, se moquant des leçons de maintien, des essayages chez les couturières, des cours de culture générale qui en résultaient. En vérité, elle trouvait insupportable l'idée que, parce que leur fortune était récente, ses sœurs et elle étaient considérées comme inférieures et devaient travailler dur pour être dignes d'intérêt. Pire encore, la surveillance perpétuelle de sa mère, qui ne lui faisait pas confiance s'agissant des hommes, l'irritait. Pour toutes ces raisons, elle avait cherché à se soustraire à ses tentatives répétées pour la faire changer.

Jusqu'à maintenant. Jusqu'à ce qu'elle entende les craintes et les critiques sévères de sa mère énoncées par d'autres personnes qui ridiculisaient les efforts de celle-ci et considéraient sa fille comme une gourgandine – un jugement féroce.

— L'argent n'achète pas tout, poursuivit la troisième femme, dont l'accent élégant dégoulinait de dédain. L'éducation, les bonnes manières... Cette petite sauvageonne et sa mère ne mettront jamais les pieds dans ma salle de bal, je vous le garantis. M. McAllister et moi sommes d'accord sur ce point.

La mention de ce nom et d'un bal identifia la troisième invitée. M. McAllister. *Ward McAllister.*

Même Daisy connaissait ce nom. Cela signifiait que leur troisième détractrice n'était autre que Mme John Jacob Astor en personne. La reine de la bonne société new-yorkaise. Créatrice et dirigeante des Four Hundred[1]. Finalement, Mme Astor daignait assister à cette « réception si ennuyeuse et à la campagne ».

Daisy vit sa mère rougir d'humiliation. Les attaques verbales des trois femmes se poursuivirent jusqu'à l'arrivée de leurs femmes de chambre.

Lorsqu'elles quittèrent enfin la pièce, Daisy et sa mère étaient recroquevillées dans un coin du cabinet de toilette. Daisy fut la première à risquer un regard prudent dans la chambre, qui avait à présent des airs d'atelier de couture. Elle se tourna vers Elizabeth, qui semblait abattue.

— J'ai l'impression que ton vœu se réalise, déclara celle-ci d'un ton amer. C'en est fini des leçons de maintien, des tenues coûteuses et de mes ambitions te concernant.

— Tout n'est pas perdu, assura Daisy, anxieuse. Je me tiendrai bien, je te le promets. Je ne poserai plus les yeux sur un homme et je ferai de mon mieux en toute occasion. Tu verras…

— J'ai vu, et les autres aussi, déclara Elizabeth d'une voix étranglée de colère. Nous sommes les parias de la bonne société. Ma fille, tu as anéanti non seulement mes espoirs, mais aussi ceux de tes sœurs. Leur réputation est définitivement flétrie par ton comportement égoïste et ton entêtement.

Se plantant devant sa fille, elle lui assena le coup de grâce.

— J'espère que tu es fière de toi.

---

1. Quatre cents couples ou personnages les plus en vue de la bonne société new-yorkaise de l'époque. *(N.d.T.)*

1

Londres, deux ans plus tard

— Tu n'es pas obligée de faire ça, mon petit, déclara oncle Red comme ils s'immobilisaient sur les marches du perron de la somptueuse résidence londonienne du comte de Mountjoy.

— Si, il le faut, souffla Daisy, qui étouffait dans son corset.

Ces deux dernières années, elle avait travaillé d'arrache-pied pour en arriver là. Quelques vertiges et une impression de suffoquer étaient un petit prix à payer pour grimper dans l'échelle sociale. Elle avait des obligations, après tout : des sœurs à marier et une mère désireuse de retrouver sa dignité.

Elle allait réparer ses erreurs en épousant un aristocrate de haut rang. Et lorsqu'elle rentrerait chez elle au bras de son riche mari, Mme Astor s'étranglerait en découvrant que cette gourgandine de Bumgarten avait tiré le gros lot. Encore fallait-il qu'elle survive à la soirée avec ce maudit corset.

— Tu veux un petit remontant pour te donner du courage ? proposa oncle Red en tapotant sa poche intérieure.

Sa sollicitude était touchante, compte tenu de son propre calvaire. Non seulement il était sobre, mais il était engoncé dans une jaquette et un col amidonné qui lui serrait le cou. Le visage rougeaud de Redmond Strait exprimait une compassion aussi énorme que la mine d'argent qu'il avait découverte dans le Nevada.

— Tout va bien, mon oncle, je t'assure, mentit-elle. Cela ne pourrait aller mieux. Je brûle de m'élancer sur la piste de danse.

Red soupira face à son expression déterminée et la prit au mot. Dès qu'il eut remis leur invitation au valet en livrée, il partit en quête d'un rafraîchissement.

Daisy s'attarda au pied du grand escalier menant à la salle de bal, n'osant gravir les marches dans sa robe qui pesait une tonne. Elle ressemblait à un bouquet dans la vitrine d'un fleuriste avec son décolleté ourlé de fleurs en soie et brodé de feuilles de vigne, sans parler de ces papillons ridicules qui parsemaient sa toilette à la demande expresse de la comtesse. Elle saisit l'un d'eux à sa taille et tira si fort que les fils qui le maintenaient en place cédèrent.

Au moment où elle soulevait le bas de sa robe, une main se referma sur son coude.

— Suivez-moi, mademoiselle Bumgarten, ordonna lady Evelyn Hargrave, comtesse de Kew.

Censée parrainer Daisy et la guider dans ses recherches matrimoniales, elle avait les yeux étrécis et les lèvres pincées. Se fiant à la force avec laquelle elle l'entraînait dans son sillage, Daisy devina qu'elle était en mauvaise posture.

Elles empruntèrent un long couloir et pénétrèrent dans une pièce sombre tapissée de livres qui sentait le cigare et le cuir.

— Pour l'amour du ciel, où sont vos gants ?

Daisy soupira et sortit des replis de sa robe ses gants de chevreau. La comtesse s'en empara et elle se prépara à la réprimande qui allait suivre. Les Anglais étaient obsédés par les gants, qu'ils portaient à toute heure du jour et de la nuit, et parfois même à table.

— Je crois avoir été très claire sur ce point. Une dame n'apparaît pas en public sans ses gants.

— Ils me font des bras boudinés comme des saucisses ! protesta Daisy alors que la comtesse lui tendait un gant.

— Ce ne serait pas le cas si vous...

La comtesse s'interrompit, mais Daisy acheva mentalement la suite : « si vous aviez des bras un peu plus féminins. » Elle n'y pouvait rien si son corps avait, selon l'expression de Charles Worth, à Paris, « un remarquable aspect physique ». N'avait-elle pas passé le plus clair de son temps à dresser des chevaux, porter des selles, soulever des bottes de foin ? Ses trois années à New York, avant son départ pour Paris et Londres, n'avaient pas suffi à adoucir les contours.

La comtesse, qui se battait avec les petits boutons de ses gants, leva soudain la tête.

— Où est passé le papillon à votre ceinture ?

— Je le trouvais ridicule, alors j'ai...

Daisy ouvrit la main, révélant une boule de soie bleue. La comtesse faillit s'étrangler. « Si seulement », songea Daisy.

— Nous avons déboursé une petite fortune pour faire réaliser ces papillons évoquant des spécimens exotiques très rares.

Lady Hargrave s'empara de la pièce de soie et s'efforça de lui rendre sa forme d'origine.

— Vous étiez censée en avoir deux dans les cheveux et deux autres sur l'épaule. Où sont-ils ?

Si seulement cette femme pouvait lâcher quelques jurons au lieu d'afficher cet air pincé et réprobateur qui lui rappelait tant sa mère ! Daisy ouvrit son réticule pour révéler les quatre papillons froissés qu'elle avait ôtés dans la voiture.

Consternée, la comtesse ferma brièvement les yeux.

— Mademoiselle Bumgarten, vous m'avez engagée pour vous aider dans vos recherches. Je ne peux rien faire pour vous si vous refusez de suivre mes conseils. Je vous attendrai près de l'escalier pour vous accompagner, si vous vous décidez à coopérer.

Dès que la porte de la bibliothèque se fut refermée, Daisy fusilla du regard ses gants et les papillons de soie.

— Je suis une adulte.

Elle jeta son réticule sur une chaise et entreprit de boutonner ce maudit gant.

— Je ne devrais pas être obligée de me déguiser en fichu pot de fleurs !

— Je suis d'accord, fit une voix masculine.

Daisy porta la main à son cœur et fit volte-face. Une tête apparut au-dessus du dossier d'un canapé.

— Que faites-vous là ?

— Je fuis les foudres de la mère d'une certaine jeune fille. Du moins jusqu'à ce que votre gouvernante et vous fassiez irruption.

— La comtesse n'est pas ma gouvernante, s'indigna Daisy. Espionner les conversations n'est pas... Vous auriez pu signaler votre présence.

— Au risque d'être privé d'une conversation passionnante ?

Elle aperçut enfin le visage de l'homme, qui affichait une expression faussement contrariée.

— Aïe ! Je comprends mieux la comparaison avec un pot de fleurs.

Il se leva, dépliant sa silhouette élancée. Il avait les cheveux assez longs, un visage saisissant et une tenue de soirée qui soulignait un corps finement musclé. Dans la pénombre, cette vision était inquiétante… troublante, plutôt – du genre qui fait naître une onde de chaleur particulière au creux du ventre.

Elle s'empourpra et baissa les yeux sur son gant qu'elle entreprit de boutonner avec application. L'homme contourna le canapé et la rejoignit, de sorte qu'elle dut relever la tête. Lorsqu'il s'arrêta à moins d'un mètre d'elle, elle ne put s'empêcher de reculer.

Il était grand, ténébreux et, elle devait l'avouer, très séduisant. Des pommettes saillantes, un nez droit très anglais et des lèvres dont la courbe était on ne peut plus sensuelle.

— Vous avez raison. Ces papillons sont ridicules.

Grand, ténébreux et intelligent. Autrement dit, une source d'ennuis. Un homme ayant l'audace d'écouter un échange qui ne lui était pas destiné et de formuler un commentaire sur l'apparence d'une dame ne s'embarrassait guère de scrupules. De toute évidence, il considérait que les convenances et les règles s'appliquaient aux autres.

Lorsqu'il lui prit la main pour finir de boutonner son gant, Daisy ressentit des picotements dans ces parties de son corps dont une femme honorable était censée ignorer l'existence. Elle voulut se libérer, mais il la retint.

— Il est pratiquement impossible de boutonner ces gants d'une seule main, dit-il en s'affairant avec habileté.

Elle lui jeta un coup d'œil et nota qu'aucune pommade grasse ne faisait briller ses cheveux sombres.

Elle s'ébroua mentalement. Elle ne devait pas céder aux sirènes de ses pulsions rebelles. Elle était venue en Angleterre pour épouser un duc et elle le ferait quoi qu'il en coûte.

Dans ces conditions, pourquoi tolérait-elle le comportement aussi déplacé que présomptueux de ce goujat ? Les Britanniques étaient décidément un peuple étrange.

— Je vais terminer toute seule, assura-t-elle en lui arrachant littéralement la main.

Elle refusa de le regarder. L'homme fit un pas en arrière et l'observa tandis qu'elle tâtonnait avec les boutons.

— Vous êtes américaine.

Daisy perçut un sourire dans sa voix. Sans doute affichait-il cet air supérieur cher aux aristocrates anglais.

— Mais vous n'êtes pas de Boston.

— Dieu merci, rétorqua-t-elle entre les dents. Je viens du Nevada. C'est dans l'Ouest.

— Je sais où se trouve le Nevada. Non loin de la Californie.

— Bravo ! railla Daisy.

Elle regretta aussitôt son sarcasme, mais il se contenta d'un rire rauque qui ne fit qu'accroître son trouble.

— À ce rythme, vous serez là jusqu'à la dernière danse.

Elle le laissa lui reprendre la main et commit l'erreur de lever les yeux. Il avait de longs cils dont elle sentait presque la caresse sur sa peau.

— Vous portez une robe signée Charles Worth, si je ne m'abuse.

— En effet.

— Elle se démarque de ses autres créations, s'étonna-t-il.

— Elle a été créée pour ce bal.

— Je l'imagine aisément. Le duc est connu pour son amour de la nature.

Daisy rougit. Il savait fort bien pourquoi elle portait une robe aussi extravagante et semblait bien trop amusé par la situation à son goût.

— Moi aussi, répliqua-t-elle. J'adore les fleurs. Et les papillons.

— Ah oui. Les papillons. Ils étaient dans vos cheveux, non ?

À peine le dernier bouton de son gant dans sa boutonnière, elle recula et chercha un miroir du regard. Elle ne trouva qu'un tableau sous verre et s'en approcha. Tant bien que mal, elle parvint à glisser deux papillons de soie dans ses cheveux, puis s'efforça d'en fixer un troisième parmi les fleurs et les perles ornant son épaule. Elle avait dû grommeler car son critique de mode s'esclaffa. Lorsqu'elle tourna la tête, il se tenait près d'elle et lui tendait une épingle en or.

— Essayez avec ceci.

Son sourire lui donna la chair de poule.

— Je ne pourrais pas, balbutia-t-elle en observant un malheureux papillon pendre lamentablement.

— Eh bien, je vais m'en charger.

Il prit deux papillons et les transperça de son épingle avant de glisser les doigts sous la manche de sa robe et de fixer le tout sur une fleur. Ses doigts s'attardèrent sous le tissu. Il promena lentement le dos de ses phalanges le long de son décolleté. Daisy se figea, incapable de protester lorsqu'il atteignit le haut de son sein gauche et caressa franchement la chair exposée si sensible.

Elle redressa le menton, s'apprêtant à lui faire savoir que son comportement était plus que déplacé, mais il se pencha vers elle, si près qu'elle distingua ses prunelles de bronze. C'était là le regard d'un homme qui comprenait les désirs les plus profonds d'une femme et lui promettait des plaisirs partagés. Un regard où, malheureusement, se lisaient aussi de l'humour, de l'intelligence et une curiosité empreinte de sensualité. Elle fut parcourue d'un frisson.

Elle devrait le repousser, lui montrer qu'une fille du Nevada savait se défendre contre les goujats. Hélas, elle avait un faible pour les grands bruns ténébreux animés de mauvaises intentions, et celui-ci dépassait les normes en tout point. Son corps se tendait déjà de désir et ses lèvres réclamaient le genre de contact auquel elle s'était promis de renoncer tant qu'elle n'aurait pas prononcé ses vœux de mariage.

— Voilà, dit-il avec un sourire ironique en laissant retomber sa main. Si l'on oublie le fait que ces deux papillons ont l'air de s'accoupler, les apparences seront sauves.

— De s'accoupler ? répéta-t-elle, les yeux écarquillés. Espèce de… de…

Retenant un juron, elle prit une profonde inspiration.

— Quel est le nom de cette mère de famille que vous fuyez avec tant de zèle ?

Son sourire s'effaça et il la dévisagea.

— Un gentleman n'évoque pas les femmes de sa vie.

— Vraiment ? fit Daisy en se dirigeant vers la porte. Ma foi, je la reconnaîtrai sans peine car elle sera armée d'un fusil et accompagnée d'une fille au physique ingrat.

2

Ashton Graham, deuxième fils du cinquième duc de Meridian, regarda la jeune Américaine à la langue bien pendue quitter la bibliothèque du comte et sourit. Des robes de chez Worth et la comtesse de Kew pour la parrainer ; elle ne lésinait pas sur les moyens pour attirer l'attention de son frère. Pauvre petite, si elle pensait impressionner Arthur avec ses courbes et son décolleté audacieux – si magnifique soit ledit décolleté… Ashton sentait encore le contact de sa peau satinée sous ses doigts. À sa connaissance, son frère aîné Arthur, sixième duc de Meridian, n'avait jamais montré le moindre intérêt pour une femme de sa propre espèce.

Pour autant, cette Américaine aux grands yeux hardis et à la peau douce pourrait bien être la première à capter son attention. Elle avait de l'esprit, de l'expérience, sans parler de sa beauté. La présence de ces papillons de soie n'était pas fortuite car le duc se passionnait pour ces créatures et tout ce qui se déplaçait sur six pattes. Arthur était un incorrigible collectionneur et un naturaliste-né.

Ashton vérifia son apparence dans le sous-verre que la jeune fille avait utilisé en guise de miroir. En redressant sa cravate, il aperçut un morceau de tissu bleu coincé entre le mur et la console, un papillon de soie en piteux état.

Il était de la même couleur que les yeux dans lesquels il avait décelé un trouble au contact audacieux de ses doigts. Avec un frisson d'impatience, il glissa le papillon dans sa veste en se promettant de revoir cette voluptueuse petite Américaine.

Dans l'escalier menant à la salle de bal, Ashton repéra son oncle, lord Bertram Graham. Ce dernier venait droit sur lui. Il scruta les alentours en quête d'une échappatoire. En vain. Le vieil homme lui empoigna le bras et l'entraîna à l'étage en direction d'un petit salon privé.

Ashton réprima un grognement en y découvrant une demi-douzaine de membres plus âgés de la famille, présidés par la redoutable sœur aînée de son père, lady Sylvia Graham Upshaw. Des regards hostiles se posèrent sur lui. C'était de mauvais augure.

Il s'approcha d'abord de sa tante Sylvia, vêtue de noir de la tête aux pieds, avec voile et mantille, alors que son mari était mort depuis presque trente ans. Sa main gantée était glaciale, nota-t-il. La vieille dame avait le don de priver son entourage de toute énergie.

— Ma chère tante, vous êtes l'image même de la santé.

— Et toi, tu es l'image même de la débauche.

Les autres opinèrent en chœur.

Ashton se prépara au pire. Laquelle de ses aventures lui valait ce passage devant le tribunal familial, cette fois ?

— Je suppose que je suis sur la sellette, dit-il en gratifiant ses vieilles tantes de son plus beau sourire.

Deux d'entre elles le lui retournèrent furtivement, mais tante Sylvia eut une moue de dégoût.

— Tu as de la chance, au contraire, déclara-t-elle. Une chance unique de te rendre utile à ta famille, pour une fois. Nous t'avons enfin trouvé une tâche qui mettra à profit ta propension naturelle dans notre intérêt à tous.

Ashton était perplexe. Sa propension naturelle ? À leurs yeux, il n'était bon qu'à mener la grande vie et à créer du scandale.

— Je ne suis pas sûr de comprendre, avoua-t-il.

Ils devaient être en grande difficulté pour solliciter son aide. La noblesse et la finance n'étaient pas son fort, et les vieux grigous qui géraient le patrimoine familial ne faisaient rien d'autre de leur vie.

— Il est survenu un problème que nous ne pouvons tolérer. Comme à son habitude, ton frère ne voit rien d'autre que ses maudits insectes. Il est de notre devoir de le protéger, ainsi que l'héritage familial, des griffes de cette Américaine gourde et cupide.

— Une Américaine en quête d'un aristocrate, précisa l'oncle Bertram d'un air grave.

Ashton n'ignorait pas que, depuis une dizaine d'années, les riches héritières américaines affluaient en Angleterre et étaient accueillies à bras ouverts par les nobles désargentés. Le prince de Galles, Albert, encourageait ces alliances opportunistes du sang bleu et de l'argent vite gagné. « Bertie », comme on le surnommait, aimait beaucoup les jolies Américaines au caractère bien trempé. Et assez audacieuses pour fréquenter son cercle cosmopolite. Ashton comprenait les réticences de ses aînés qui n'avaient jamais apprécié le fils aîné de la reine.

— Il s'agit de cette Américaine que la comtesse de Kew promène dans tous les salons et salles de bal de la ville, continua l'oncle Bertram en prenant une pincée de tabac à chiquer. Il semble qu'elle ait des vues sur ton frère.

Ashton songea non sans émotion à la jeune fille aux cheveux de miel qu'il venait de croiser dans la bibliothèque.

— Arthur envisage de se marier ? dit-il, perplexe.

— Qui sait ce que ce garçon a en tête, rétorqua Sylvia, masquant à grand-peine son dédain. À part les phalènes.

— Les papillons, corrigea Bertram.

— Peu importe. Il a remarqué cette fille et a permis à la comtesse de la lui présenter. Nous ne pouvons permettre qu'il fasse quoi que ce soit de stupide. Nous avons donc un projet.

— Pour Arthur ?

Son frère était-il au courant de ce qui se tramait ?

— Il va épouser la comtesse de Dorchester.

Ashton ne put dissimuler sa stupeur.

— Son mari risque de ne pas être d'accord, railla-t-il.

— Il est sur son lit de mort, précisa Sylvia, le regard noir.

— Il peut nous quitter à tout moment, renchérit la cousine Albertine, visiblement ravie.

— Ou pas, intervint l'oncle Seward qui se sentait obligé de modérer l'enthousiasme d'Albertine. Il tient bon, le bougre. Cela fait des semaines qu'il refuse de partir pour l'au-delà.

Tante Sylvia le fusilla du regard, puis se tourna de nouveau vers Ashton.

— Par sollicitude, nous avons envoyé notre médecin de famille à son chevet. Non seulement il soulagera la détresse du comte, mais il lui fera discrètement part de notre souhait d'alliance avec la comtesse.

— On ne peut laisser ce chien de Norwich essayer de s'imposer, déclara Bertram. Il convoite ce domaine depuis des années. D'excellentes terres à faisans...

— Quoi qu'il en soit, nous devons gérer le problème de cette Américaine arriviste, le coupa Sylvia.

— Nous devons éviter à tout prix qu'Arthur songe aux femmes et au mariage avant que le vieux Dorchester passe l'arme à gauche, précisa Bertram.

— Et c'est là que tu entres en jeu, mon neveu, renchérit lady Sylvia en le fixant du regard. Tu vas mettre à profit tes compétences et ton expérience pour empêcher cette créature de passer la corde au cou de ton frère.

Ashton songea au regard déterminé de la jeune Américaine et à ses lèvres pleines, et un frisson d'impatience le parcourut.

— Et si elle se révèle indifférente à mes manœuvres de diversion ?

— Elle est des plus avenantes, répondit lady Sylvia. Tu trouveras un moyen de te rendre plus intéressant que ce pauvre Arthur, j'en suis sûre.

Ashton n'en croyait pas ses oreilles. Depuis toujours, ses vieilles tantes lui reprochaient ses aventures galantes et ses romances scandaleuses, et voilà qu'elles lui ordonnaient d'adopter ce comportement avec une parvenue américaine ayant des vues sur le titre familial.

Il croisa tour à tour les regards déterminés de ses proches et réalisa, sidéré, qu'ils voulaient qu'il fasse plus que la distraire. Ils voulaient qu'il la séduise.

Une perspective qui n'était pas pour lui déplaire, car l'Américaine était à la fois jolie et rebelle, en plus d'être riche. Il songea soudain qu'il pouvait tirer un autre avantage de la situation. Après tout, il était venu à ce bal dans l'espoir de solliciter une augmentation de ses maigres revenus.

— Les manœuvres de diversion peuvent être très coûteuses...

Tante Sylvia se crispa. Elle se tourna vers les autres membres de la famille, qui semblaient plus choqués par cette requête que par ce qu'eux-mêmes demandaient à leur neveu.

— Nous devrions trouver une solution financière, je suppose, marmonna-t-elle.

3

Dans la salle de bal qui brillait de mille feux, Daisy se tortilla en voyant le duc se frayer un chemin dans sa direction parmi les invités. Les hommes ne parlaient que des dernières élections et les femmes ne cessaient de lui présenter leurs filles, ralentissant sa progression. Dissimulée par leurs robes, la main de la comtesse sur le poignet de Daisy lui rappelait qu'elle devait attendre que le duc s'adresse à elle.

Pour une Américaine, respecter ce protocole était particulièrement difficile, et plus encore pour Daisy qui n'avait pas l'habitude d'attendre qu'un homme, quel que soit son rang, la salue. Ce n'était pas comme si le duc ne lui avait pas été présenté officiellement. Ils avaient « pris le thé » ensemble trois jours d'affilée et elle avait déjà enduré deux discours sur une espèce de papillon dont elle n'avait pas retenu le nom latin.

Daisy aperçut d'abord les jambes du duc, puis sa taille et ses épaules discrètement soulignées par des épaulettes. Il n'était ni athlétique ni musclé, ce qui était sans doute une bonne chose. En revanche, il était plus grand que la moyenne et particulièrement soigné, de ses cheveux pommadés à la perfection jusqu'à ses chaussures impeccablement cirées. Quelle importance qu'il n'ait pas des mains à la fois fortes et élégantes ? Un picotement au niveau de son décolleté lui rappela... *Non !*

Elle se força à lever les yeux et se concentra sur le visage du duc. Il avait les cheveux châtains, les yeux gris, des lèvres sans relief qui se prêtaient à merveille aux sourires ducaux. Tout le contraire de l'inconnu de la bibliothèque, dont la bouche sensuelle promettait les baisers les plus enivrants. Elle ne put s'empêcher de s'imaginer dans les bras de cet homme, qui la dévorait de baisers...

La comtesse la rappela à l'ordre en exerçant une pression sur son poignet.

Daisy détourna les yeux et s'efforça de penser à autre chose, n'importe quoi. Rubans. Chevaux. Grenades. Chevaux ornés de rubans et mangeant des grenades. Ses pensées vagabondèrent. Elle se vit nue, parée de rubans de soie, tandis que l'inconnu lui faisait déguster une grenade juteuse...

— Mademoiselle Bumgarten.

Le duc l'avait rejointe, suivi de ses courtisans habituels, et lui tendait la main, les yeux rivés sur sa robe, l'air fasciné. C'était davantage par les papillons de soie que par elle qu'il semblait fasciné.

— Votre Grâce.

Elle esquissa une révérence en affichant son plus beau sourire et songea à l'effet qu'il produirait sur Mme Astor lorsqu'ils se rendraient à New York. La reine des soirées mondaines décréterait soudain qu'il était indispensable de les inscrire sur sa liste des personnes en vue.

— Sauf erreur de ma part, déclara le duc avec enthousiasme, vous avez un *Melanargia galathea* et un *Parnassius apollo* dans les cheveux.

— C'est ainsi qu'ils se nomment ? s'enquit Daisy qui se força à paraître charmée. Ces petites choses se sont posées sur moi lorsque je suis sortie de la voiture. Je n'ai pas eu le cœur de les chasser.

Le duc sourit en observant les deux papillons épinglés l'un à l'autre sur l'épaule de Daisy.

— Quelle bonne idée d'accoupler un grand mars changeant avec un citron de Provence ! s'exclama-t-il. Un mélange assez incongru, toutefois. Dans la nature, ces deux-là ne fréquenteraient pas le même buisson et tenteraient encore moins de procréer.

— Votre Grâce, intervint la comtesse, un peu anxieuse, la musique est divine et Mlle Bumgarten n'a pas encore dansé.

— Vraiment ? fit le duc, consterné. C'est intolérable que... que..., bégaya-t-il en rougissant. Pardonnez-moi, la vue de vos papillons était tellement... Je ne suis pas très doué, mais si vous tenez à danser, mademoiselle Bumgarten...

Elle lui prit la main qu'il lui offrait. Deux danses interminables plus tard, elle regagnait sa place, les pieds meurtris et un sourire figé sur les lèvres. Le duc n'avait pas sous-estimé ses talents de danseur. Il n'avait aucun sens du rythme et passait son temps à écraser les pieds de sa partenaire, non sans s'excuser sans cesse et louer sa grâce naturelle.

— Les dames me mettent mal à l'aise, avait-il confié à Daisy. Il y a tant de règles à respecter en leur présence. Des choses à ne pas dire, des contacts à éviter, des regards à fuir... Mais avec vous, mademoiselle Bumgarten, je n'ai guère d'efforts à faire. Vous savez écouter, vous dansez merveilleusement et vous avez le rire facile. Avec vous, tout est facile !

« Facile ? » songea-t-elle, gênée. D'autres hommes avaient utilisé ce terme à son sujet et ce n'était pas un compliment. Au moins avait-elle réussi à capter l'attention du duc. Alors qu'elle reprenait espoir de réussir dans son entreprise, une catastrophe se produisit sous la forme d'un grand brun ténébreux au regard brûlant.

Sans vergogne, l'inconnu de la bibliothèque venait de se planter devant le duc et elle. Elle retint son souffle en découvrant le papillon bleu sur le revers de sa veste de soirée.

— Arthur, petit cachottier, tu accapares la créature la plus enchanteresse de la piste de danse. Tu pourrais au moins faire les présentations.

— Vraiment, monsieur..., bredouilla-t-elle, les yeux fixés sur le papillon.

— Je manque à tous mes devoirs, admit Arthur avec un sourire coupable. Ashton, je te présente Mlle Daisy Bumgarten, du Nevada, dans l'Ouest, comme disent les Américains. Mademoiselle, puis-je vous présenter mon frère, lord Ashton Graham ?

Son frère ? Le cœur de Daisy manqua un battement. Comment aurait-elle pu le deviner ? Elle le foudroya du regard tout en lui adressant un petit sourire farouche. Elle décelait un air de famille. Et la comtesse, se rappela-t-elle, lui avait dit que le duc avait un frère un peu rebelle... le mouton noir de la famille.

Elle était en fâcheuse posture. Au bout de deux minutes à peine, ce gredin avait caressé son sein comme il aurait palpé un fruit avant de le cueillir. L'attitude la plus raisonnable serait de prendre ses jambes à son cou.

— Seigneur, Ashton, reprit Arthur, la tirant de ses pensées, tu as un azuré commun sur ta veste ! Non, c'est un azuré bleu céleste !

Son enthousiasme fit rapidement place à une certaine perplexité.

— Pourquoi diable arbores-tu un *Polyommatus bellargus* au revers ?

Il jeta un coup d'œil aux papillons de Daisy, puis revint à Ashton, l'air de chercher à expliquer une telle coïncidence. À en juger par leur expression, les témoins de la scène en tiraient de toute évidence des conclusions, conclusions qui risquaient d'anéantir ses espoirs de mariage ducal.

— Le papillon est très en vogue, assura-t-elle d'un ton léger.

Ashton esquissa un sourire.

— Effectivement, confirma-t-il. Tout le monde porte un papillon à la boutonnière, cette saison.

— Ah bon ? dit le duc qui balaya son entourage du regard en quête de signes d'invasion. Ne me dis pas que je suis en passe d'être à la mode.

— Je n'irais pas jusque-là, tempéra Ashton avec un sourire sardonique.

Daisy eut envie de lui flanquer un coup de pied. Alors que les premières notes d'une valse se faisaient entendre, il lui tendit la main.

— Mademoiselle Bumgarten me ferait-elle l'honneur d'une danse ?

Daisy retint un gémissement. La clé du succès, lui avait seriné la comtesse, consistait autant à savoir dire non que oui. Elle fit mine de consulter son carnet de bal, qui était pratiquement vide, car elle tenait à se consacrer au duc. Sans lui laisser le temps d'inventer quelque mensonge, le frère du duc s'empara de sa main, la glissa au creux de son coude et se dirigea vers la piste de danse.

Tandis qu'ils se joignaient aux couples, elle se refusa à le regarder – et se réjouit de porter ces maudits gants.

— Vous ne manquez pas de culot d'arborer *mon* papillon, marmonna-t-elle, troublée par la chaleur qui émanait de son corps.

— Ç'aurait été dommage de ne pas l'utiliser, répondit-il en la faisant tournoyer sur la piste avec habileté. Il semble avoir coûté cher. Remerciez-moi plutôt en cessant d'afficher cet air renfrogné. Les gens nous observent.

— Vous remercier de quoi ? riposta-t-elle en regardant autour d'elle.

Et en effet, les autres invités leur coulaient des regards empreints de curiosité. Elle s'efforça de se détendre.

— De vous avoir évité la honte. Tout le monde vous regardait, Arthur et vous. Les gens épiaient vos progrès, le temps passé avec lui. Une danse de plus et vous étiez cataloguée parmi les Américaines chasseuses de titres. Les portes de tous les salons londoniens vous auraient été fermées.

— Vous êtes en train de dire que vous avez sauvé ma réputation ?

— Je suis généreux de nature, rétorqua-t-il avec un sourire ravageur qui avait sans doute brisé le cœur de bien des jeunes filles.

— En revanche la galanterie vous fait défaut, monsieur.

— *Milord*, rectifia-t-il, et non monsieur.

— Quoi ? s'insurgea-t-elle, furieuse d'être ainsi corrigée.

Elle se retint de le planter là, au beau milieu de la piste. Sentant les regards avides de l'assistance, elle préféra l'insulter mentalement.

— Vous avez des progrès à faire en matière de protocole si vous visez un titre, reprit Ashton. Dans le doute, optez pour « milord », qui s'applique à tous les rangs sauf aux ducs. Vous devez appeler mon frère « Votre Grâce ». S'il n'a que faire de ces questions, nos oncles et tantes sont, eux, très attachés à l'étiquette.

— Dans ce cas, ils ne doivent pas être ravis de votre attitude, lâcha-t-elle, irritée. Si je ne m'abuse, vous avez davantage l'habitude de vous jouer des règles que de vous y soumettre.

Ashton s'écarta légèrement.

— Méfiez-vous, mademoiselle Bumgarten, dit-il d'une voix grave. Ce genre de réflexion risque d'inciter les gens à se demander comment il se fait que vous connaissiez si bien les hommes.

— Il n'est pas nécessaire d'avoir été mordu pour reconnaître un serpent.

Ashton se mit à rire de bon cœur. Troublée, Daisy faillit trébucher.

— Vous êtes tellement américaine, commenta-t-il en rattrapant son faux pas avec une élégance agaçante.

— Que diable entendez-vous par là ?

— Que vous vous exprimez avec franchise sans vous soucier des conséquences. Le prince doit vous adorer.

— Quel prince ?

— Le prince de Galles, bien sûr. Vous connaissez d'autres princes ? Vous avez été présentée à Bertie, non ?

— Non. Il semble qu'il soit parti faire du bateau.

— Je suis sûr que vous vous entendrez comme larrons en foire. Il a un faible pour les jolies Américaines futées et très riches.

S'il n'était pas le premier à la qualifier de jolie, il était le premier à lui donner l'impression qu'il s'agissait d'une insulte voilée. Quel arrogant, qui se permettait de la juger et de lui donner des leçons de savoir-vivre alors que lui-même avait visiblement l'habitude de n'en faire qu'à sa tête ! Il était l'incarnation du mâle anglais suffisant. Des ministres aux palefreniers, ils fulminaient et plastronnaient comme s'ils étaient personnellement responsables de la création de l'Empire.

Le morceau à peine terminé, Daisy planta lord Ashton Graham sur la piste de danse.

Pour la seconde fois, Ashton regarda Daisy Bumgarten s'éloigner, non seulement pour échapper à sa goujaterie, mais aussi à l'attirance qu'il suscitait en elle. La façon dont elle avait réagi à sa caresse dans la bibliothèque, et lorsqu'elle avait croisé son regard...

Les vierges percevaient d'instinct le danger qu'il représentait pour elles et l'évitaient comme la peste. Or le regard de Mlle Bumgarten n'avait rien de méfiant. Était-ce son côté américain ou le signe d'autre chose... de l'envie d'une petite aventure sensuelle, peut-être ?

Il tourna la tête en entendant la voix de son frère. Ce dernier pérorait à propos de quelque tradition naturaliste devant un auditoire qui semblait sur le point de s'assoupir. En imaginant Daisy Bumgarten avec son aîné, Ashton fit la moue. L'une pétillante, l'autre ennuyeux à mourir. L'une calculatrice, l'autre désemparé. Daisy était vive, franche et imprévisible, une combinaison désastreuse chez une épouse, sans parler d'une duchesse. Les atteler ensemble pour la vie, ce serait comme atteler un cheval à une panthère.

Ashton se remémora Arthur enfant, sillonnant le domaine, pataugeant dans la boue, un livre dans une main, un filet à papillons dans l'autre, oubliant, les invités, ses obligations et même sa propre importance. Une fois de plus, en tant que cadet, « héritier de secours », il se devait de protéger son pauvre frère des visées matrimoniales de Daisy Bumgarten.

En quittant la piste de danse, Daisy repéra la comtesse près de l'entrée, qui cherchait à attirer discrètement son attention. Dès qu'elle l'eut rejointe, celle-ci lui prit le bras et la guida hors de la salle.

— La famille du duc a convoqué votre oncle pour un entretien.

— Quel genre d'entretien ? s'enquit Daisy, stupéfaite.

— Je ne sais pas, admit la comtesse. Il est trop tôt pour lancer les négociations, même si le duc a exprimé un vif intérêt pour vous.

Daisy sentit l'espoir renaître. Selon les meilleures estimations de la comtesse, les pourparlers de mariage ne devaient commencer qu'après plusieurs bals, quelques réceptions et des litres de thé. Pourquoi la famille tenait-elle à parler à Red ?

— Votre oncle avait déjà bu deux verres de punch, ajouta la comtesse en humant son flacon de sels. Dieu sait ce qu'il est en train de leur raconter.

— Vous voulez dire qu'il est avec eux en ce moment même ? Où cela ?

La comtesse indiqua l'escalier de l'autre côté du palier. Sans hésiter, Daisy s'y rua.

— Où allez-vous ? demanda la comtesse un peu haletante en lui emboîtant le pas tout en s'efforçant de sauvegarder un semblant de décorum.

— Qu'il soit sobre ou ivre, oncle Red peut se montrer très persuasif, maugréa Daisy. Pour autant, on ne peut le laisser sans surveillance.

— Ne vous en mêlez pas, implora la comtesse. Ce serait impensable.

— Ce sera vous ou moi.

La comtesse hésita avant de déclarer, sur la défensive :

— Cet homme est incontrôlable.

— Dans ce cas, ce sera moi.

— Une jeune fille innocente ne saurait assister à cet entretien !

Daisy réprima un grognement agacé. Pourquoi cette obsession pour la virginité ?

— Ce n'est pas une « innocente » qu'ils vont trouver, c'est une duchesse, et il est bon de le leur rappeler !

4

Daisy et la comtesse n'eurent aucun mal à localiser le salon à l'étage d'où provenait un brouhaha de voix. Dans un état d'ébriété avancé, Redmond Strait se tenait face à une demi-douzaine de personnages guindés qui rappelèrent à la jeune fille les momies qu'elle avait vues au British Museum. Trois vieilles dames étaient assises autour d'une petite table, tandis que trois vieux grigous montaient la garde derrière elles. Une femme en grand deuil, aussi desséchée qu'un pruneau, présidait.

Red pivota en les entendant entrer et sourit à sa nièce. La comtesse bredouilla quelques excuses et, d'une voix étranglée, se présenta, ainsi que sa protégée. Aucun des membres de la famille du duc ne les salua.

— Comme je le disais, déclara lady Sylvia à l'oncle Red, il est de notre devoir de veiller aux intérêts et à l'honneur du jeune duc.

Les autres hochèrent la tête, à part un gentleman qui penchait dangereusement de côté, comme s'il était sur le point de s'écrouler.

— Il y a des convenances à respecter, reprit lady Sylvia.

Daisy assena à son oncle un coup de coude dans les côtes. Conscient de la gravité de la situation, il releva le défi.

— Ma foi, notre Daisy… n'est pas vraiment portée sur les convenances, dit-il en gloussant. Il faut la maintenir dans le droit chemin.

Quand il avait bu, Red se croyait drôle. La vieille dame posa un regard critique sur la robe de Daisy, qui comprit qu'elle ne serait jamais invitée au repas de Noël.

— Revenons-en à la question qui nous intéresse, dit lady Sylvia. D'après certaines rumeurs, votre nièce descend d'une vieille famille anglaise. Sans cette hypothèse, nous n'aurions pas cet entretien. La lignée est un élément essentiel pour sauvegarder l'honneur d'un titre aussi vénérable que celui de duc de Meridian. Avant de permettre au duc de revoir votre nièce, nous devons obtenir des preuves de la noblesse de son sang. À quelle maison sont rattachés les Bumgarten ?

Voilà ce que l'on récoltait à répandre des légendes familiales, songea Daisy. Son oncle secoua la tête, visiblement perdu. Quelle maison ? Quel sang ?

— Les Bumgarten ? lâcha-t-il. Ils sont aussi communs que des puces sur un corniaud.

Le cœur de Daisy cessa de battre et la comtesse demeura bouche bée. Quant aux fossiles anglais, ils parurent effarés.

— Ce sont les Strait qui ont un peu de sang bleu, il paraît, poursuivit Red, regardant lady Sylvia droit dans les yeux. C'est le nom de la mère de Daisy. Lizzy Strait. Enfin, Lisbeth. Notre Daisy s'appelle Marguerite, en réalité.

— Eh bien, de quelle maison sont issus les Strait ? insista la vieille dame revêche en foudroyant Daisy du regard.

Pris au dépourvu, Red regarda Daisy.

— Dis-leur… ces noms dont tu m'as parlé… tu t'en souviens ? murmura-t-elle en lui étreignant le bras.

— Ah…

Il se libéra pour se frotter le menton d'un air pensif et rejeta la tête en arrière.

Daisy retint son souffle. Elle avait vu son oncle se sortir de situations délicates, des rixes de saloon aux agressions, même lorsqu'il était pris de boisson. « Pourvu qu'il tienne des propos cohérents ! » se dit-elle. Malheureusement, il se mit à chanter.

Seigneur ! Ce n'était même pas une mélodie, mais une espèce de psalmodie enchaînant des noms étranges et des commentaires sur des terres acquises ou la naissance d'enfants, un spectacle singulier auquel elle avait assisté quelques années plus tôt, alors que Red, complètement ivre, était encore plus sentimental que de coutume. Jusqu'à présent, cependant, elle n'avait jamais fait le lien avec l'histoire sur les origines de la famille Strait.

Red revint loin en arrière, avec un dénommé Beaufort – un nom inventé, craignait Daisy – ayant pris fait et cause pour quelque roi. Il était question de chevaliers et de dames défiant leurs pères, de fils défunts et d'un homme parti pour les « colonies » pour ne pas finir sur l'échafaud.

Daisy aurait fait n'importe quoi pour qu'il se taise. Hélas, malgré ses tentatives hésitantes, il ne faisait que s'enfoncer dans sa transe. Elle implora la comtesse du regard, mais celle-ci l'ignora. La malheureuse s'éventait en attendant le moment propice pour s'évanouir. Pire que tout, les fossiles de la famille Meridian fixaient Red comme s'il s'agissait d'une bête de foire.

Ses espoirs de beau mariage s'amenuisaient à vue d'œil et rien ne pouvait interrompre la logorrhée de son oncle.

Peu à peu, elle perçut néanmoins une évolution dans le récit. Les noms inconnus laissèrent la place aux Howard, Palmer, Hazelett, et finalement aux Strait. C'était fichu. Dès le lendemain, elle devrait se mettre en quête d'un autre duc, ou revoir ses ambitions à la baisse et se contenter d'un comte, voire d'un baron.

Red se tut abruptement, épuisé, puis il se précipita en avant et laissa tomber ses poings sur la table.

— Cela vous suffit, mesdames et messieurs les Meridian ? s'enquit-il avec un grand sourire. Parce que c'est tout ce que j'ai.

Ils ne cillèrent pas.

Alors que Daisy se préparait à des reproches cinglants, lady Sylvia se tourna vers les autres, leur adressa un hochement de tête auquel ils répondirent de même.

— Il nous faudra des documents attestant de l'authenticité de vos dires.

Des documents ? Pour les délires d'un ivrogne ?

La comtesse sortit de sa stupeur pour assurer lady Sylvia qu'ils lui fourniraient toutes les preuves nécessaires.

— Sous quinze jours, stipula lady Sylvia.

— Mais nous devrons peut-être consulter des archives, protesta la comtesse. Cela prendra plus de…

— Deux semaines, la coupa la vieille dame, implacable. Nous recevons des invités à Betancourt dans quinze jours. Présentez-nous vos preuves à ce moment-là et nous verrons.

C'en était trop. Daisy s'interposa entre son oncle et lady Sylvia.

— Nous serons au rendez-vous avec les preuves dont vous avez besoin, affirma-t-elle en soutenant le regard de la vieille dame. Vous pouvez y compter.

— Je compte surtout sur le frère du duc, répliqua lady Sylvia d'un ton acerbe. Lord Ashton

Graham représentera notre famille. Il examinera vos « preuves » et déterminera leur authenticité.

Daisy mit quelques secondes à comprendre. Elle n'aurait pas été plus choquée si elle avait reçu un baquet d'eau froide en plein visage. Le frère du duc, cet homme aux mains baladeuses et au regard lubrique, serait juge de ses nobles origines ? Dieu du ciel !

— Comment avoir la certitude que le frère du duc est à même de juger de telles « preuves » ?

— Il est plutôt érudit, déclara la vieille dame d'un ton sans réplique. Il connaît parfaitement les documents sur la glorieuse histoire du royaume. Nous avons toute confiance en son jugement.

Lady Sylvia rabattit sa voilette sur son visage et agita la main pour signifier la fin de l'entretien.

Les joues en feu, Daisy prit le bras de son oncle et, aidée de la comtesse, le fit pivoter vers la porte. Sa prestation l'avait épuisé et il tenait à peine sur ses...

Le frère du duc se tenait entre eux et ladite porte, découvrit-elle. Les jambes légèrement écartées, les bras croisés, le regard intense. Daisy tressaillit. Depuis combien de temps était-il là ? Avait-il assisté à la prestation d'oncle Red ?

Ignorant tout bon sens, elle s'autorisa à croiser le regard d'Ashton Graham, qui esquissa un lent sourire.

Il avait tout entendu, naturellement.

Bien que frissonnante, elle carra les épaules et incita son oncle à le contourner pour franchir le seuil.

— Qu'est-ce que c'était que ce spectacle ? demanda-t-elle en tirant Red vers le grand escalier.

— Il a évoqué vos ancêtres, intervint la comtesse, la mine renfrognée. Les descendants de grandes familles apprennent à réciter par cœur leur généalogie. Nous aurions dû engager quelqu'un pour étudier la question et préparer des documents. Pourquoi ne m'avez-vous rien dit ?

— Je n'étais pas au courant. J'avais entendu quelques histoires, certes... Oncle Red, d'où sortent ces balivernes que tu as servies dans le salon ?

— De mon père, balbutia-t-il en titubant de plus belle.

Daisy fit signe à la comtesse de l'aider. Celle-ci scruta les alentours pour s'assurer que personne ne l'observait, puis soutint Red de son mieux.

— Il disait que je devais apprendre cette liste de noms par cœur, comme tous les hommes de sa famille.

Daisy retint un gémissement en songeant au défi qu'ils allaient devoir affronter, à savoir, prouver sa lignée en s'appuyant sur la mémoire imbibée d'alcool de son oncle. Le temps qu'ils atteignent le pied de l'escalier et chargent un valet d'avancer leur voiture, Daisy ne pensait plus qu'à une chose : en dépit ou à cause de son charme ravageur, le frère du duc n'allait lui attirer que des ennuis.

— J'ai besoin d'un petit remontant, bredouilla Red.

Elle l'aurait volontiers étranglé, mais lorsqu'il la gratifia de son doux sourire en coin, elle rendit les armes et soupira.

— Moi aussi, avoua-t-elle.

Ashton regarda sa proie rassembler ce qui lui restait de dignité et quitter la pièce, le visage en feu. Le spectacle de la jeune femme tentant de faire taire son oncle avait été impayable. Et l'effroi de sa tante Sylvia à l'idée d'avoir un lien, même très lointain, avec ce sac à vin de Redmond Strait avait fait sa soirée.

Il s'inclina devant sa famille et prit congé à son tour en s'efforçant de chasser le regard bleu de Daisy Bumgarten de son esprit.

D'où connaissait-elle l'existence de cette énumération généalogique sous forme de psalmodie ? Comment avait-elle sélectionné les noms à réciter ? Et réussi à faire en sorte que ce vieil ivrogne les débite de façon aussi convaincante ? Il fit jouer les muscles de ses épaules et tenta de se concentrer. Quoi qu'il en soit, il venait d'apprendre que Daisy ne manquait pas de ressources et qu'il ne fallait pas la sous-estimer.

Lorsqu'il arriva au sommet de l'escalier, il vit Daisy et la comtesse qui guidaient Redmond Strait vers la sortie.

Ainsi, elle visait le titre de duchesse ? Il était temps pour Mlle Bumgarten d'apprendre deux ou trois choses sur l'aristocratie.

Le lendemain, Ashton se leva plus tôt que de coutume. Paré de ses plus beaux atours, il se présenta à l'adresse londonienne de la jeune fille à 10 h 30.

Comme il franchissait le seuil de la vaste résidence, il remarqua le sol en marbre, l'escalier incurvé, les portraits et les paysages dans leur cadre doré qui ornaient le vestibule. Daisy s'était entourée de tous les éléments liés à l'aristocratie anglaise, un lieu idéal pour recevoir des invités et se faire une place dans la bonne société. L'influence de la comtesse, sans doute.

— Mlle Bumgarten ne reçoit pas encore, l'informa un vieux majordome impérieux.

Ashton lui remit son chapeau et ses gants avec autorité.

— Je ne suis pas un visiteur à proprement parler. Je suis en mission pour ma famille. Dites à Mlle Bumgarten que lord Ashton Graham l'attend au salon. Et vous me ferez servir du café, ajouta-t-il, faisant fi de l'air outré du domestique. Je me suis couché très tard.

— Milord, vraiment... vous ne pouvez pas...

Le majordome lui emboîta le pas, sachant qu'il était préférable qu'il n'interfère pas. Un domestique chevronné savait honorer toutes les requêtes, même les plus extravagantes, des membres de la noblesse. Or Mlle Bumgarten avait engagé des domestiques chevronnés.

Ashton ouvrit lui-même la porte du salon et découvrit un spectacle singulier. Des tasses à café, une carafe de cognac vide, des mégots de cigares et des chaussures jonchant les tables et les tapis.

Il perçut des ronflements sonores. Redmond Strait était affalé dans un fauteuil en cuir. Son faux col et son gilet gisaient à ses pieds et sa chemise amidonnée était déboutonnée. Il avait les pieds posés sur une ottomane et ses bras tombaient de chaque côté du fauteuil.

Près de la fenêtre, Daisy Bumgarten était effondrée sur une table à jouer, le visage entouré de plumes, d'encriers et de feuilles de papier. Son corset et sa robe étaient desserrés, révélant une partie de son dos nu, et ses seins semblaient sur le point de jaillir de son décolleté. Le majordome émit un son étranglé.

— Vrai-vraiment, milord..., bégaya-t-il, preuve que la scène le choquait au-delà des mots.

— Je crois que votre maîtresse aussi a besoin d'un café.

Tandis que le domestique s'éloignait en hâte, Ashton traversa le salon, s'efforçant de s'arracher à la délectable vison de sa proie pour se concentrer sur les documents épars autour d'elle. Il ramassa une feuille, dont l'écriture vigoureuse devait être celle de la jeune fille, la parcourut et se rendit compte qu'il s'agissait d'une liste de noms, de lieux et de descendants.

Jetant un regard circulaire sur la pièce en désordre, il devina ce qui s'était passé. De retour chez elle, Daisy avait décidé de retranscrire sans attendre les délires du vieil ivrogne et de lui soutirer des détails sur sa lignée. Ou d'inventer ces détails de toutes pièces. Tant de mères ayant une fille à marier avaient étoffé voire créé un arbre généalogique afin de mettre le grappin sur un beau parti…

Ashton regarda Redmond Strait en fronçant les sourcils.

Où était cette mère ambitieuse, en l'occurrence ? Pourquoi Daisy Bumgarten sillonnait-elle l'Europe en compagnie d'un oncle alcoolique et d'un chaperon rémunéré, qui lui prodiguait des conseils et lui faisait profiter de ses relations ?

Oubliant momentanément ces interrogations, Ashton prit une autre feuille. Bon sang, il s'agissait mot pour mot du délire de son oncle. Il se risqua à la regarder. Ainsi endormie telle une écolière sur son pupitre, elle n'avait rien d'une intrigante chasseuse de titre.

Il se pencha pour lui parler à l'oreille, et se surprit à humer son parfum et à caresser du regard son dos à demi dénudé. Elle semblait si fraîche, si sensuelle… *Ressaisis-toi, mon vieux. Ce n'est pas le moment de saliver.*

— Mademoiselle Bumgarten, dit-il en frappant la table du plat de la main.

Elle se redressa d'un bond et cligna des yeux, l'air perdue. Elle avait une tache d'encre sur la joue et ne se rendait pas compte que le haut de ses mamelons dépassait de son décolleté.

— Je vous suggère de remettre de l'ordre dans votre tenue car vous êtes sur le point de satisfaire ma curiosité lubrique.

5

Daisy se figea face à ce superbe spécimen d'aristocrate anglais. Elle aurait juré qu'elle dormait encore, qu'elle rêvait de ce prince charmant aux lèvres pleines et au regard troublant. Lorsque lord Ashton s'approcha et entreprit de relacer les cordons qui fermaient sa robe, elle sut qu'elle était bien réveillée.

— Mais… qu'est-ce que vous… ?

Elle voulut se lever, mais sa robe de bal était si lourde qu'elle n'y parvint pas. Étouffant un cri de désespoir, elle empoigna ses jupons et fit une nouvelle tentative.

— Que diable faites-vous là ?

Le visage écarlate, elle suivit son regard qui était rivé sur ses seins rebelles. Elle remonta vivement le tissu de sa robe et la maintint en place de son mieux.

— Votre pudeur est sauve, déclara-t-il, la contournant pour achever de lacer sa robe. Je vous assure pourtant que ma nature imparfaite brûle de vous admirer.

Il tira un peu fort sur les cordons, lui arrachant un cri.

— Arrêtez immédiatement.

Il l'attira à lui en tirant sur les cordons et lui chuchota à l'oreille :

— C'est ce que disent la plupart des femmes quand on cherche à les dévêtir et non le contraire.

À ces mots, elle abandonna un instant toute résistance.

— Cela ne m'étonne pas que vous sachiez cela, rétorqua-t-elle.

— N'est-ce pas ? fit-il avec un petit rire.

Dès qu'il eut terminé, elle fit volte-face pour le tancer vertement, mais son oncle choisit ce moment pour émerger de sa torpeur.

— Vous tenez à ce qu'il sache que je vous ai surprise à moitié dévêtue dans ce salon ? murmura Ashton en la prenant par les épaules pour la faire pivoter de nouveau. Imaginez le scandale !

Cet homme sous-estimait visiblement la tolérance d'oncle Red s'agissant des manquements à l'étiquette et son intolérance à *elle* aux ordres d'où qu'ils viennent. Daisy se libéra et recula à l'instant où son oncle se levait.

— Qui diable êtes-vous ? demanda-t-il en frottant ses yeux injectés de sang.

— C'est lord Ashton Graham, oncle Red. Il est venu pour...

— Authentifier la lignée de votre nièce, compléta Ashton avec un aplomb très aristocratique.

Red fronça les sourcils et se gratta le menton.

— C'est le frère du duc, ajouta Daisy. Il doit veiller à ce que les noms que tu as énumérés hier soir soient bien réels.

— En fait, je dois juste authentifier les documents qui en attestent. Nuance.

Il s'approcha de la table, non sans couler un regard au dos de Daisy au passage.

— Je m'étonne que vous ayez déjà commencé à dresser l'inventaire de vos ancêtres, je l'avoue.

Il prit une page qu'il parcourut rapidement.

— Cela dit, les Américains ont la réputation d'être efficaces.

— Oh..., gémit oncle Red. Il est trop tôt pour endurer un type de son espèce.

Il se dirigea vers la porte du salon.

— J'ai besoin d'un bon café.

— J'ai pris la liberté d'en commander, dit Ashton.

En voyant Red s'éloigner d'un pas incertain, il haussa les épaules, déboutonna sa redingote et s'assit sur la chaise qu'avait occupée Daisy comme si elle lui appartenait.

Cet homme avait le don de désarmer l'adversaire, même quand il dépassait les limites. À croire que c'était lui le duc et non son frère.

— Tiens donc, dit-il en parcourant ses notes. Beaufort... une référence de choix dans votre arbre généalogique, je dois dire.

Il étudia une autre feuille, puis une autre.

— Vos Woodpile sont plus probablement des Woodville... une famille controversée ayant engendré une reine et de nombreux pairs du royaume. Quant aux Nibble, il s'agit sans doute des Neville. Les Bumgarten ne manquent pas de culot de revendiquer des liens avec les plus illustres maisons d'Angleterre.

Daisy lui arracha les feuilles des mains, mais retint de justesse les insultes bien senties qui lui venaient aux lèvres. Ces noms cités par son oncle avaient donc du sens ?

— Quelles illustres maisons ?

— Allons donc ! Pourquoi ne pas avouer que vous avez sorti un livre d'histoire de la bibliothèque et noté des noms au hasard ?

Daisy étrécit les yeux. Dans leur ranch du Nevada, elle avait appris qu'il ne fallait surtout pas fuir devant certains animaux sauvages. Apparemment, cette sagesse s'appliquait aussi à la bonne société car il était manifeste qu'Ashton Graham était une de ces bêtes sauvages.

Malgré l'onde de chaleur que sa présence faisait naître en elle, elle devait lui faire comprendre qu'elle n'avait pas l'intention d'abandonner sa quête.

— Je ne lis guère de livres d'histoire et, si c'était le cas, je m'intéresserais à l'histoire de l'Amérique, vous vous en doutez.

Elle croisa les bras.

— Si oncle Red affirme que son père lui a appris à mémoriser ces noms, c'est la vérité. Comment les connaîtrait-il autrement ? Ce n'est qu'un chercheur d'or du Nevada.

Ashton la balaya du regard, puis se pencha de nouveau sur les feuillets devant lui.

— Palmer, Howard, Fitzroy...

Il s'arrêta sur le dernier nom, visiblement perplexe.

— Vous affirmez compter un *Fitzroy* parmi vos ancêtres ?

— Apparemment, dit-elle, incapable de deviner à quoi était dû ce changement d'attitude. Pourquoi ?

— Un Palmer et un Fitzroy...

— Des Irlandais, sans doute. Je sais que les Anglais ont une dent contre les Irlandais, mais...

— Fitzroy est un nom on ne peut plus anglais. « Fitz » signifie « issu de » et « Roy » fait référence au roi, bien sûr.

— Issu d'un... roi ? répéta Daisy.

Son cœur se serra lorsqu'elle comprit qu'il était sérieux. Maudit soit oncle Red ! Quelle idée de revendiquer des origines royales !

Elle arracha la feuille des mains d'Ashton.

— Charlotte Fitzroy ? lut-elle. Qui est-ce ? Un personnage important ?

De *réel*, avait-elle failli dire.

Ashton la dévisagea longuement, l'air soupçonneux, tandis que son regard revenait sans cesse sur sa joue droite. Daisy refusa de trahir sa gêne en y portant la main. Il se leva soudain et elle se retrouva face à un corps viril tout en force et en chaleur.

Elle ressentit des picotements là où il l'avait touchée. Bon sang, sa *peau* se souvenait de lui.

— Pourquoi voulez-vous être une duchesse ? demanda-t-il d'une voix rauque.

— Pourquoi pas ? rétorqua-t-elle en reculant d'un pas. Les duchesses portent de belles toilettes, de superbes bijoux... elles assistent à des bals... des soirées et des cérémonies. Elles ont un bataillon de domestiques à leur service, des admirateurs à n'en plus finir. Elles vivent dans des palais, se déplacent en grand attelage...

— Tout ce dont vous bénéficiez déjà, si votre fortune est réelle. Pourquoi avez-vous besoin d'un duc ?

Autant lui avouer la vérité, décida-t-elle, histoire de justifier sa quête et de réaffirmer sa détermination.

— Pour le prestige, bien sûr. Vous l'avez dit, je possède déjà tout le reste. Pourquoi ne voudrais-je pas le meilleur mari qui soit ?

Ashton éclata d'un rire qui la prit de court et ne fit qu'ajouter à son trouble.

— Désolé, j'ai du mal à imaginer mon frère en « meilleur mari qui soit ». Seigneur, vous avez écouté Arthur, vous avez même dansé avec lui. Vous aspirez à davantage, j'en suis sûr.

Sa franchise la choqua, puis elle comprit qu'il s'efforçait de la pousser à approuver ses paroles. Rougissant d'indignation, elle se redressa de toute sa hauteur.

— Très bien, puisque vous tenez à le savoir... j'ai trois jeunes sœurs. Trois ! Elles sont ravissantes, accomplies, gentilles et rejetées par la bonne société new-yorkaise parce que leur fortune est récente. En épousant un aristocrate, je leur ouvrirai la porte de la haute société.

— Vous vous sacrifiez donc sur l'autel du devoir familial.

— Épouser un aristocrate n'a rien d'un sacrifice.

— Vous ne savez pas à quoi vous vous exposez. Un tel mariage vous ferait entrer dans une famille et un univers dont vous ignorez tout, s'amusa Ashton. Que savez-vous de la vie d'une duchesse ?

Elle se dirigea vers la fenêtre et écarta les lourds rideaux de velours pour faire entrer davantage de lumière avant de se tourner vers Ashton.

— Une duchesse se réveille à 10 heures et se lève à midi. Elle reçoit des visites jusqu'à 16 heures, puis s'habille pour le dîner à 21 heures. Après quoi, elle s'adonne à ses « divertissements ». Elle se couche à 2 heures du matin et se réveille lendemain à 10 heures.

Daisy croisa les bras, savourant la chaleur du soleil sur ses épaules.

— Elle va à l'Opéra et assiste aux courses hippiques avec le même enthousiasme, organise des parties de chasse et de tir, elle s'occupe d'œuvres charitables, elle est mécène, elle est l'âme du foyer du duc et celle de la bonne société au sens large. Son devoir et surtout le bien-être de sa famille lui tiennent à cœur.

Elle avait appris cela grâce aux sermons de la comtesse, qui n'avaient pas été inutiles si elle se fiait à l'expression d'Ashton tandis qu'il s'approchait d'elle.

— Vous êtes bien renseignée, admit-il. Je crains toutefois que vous n'ayez omis le devoir le plus important d'une duchesse.

— Lequel ? demanda-t-elle d'un air condescendant, enhardie par son succès.

— Celui de donner un héritier au duc.

Il se pencha, laissant son regard errer sur son décolleté.

— Elle doit partager le lit du duc et engendrer un fils en bonne santé.

Pourquoi fallait-il qu'il évoque ce sujet précis ? Elle leva les yeux au ciel dans l'espoir de détourner son regard de ses joues en feu.

— Ce devoir ne requiert aucun talent particulier.

— Bien des reines du royaume divorcées, décapitées ou répudiées ne seraient pas de cet avis.

— Chaque année, des millions de femmes mettent au monde des enfants de sexe masculin qui se retrouvent à labourer les champs, lessiver le pont des bateaux, nettoyer les écuries de tout le pays. Qui sait ? Je trouverai peut-être cet aspect de la vie ducale tout à fait agréable avec votre frère, ajouta-t-elle sur une impulsion.

Ashton perdit un peu de sa superbe.

— Vous surestimez Arthur, rétorqua-t-il. Il n'est pas très sensuel de nature.

— Tous les hommes sont sensuels dans certaines conditions.

— Mademoiselle Bumgarten, vous soulevez une fois de plus la question de votre expérience en la matière. Comment se fait-il que vous connaissiez si bien les hommes ?

Il s'approcha plus près, les poings sur les hanches.

— J'ai grandi dans un ranch du Nevada où il y a cinq fois plus d'hommes que de femmes. J'ai vécu au milieu de toutes sortes d'hommes et j'ai appris à leur contact.

Il soutint longuement son regard assuré.

— Vous découvrirez vite que les cow-boys et les ducs n'ont pas grand-chose en commun.

— Vous croyez ? Un duc est trop prestigieux pour se laisser émouvoir par une cheville dénudée, selon vous ? Pour apprécier le parfum d'une chevelure ou un regard badin ? Un duc ne peut pas se laisser troubler par le frôlement d'un éventail sur son bras ou la courbe d'une hanche lorsqu'il aide une dame à monter en voiture ?

Elle s'amusa de sa mine sombre.

— Arthur est féru de naturalisme. C'est un ermite, déclara-t-il, de plus en plus irrité. Il n'est à l'aise qu'avec ses maudits insectes et sa loupe.

Daisy se contenta de lui sourire. Pour la première fois ce matin, elle avait l'impression de maîtriser la situation.

— Je crois pouvoir affirmer que votre frère est aussi sensible à ce que je viens de décrire que n'importe quel homme.

Ashton se raidit, le visage de marbre. Était-ce l'idée que son frère aîné puisse désirer et prendre du plaisir qui le chiffonnait ? Ou était-ce l'idée que le duc prenne ce plaisir avec *elle* qu'il trouvait inacceptable ? Daisy réprima un sourire.

— Milord ! s'écria la comtesse depuis le seuil du salon.

Daisy et Ashton s'écartèrent vivement l'un de l'autre tandis que la comtesse entrait en trombe, l'air agitée.

— Quelle agréable surprise ! poursuivit-elle en lissant nerveusement sa robe.

— Le frère du duc s'est mis en tête de m'informer sur les devoirs d'une duchesse, expliqua Daisy. Je lui assurais que je n'aurais aucun problème à m'en acquitter.

La comtesse s'immobilisa au milieu du salon, devinant sans doute à leur proximité physique et à leur posture que quelque chose d'intime avait eu lieu. Aussitôt, elle s'empourpra.

— Eh bien… naturellement, bredouilla-t-elle en découvrant la tenue de sa protégée. Mlle Bumgarten sera un joyau sur la couronne des Meridian.

— Ce qu'elle est et ce qu'elle sera reste à voir, déclara Ashton qui s'approcha de la table pour s'emparer d'une feuille. Les Beaufort ? La moitié de la noblesse anglaise en descendrait. Ce n'est pas faux, car ils se sont multipliés. En outre, leurs archives ont été détruites, si bien qu'il est impossible de confirmer ou d'infirmer cet héritage.

— Il n'existe aucune preuve ? demanda Daisy.

La comtesse indiqua discrètement sa robe à demi lacée, puis sa joue, mais elle ne lui prêta aucune attention, toute à sa déception. Puis elle réalisa soudain qu'elle prenait la parole de lord Ashton pour argent comptant. Et pourquoi diable croirait-elle cette crapule indiscrète et lubrique ?

— Ma foi, s'il n'y a pas moyen de démontrer que nous descendons des Beaufort, il faudra trouver d'autres ancêtres sur cette liste, comme… comme cette Charlotte Fitzroy, par exemple.

Elle ignora de plus belle les avertissements de la comtesse.

— Si cette personne est de sang royal, il doit bien exister des archives quelque part.

— De sang royal ? répéta la comtesse, abasourdie.

— La comtesse cherche à vous faire comprendre que vous avez une tache d'encre sur la joue, déclara Ashton en sortant un mouchoir de sa poche. Tirez la langue, ordonna-t-il en la rejoignant.

— Pardon ?

Elle était troublée à la fois par sa proximité et par l'ordre qu'il venait de lui donner. Que diable… ?

— À votre guise, dit-il en léchant le mouchoir.

— Hé ! s'écria-t-elle comme il la tenait par le bras et entreprenait de lui nettoyer la joue. Comment osez-vous ? Ôtez vos sales pattes de là !

Il la relâcha et s'écarta, la laissant fulminante. Elle se retint de lui assener un coup de pied bien placé dont il sentirait longtemps les effets.

— Charlotte Fitzroy ? dit-il, la voix un peu enrouée. Le spécialiste des Fitzroy, le professeur Broadman Huxley, travaille à l'université d'Oxford. Si vous parvenez à lui soutirer des informations, vous surpasserez même un homme.

Daisy avait la joue brûlante comme si le mouchoir utilisé avait été imprégné de soude et non de salive.

— Je suis plus compétente que la plupart des hommes, rétorqua-t-elle en lui indiquant la sortie. Je suis une femme.

Lord Ashton Graham eut le culot d'éclater de rire tout en se dirigeant vers la porte. À cet instant, le vieux majordome franchit le seuil en poussant une table roulante chargée de café et de brioches.

— Ah, vous tombez à point nommé !

Ashton prit le temps de se servir une tasse de café et d'y ajouter du sucre et de la crème. Quand il eut vidé sa tasse, il la tendit au domestique abasourdi en disant :

— Il était délicieux.

Sur ce, il prit congé, laissant Daisy furieuse.

— Cet homme n'a rien d'un gentleman, déclara la comtesse.

— Nom de Dieu, ce sale type est d'une bassesse ! s'emporta Daisy.

Ignorant la mine outrée de la comtesse, elle empoigna ses jupes, révélant ses bas roulés sur ses chevilles, et se précipita vers le couloir. Elle s'arrêta le temps d'avaler un peu de café.

— Mais il peut se révéler utile, reprit-elle avec un sourire rusé. Jonas, faites descendre nos malles.

Se tournant vers la comtesse, elle annonça :

— Nous partons pour Oxford !

Quelques minutes plus tard, un peu plus loin dans la rue, Ashton surveillait la maison de Daisy Bumgarten depuis un fiacre en s'efforçant de chasser de sa mémoire le souvenir de la peau si douce de Daisy. Il ne cessait de revoir cette tache d'encre sur sa joue. Ce n'était pas une simple tache, d'ailleurs, mais un mot qui s'était imprimé lorsqu'elle s'était endormie sur la feuille de papier. Un seul mot. Dès qu'elle avait levé la tête, à son réveil, Ashton y avait vu un signe prémonitoire.

Épouse.

Peu après, un gamin surgit de la ruelle la plus proche et se percha sur le marchepied du véhicule, à bout de souffle.

— Le larbin... Il râle parce qu'il doit porter des grosses malles et la cuisinière se plaint parce que la nourriture qu'elle a achetée sera gâchée s'il y a personne pour la manger.

— Beau travail, dit Ashton en lui lançant une pièce d'or.

Les yeux ronds, le gamin l'empocha et fila sans demander son reste.

— Severin House, à Grosvenor Square, ordonna Ashton au cocher. Et vite !

Elle avait mordu à l'hameçon.

6

Ashton entra en trombe dans Severin House en criant à ses valets de préparer ses bagages et de faire préparer son cheval pour un départ vers la gare dans la demi-heure. Alors qu'il se dirigeait vers l'escalier, une voix s'éleva du salon.

— Ashton, mon vieux !

Oh non ! Pas maintenant.

Reynard Boulton, héritier du vicomte de Tannehill, personnage scandaleux et amateur de ragots, était adossé au chambranle, les bras croisés. Son regard s'éclaira d'une lueur rusée quand il vit la tenue impeccable d'Ashton et nota sa gêne.

— Tu as encore besoin d'argent ? s'enquit ce dernier en poursuivant son chemin. Tu tombes mal, je suis fauché.

— Tu me fais de la peine, protesta Reynard avec emphase. À t'entendre, je ne viendrais te voir que pour te soutirer de l'argent. Il se trouve juste que j'ai des informations à te transmettre.

Ashton s'arrêta net au milieu de l'escalier. Il ne pouvait se permettre d'ignorer une telle entrée en matière. Le « Renard », comme on surnommait Reynard dans les cercles mondains, avait le don de renifler les affaires croustillantes. S'il y avait un scandale en vue, un comportement fautif à dévoiler, il était le premier à le découvrir. Si la bonne société soupçonnait l'un des siens de malversations ou de dépravation, le Renard fournissait les détails. Il n'ignorait rien des conflits au sein de l'aristocratie, d'autant qu'il en était parfois à l'origine.

S'il s'était déplacé jusqu'à Severin House, cela ne pouvait signifier qu'une chose : un habitant de la maison était sur la sellette et ne tarderait pas à être l'objet de la curiosité de ses pairs. Les frasques d'Ashton alimentant depuis longtemps la soif de scandale de la haute société, qui avait tendance à s'en désintéresser, il ne pouvait s'agir que du pauvre Arthur. Et un seul aspect de la vie bien terne du duc pouvait passionner le Renard et les langues de vipère de la société londonienne.

— De quoi s'agit-il ? s'enquit Ashton en se retournant. Ou devrais-je dire de qui ?

— Je ne vais pas te livrer les détails croustillants dans l'escalier, répliqua Reynard. J'ai passé une partie de la nuit sur le sujet, je n'ai pas dormi et je meurs de faim.

— Nom de Dieu, Reynard, j'ai un train à prendre !

— Ah oui ? Et où allons-nous avec une telle précipitation ?

Il était pris au piège. Reynard était capable de le suivre jusqu'à Oxford s'il ne satisfaisait pas en partie sa curiosité. Ravalant un juron, Ashton revint sur ses pas et ordonna au majordome de servir le petit déjeuner dans la salle à manger avant d'entraîner ce Renard importun dans son sillage.

On leur apporta sans tarder du café accompagné de scones, de crème et de confiture. La cuisinière se levait à l'aube et se tenait prête à restaurer quiconque avait passé la nuit sur place. Elle était en mesure de servir un petit déjeuner romantique aussi bien que des remèdes contre les divers excès.

— Ta cuisinière est une perle, commenta Reynard. Où m'as-tu dit l'avoir dénichée, déjà ?

— Je ne te l'ai pas dit, répliqua Ashton avant d'avaler une gorgée de café. En fait, je mets un point d'honneur à ne jamais le révéler.

— Quel égoïste !

Il tartina généreusement un scone de confiture.

— Alors ? fit Ashton. Quelle est cette information croustillante ?

Il n'avait pas le temps de faire preuve de diplomatie s'il voulait prendre son train.

— Tu ne manges pas ?

Ashton foudroya Reynard du regard et mordit dans un scone de mauvaise grâce.

— Voilà qui est mieux ! Il n'est pas bon d'apprendre une nouvelle l'estomac vide.

— Quelle nouvelle ? insista Ashton, qui commençait à perdre patience.

— Il paraît que ton frère fait l'objet d'une campagne matrimoniale.

Ashton parvint à rire en dépit de son agacement.

— Arthur ? Une cible ? Ne sois pas ridicule.

— Tu trouves ridicule que la seule femme qu'il ait fait tournoyer sur la piste de danse, chez les Mountjoy, soit une riche Américaine chaperonnée par une comtesse ?

Comment diable... ? Ashton eut toutes les peines du monde à paraître désinvolte.

— Tu étais présent ? demanda-t-il en se resservant du café. Tu as assisté à la scène ?

— Je suis venu peu après mais les rumeurs allaient déjà bon train. On a aussi vu arriver plusieurs membres de ta famille, dont lady Sylvia, ton oncle Bertram et ton oncle Seward. Un véritable conseil de famille.

Les lèvres pincées, Reynard lâcha :

— Je n'aurais jamais imaginé que les Meridian céderaient le titre familial aux plus offrants.

— Tu te méprends. Arthur n'est au courant de rien, comme d'habitude. Les anciens de la famille ont tenu à ce qu'il assiste à ce bal en espérant déceler chez lui des signes de vie. Tes sources ne t'ont pas dit qu'un autre homme avait dansé avec cette Américaine si entreprenante.

— Un autre homme ? s'étonna Reynard. Qui diable cela peut-il être ?

Ashton arqua les sourcils, puis il esquissa un sourire suffisant.

— C'est toi ? fit Reynard. Un fils cadet sans le sou ?

— Ma foi, oui, répondit Ashton, dont le sourire se crispa à ce rappel. C'est aussi crédible que de voir Arthur épouser une belle héritière fortunée.

Le majordome arriva avec des œufs brouillés, des harengs, des pommes de terre et du bacon. Ashton en profita pour se ressaisir et comprit que le Renard devait avoir la riche Américaine dans le viseur depuis un moment. Serait-ce l'occasion pour lui d'en apprendre davantage sur Mlle Bumgarten ?

— Que sais-tu de cette femme ? s'enquit-il sans masquer sa curiosité. Je parie que tu l'as vue et que tu lui as sans doute été présenté.

— Pas encore, mais j'ai mené quelques recherches, répondit le Renard en garnissant généreusement son assiette. La famille a fait fortune dans les mines d'argent. Un sacré magot. Si elle est d'une grande beauté, elle n'a rien d'une poupée de porcelaine. Elle marche vite, vide ses tasses de thé dans les plantes en pot quand on ne la regarde pas, monte un énorme cheval noir *à califourchon* et rit à gorge déployée, de quoi donner des vapeurs à la comtesse qui la parraine.

— Tu es sûr qu'elle est venue dans le but de décrocher un titre ? Elle fait peut-être un tour d'Europe afin d'acquérir un certain vernis.

— Elle porte des robes de chez Worth, loue une résidence près de Hyde Park et se rend à toutes les invitations que lui obtient la comtesse.

Le Renard enfourna un morceau de hareng sans cesser de parler.

— Si elle était en voyage, elle logerait dans un palace et sympathiserait avec tous les nobles français qu'elle croiserait dans le hall. Non, crois-moi, mon garçon, elle est en chasse. J'ai hâte de voir sur qui elle va jeter son dévolu et déployer son arsenal fourni de ruses féminines.

Il observa Ashton tout en se servant des pommes de terre.

— Quant à Arthur et son manque d'attrait… je te garantis qu'un titre de duc peut compenser n'importe quelle défaillance virile.

Ashton feignit de réfléchir à cela alors même qu'il se demandait si le Renard n'avait pas raison, du moins en ce qui concernait Daisy. Cette fille était déterminée, il devait le reconnaître. Et Arthur avait dansé deux fois avec elle, ce qui était un pas de géant pour lui. Et il avait adoré les papillons qui ornaient sa robe. Seigneur ! Son frère n'avait-il pas plutôt lorgné les seins de Daisy ? Auquel cas, la situation était plus grave qu'il ne le pensait. Il fallait qu'il se rende au plus vite à Oxford pour s'entretenir avec Huxley.

— Ce fut un plaisir de partager ce petit déjeuner avec toi, Reynard, mais je dois partir.

Il se leva, posa sa serviette sur la table et termina son café.

— Une affaire familiale. L'anniversaire de l'oncle Seward.

Sur ce, Ashton tourna les talons, laissant le Renard à son festin.

— Attends... ce vieux grigou existe vraiment ? s'écria-t-il.

Reynard s'amusa du geste agacé qui accueillit sa question. Ashton semblait particulièrement alarmé par ce qu'il venait d'apprendre, ce qui ne lui ressemblait pas. Le Renard avait la ferme intention de découvrir pourquoi il réagissait ainsi. Aucun secret ne résistait longtemps à Reynard Boulton. Il soupira et poursuivit son repas. Il serait dommage de gaspiller de si bons mets. De plus, il n'aurait aucun mal à découvrir la destination d'Ashton Graham.

Le voyage en train en compagnie de l'oncle Red et de la comtesse semblait interminable. Daisy allait et venait dans l'allée du wagon luxueux de première classe. Trois fois, elle alla voir les chevaux dans la voiture qui leur était réservée. Elle s'agita sur son siège tandis que la comtesse racontait l'histoire de l'université d'Oxford. Lorsqu'elle aborda le protocole pour s'adresser à ses membres, Daisy ne put réprimer un soupir.

— Vous feriez bien de m'écouter, mademoiselle Bumgarten, déclara la comtesse. Quoi que vous fassiez, montrez-vous respectueuse avec le professeur. Ces gens-là n'apprécient guère les femmes. Il n'y a pas si longtemps, ils n'avaient même pas le droit de se marier. La plupart des collèges ont été fondés grâce à des dons à l'Église, voyez-vous. Le clergé de l'Église anglicane en était majoritairement issu. Les femmes ont toujours été considérées comme inférieures intellectuellement et inaptes aux études supérieures. Qu'une jeune fille vienne fourrer son nez dans ce qu'il considère comme son domaine d'expertise risque d'agacer le professeur Huxley. Vous devrez l'aborder avec prudence et ne pas froisser sa susceptibilité d'érudit.

Sa susceptibilité ? Daisy en avait assez de la susceptibilité de ces lords anglais ! À en croire la comtesse, ces messieurs étaient de petites choses fragiles. Ils étaient simplement lâches et mauvais perdants, voilà tout. Ils ne toléraient aucun défi et ne supportaient pas d'être surpassés, que ce soit aux cartes, à cheval ou lors d'une simple conversation.

— N'ayez crainte, comtesse, dit-elle avec un sourire espiègle, je serai sage. Je vais lui soutirer les informations dont j'ai besoin sur cette Charlotte Fitzroy. Ce sera du gâteau !

La comtesse ferma les yeux et gémit, regrettant sans doute d'avoir pris Daisy et Redmond sous son aile.

Quand le train entra en gare d'Oxford, Daisy baissa la vitre et fit entrer un nuage de fumée malodorante auquel s'ajoutaient les effluves de nourriture des marchands ambulants et les odeurs corporelles de la foule amassée sur le quai. Elle toussa et remonta vivement la vitre.

Redmond leur dénicha un fiacre, puis un second pour les bagages et les domestiques que Daisy venait d'engager – Colette, sa camériste, et Banks, un valet. Saltimbanque, le cheval de Daisy, et Renégat, celui de Red, furent attachés au second véhicule sous la surveillance de Banks.

Tandis que le convoi traversait la ville, Daisy garda le nez pratiquement collé à la vitre pour admirer les flèches qui surmontaient les prestigieux édifices.

— Je comprends mieux votre enthousiasme, comtesse. Je n'ai jamais vu autant d'églises. Pas étonnant qu'ils soient tous abstinents, ici.

— Abstinents ? répéta Red, qui avait somnolé pendant le cours d'histoire de la comtesse.

— Cette architecture vise à élever l'âme des habitants, expliqua la comtesse. À les inciter à respecter certaines valeurs.

Les rues pavées cédèrent vite la place à des ruelles bordées de maisons anciennes et de boutiques. Daisy découvrit les façades imposantes des « collèges » constituant ce célèbre centre du savoir. Des jeunes gens en tenue noire déambulaient, portant des livres et des dossiers sous le bras. Aux abords d'un pub, certains semblaient avoir bu plus que de raison, ce qui réconforta Red.

— Je vais peut-être me plaire, ici, finalement, commenta-t-il.

Holloway House était une bâtisse en pierre disposant de tout le confort moderne, y compris des salles de bains adjacentes aux chambres. Son vaste jardin s'étendait jusqu'au parc d'un collège, après les écuries, et une vaste salle de restaurant occupait la majeure partie du rez-de-chaussée. Au moins, ils seraient bien installés le temps de leur enquête.

La comtesse annonça qu'elle allait se rafraîchir et se reposer un peu après ce long voyage. Daisy, quant à elle, n'avait pas de temps à perdre. En compagnie de son oncle, elle se mit en quête du Queen's College. Grâce aux instructions du concierge de l'hôtel, elle ne tarda pas à le localiser.

Une imposante grille en fer forgé s'ouvrait sur une cour ceinte de bâtiments en pierre claire. Un portier en costume noir et chapeau melon les accosta dès qu'ils eurent franchi la grille. Ils s'enquirent du professeur Broadman Huxley et apprirent qu'il était absent. Daisy dut afficher son plus beau sourire et Red offrir à l'homme un cigare pour découvrir que le professeur n'enseignait plus car il était « émérite ».

Un étudiant qui passait par là les informa que cela signifiait « retraité ». L'illustre professeur passait désormais le plus clair de son temps dans l'un des domaines de l'université.

— Nous devons absolument lui parler de ses travaux sur les Fitzroy, insista Daisy, la mine déconfite pour attendrir le gardien. Pouvez-vous nous indiquer où le trouver ?

Sur l'insistance de l'étudiant, le gardien leur dessina un plan rudimentaire. Red en profita pour se rendre dans la taverne la plus proche afin de boire un remontant et d'acheter une bouteille de whisky pour remercier l'homme.

À leur retour à l'hôtel, ils trouvèrent la comtesse dans le lobby, les bras croisés et l'air agacée.

— Vous êtes allés en ville sans m'en informer ?

— J'étais pressée de commencer les recherches, expliqua Daisy en lui montrant le plan du gardien. Au collège, nous avons appris que le professeur s'était mis au vert.

— Mis au quoi ?

— C'est l'expression qu'a employée l'étudiant en robe noire, non ? demanda Daisy à son oncle, qui hocha la tête.

— On met au vert un étudiant qui a violé le règlement du collège, expliqua la comtesse. Je doute qu'un illustre professeur tel que Huxley ait été congédié pour mauvaise conduite.

— J'ignore ce qu'il a fait, mais il touche désormais une pension, commenta Redmond, perplexe.

— Très drôle, railla la comtesse. Venez. Il est trop tard pour sillonner la campagne. Allons dîner. Nous nous mettrons en route demain matin à la première heure.

7

— Qu'est-ce que vous voulez ? s'enquit une femme rondelette aux cheveux grisonnants et au tablier maculé de farine après que Daisy eut frappé à la porte du cottage.

Le plan du gardien s'était révélé très précis, mais il aurait été utile de savoir que le terme de « domaine » désignait en fait une ferme. Ah, ces Anglais ! Daisy, Red et la comtesse étaient passés trois fois devant la petite demeure bucolique entourée de dépendances avant de comprendre qu'ils étaient arrivés à destination.

Daisy balaya le coquet jardin du regard et sourit à la dame.

— Nous venons voir le professeur Huxley. Il habite bien ici ?

La femme les scruta, jaugeant ouvertement leur élégante voiture et leurs vêtements coûteux.

— Il enseigne plus. De toute façon, il est pas là.

— Il ne peut être parti bien loin avec une femme aussi jolie à la maison, intervint Red, affable, avec un clin d'œil qui fit rougir la fermière.

— Il est dans la grange, admit-elle. Bessie est en train de vêler et il... donne un coup de main.

— Cela vous ennuie si nous l'attendons, chère madame ? demanda Red.

Impressionnée par son apparence et son éloquence, elle esquissa une révérence et sourit, coquette.

— Je m'appelle Becky, pour vous servir, monsieur. Je suis la gouvernante du professeur.

Elle posa sur Daisy et la comtesse un regard moins admiratif mais s'effaça pour les laisser entrer.

— Je vais faire chauffer de l'eau pour le thé. Le professeur risque d'être un peu long.

Si Red et la comtesse suivirent la femme à l'intérieur, Daisy s'attarda sur le seuil puis, sans un mot, tourna les talons pour se diriger vers la grange.

La ferme avait tout d'une exploitation agricole en miniature. L'ensemble était bucolique à souhait. Le cottage était niché dans un jardin fleuri : roses trémières, hémérocalles, capucines et asters côtoyaient les rosiers taillés avec soin. Une clôture en bois ceignait la cour où s'ébattaient des canards, des oies et des poules. Un banc de pierre était installé sous une tonnelle recouverte de vigne vierge. Tous les enclos étaient soignés et la grange elle-même était en brique, avec des ornements en pierre sculptée. Un cadre idyllique qui se prêtait idéalement à la retraite d'un professeur.

Alors qu'elle approchait de la dépendance, Daisy entendit une voix masculine. À l'intérieur, elle découvrit un homme d'âge mûr en culotte de golf, bottes en caoutchouc et veste en tweed à côté d'une vache gisant sur une couche de paille. La pauvre bête était dans les affres d'un vêlage.

— Allons, ma Bessie, implora le professeur. C'est un processus des plus naturels qui fait partie du cycle de la vie.

Impatient, il désigna un livre posé sur la paroi d'une stalle.

— Tu sais ce que disent Érasme et John Locke, reprit-il. On n'obtient rien sans effort, alors pousse, ma belle !

— Professeur ? lança Daisy en se penchant vers l'intérieur. Professeur Broadman Huxley ?

Il se tourna à demi vers elle et fronça les sourcils.

— Pas maintenant, grommela-t-il en la chassant d'un geste. Je me livre à une activité délicate.

— J'ai fait un long voyage pour vous rencontrer, professeur. Je viens de New York.

— Justement. Vous n'êtes pas à une heure près, s'emporta-t-il. Cette pauvre bête est en train de mettre bas et a besoin d'aide.

Il s'accroupit, sortit un livre de sa poche et commença à lire dans une langue qui ressemblait au latin.

— Que diable faites-vous ?

— Je me plonge dans la philosophie des grands sages. Il n'y a rien de tel pour s'élever.

— Tu parles, marmonna Daisy.

Ce vieux fou était totalement à côté de la plaque. Daisy s'approcha et vit des sabots jaillir de la croupe de la vache. Une contraction poussa les pattes du veau qui rentrèrent dès la contraction passée. Ce processus inefficace se reproduisit deux fois avant que Daisy comprenne ce qui se passait.

— C'est son premier veau ? demanda-t-elle au professeur, qui se hérissa et continua sa lecture. C'est son premier veau ? cria-t-elle. Le travail a commencé il y a combien de temps ?

— J'ignore qui vous êtes, jeune fille, mais votre présence est à la fois déplacée et indésirable. Veuillez vous retirer afin que je puisse soigner cette pauvre bête !

— Soigner ? s'exclama-t-elle, irritée par ce rejet, elle était néanmoins désireuse de se rendre utile. Ce n'est pas en lui faisant la lecture que vous l'aiderez. Son veau est trop gros. Regardez la taille de ses sabots.

Sans laisser au professeur le temps de réagir, elle enleva ses gants et déboutonna sa veste pour examiner la vache.

— Attendez !

Il se redressa et écarta les bras pour lui barrer le passage et l'empêcher de voir ce spectacle.

— N'approchez pas ! s'écria-t-il quand elle le contourna. C'est inconvenant !

— C'est surtout dangereux ! riposta-t-elle.

Elle ôta sa veste et remonta ses manches.

— La plupart des vaches vêlent dans un pré sans difficulté. Il arrive, surtout la première fois, que le veau soit trop gros pour que la vache se débrouille seule, comme ici. Si nous ne l'aidons pas, elle risque de mourir, ainsi que son petit.

— Mais enfin... ce n'est pas là une activité pour une dame...

Il jeta un coup d'œil à Bessie qui haletait, les yeux exorbités.

— Il faut une corde, ordonna Daisy.

Elle prit le professeur par les épaules et le fit pivoter vers l'entrée de la grange avant de le pousser.

— Ou une chaîne ! ajouta-t-elle. Vite !

Le professeur s'éloigna sans demander son reste. Daisy s'agenouilla près de Bessie et lui caressa la tête.

— Tout va bien, ma belle. On va t'aider à mettre ton veau au monde. J'ai déjà fait cela des dizaines de fois.

Une vague de nostalgie aussi puissante que soudaine la submergea. Elle se revit à la ferme, avec ses génisses. À chaque nouvelle naissance, tout semblait possible. Pour la première fois depuis des mois, son pays lui manquait. Elle se rappelait les nuits passées à tenir une lanterne au-dessus de la tête d'une vache tandis que les garçons de ferme tiraient le veau par les pattes pour l'aider à sortir. Combien de fois leur avait-elle prêté main-forte ? Elle pensa au vieux Jake, à Lefty, à Fred... Ils la traitaient parfois comme une princesse et souvent comme une petite sœur espiègle. Ils lui manquaient tellement !

Le professeur revint en courant muni de deux cordes. Daisy se hâta de nouer la plus robuste autour des sabots du veau.

— Êtes-vous certaine de savoir ce que vous faites, jeune fille ?

Elle lui jeta un regard. Il hésitait visiblement entre scepticisme et espoir. Il n'était pas sûr de pouvoir autoriser une femme à se charger d'une telle tâche. Lorsqu'elle tira sur la corde pour vérifier la solidité de ses nœuds, il écarquilla les yeux. Il comprenait enfin pleinement l'urgence de la situation.

— Je sors des veaux depuis ma plus tendre enfance, expliqua-t-elle.

— Vous allez sortir le veau ainsi ? bredouilla-t-il, abasourdi.

— Nous allons le faire ensemble, professeur.

Il prit son mouchoir et s'épongea le front tandis que Daisy retroussait ses jupes pour avoir une plus grande liberté de mouvement.

— Dès la prochaine contraction, quand les pattes apparaîtront, il faudra tirer le plus fort possible.

Ils se mirent en place et, au moment propice, tentèrent d'extraire le veau.

— Plus fort ! cria Daisy.

Ils eurent beau faire, le veau ne sortait pas.

— Ne meurs pas, Bessie ! implora le professeur en allant lui caresser la tête. Si tu m'aides faire à naître ce veau, je ne t'embêterai plus jamais avec Aristote, c'est promis !

— Nous avons besoin de bras, déclara Daisy, qui songea à son oncle Red et au cocher.

Hélas, aucun des deux n'était jeune ou vigoureux. Alors qu'elle levait les yeux, la solution s'imposa à elle sous la forme d'un homme de haute taille, large d'épaules.

Sous le soleil matinal, elle aurait juré qu'Ashton Graham était entouré d'un halo de lumière. Il s'approcha de cette démarche souple et assurée qui avait le don de la troubler.

— Vous arrivez à point nommé, dit-elle. Enlevez votre manteau et venez ici !

Dérouté, Ashton embrassa du regard la scène qui s'offrait à sa vue : la vache en souffrance, le professeur anxieux et Daisy Bumgarten, les manches roulées et les jupes relevées.

— Seigneur, mademoiselle Bumgarten, dit-il en se débarrassant en hâte de son manteau. Qu'est-ce que vous... ?

— Maintenant, monsieur Graham !

Dès qu'il la rejoignit, en bras de chemise et tête nue, elle lui exposa la situation. Il la dévisagea, incrédule.

— Vous voulez que je...

— Oui, le coupa-t-elle.

Sa robe était maculée de paille et ses joues empourprées. Quelques mèches blondes s'étaient échappées de son chapeau. Jamais il n'avait vu une femme dans ce genre de situation, mais aucune de ses connaissances n'aurait pu être plus fascinante que Daisy aidant une vache à vêler.

Il se plaça entre la jeune femme et le professeur, et empoigna la corde. Il tira de toutes ses forces lorsque Daisy le leur ordonna.

Cette fois, les pattes ne se rétractèrent pas entièrement.

— On est en bonne voie, annonça Daisy en lui adressant un sourire par-dessus son épaule. Ce sera peut-être pour la prochaine contraction.

Il en fallut deux de plus pour que le veau chute enfin dans la paille. Ashton et le professeur furent projetés en arrière et Daisy tomba sur Ashton. Elle se releva en le gratifiant d'un sourire et s'approcha de Bessie et de son petit. Ashton s'adossa au mur, sonné ; il sentait encore le poids de son corps sur le sien et de sa main sur sa cuisse.

Le veau était tout humide, mais il remuait déjà et aspirait une bouffée d'air.

— Debout, Bessie ! lança Daisy. Tu dois t'occuper de ton petit, à présent. Regarde comme il est beau ! ajouta-t-elle tandis que le veau tentait de se mettre debout.

Ashton se leva et aida le professeur à faire de même. Ils regardèrent sans mot dire Bessie inspecter son veau puis le lécher consciencieusement.

Il ne fallut pas longtemps à ce dernier pour se hisser sur des pattes aussi minces que disproportionnées.

— C'est un miracle, souffla Huxley d'une voix émue. Bravo, ma belle ! Tu as bien travaillé.

Un doux sourire aux lèvres, Daisy le regarda chasser une larme. Ses joues étaient d'un rose délicat, ses lèvres parfaites et ses yeux aussi limpides qu'un ciel d'été. Elle avait tout d'une Madone, songea Ashton, fasciné. Douce et belle, généreuse et sage.

Elle entreprit de frotter le veau avec de la paille, puis avec le bas de sa robe. Elle rit quand le petit animal se lova contre elle et Ashton en frissonna.

— Non ! Je ne suis pas ta maman !

Elle adressa à Ashton un regard empreint d'une joie si authentique qu'il ne put s'empêcher de sourire.

— Il est beau, non ? demanda-t-elle.

Elle s'agenouilla pour caresser le veau. Le professeur l'imita et ils s'esclaffèrent comme des enfants. L'espace d'un instant, Ashton sentit son cœur se serrer d'attendrissement, jusqu'à ce que Huxley se tourne vers Daisy et s'empare de ses mains.

— Merci, mille fois merci, chère madame. Dieu seul sait ce qui serait arrivé sans votre intervention. Je vous suis redevable… et je ne connais même pas votre nom.

— Daisy Bumgarten, professeur. Je viens du Nevada, aux États-Unis.

Ashton n'en revenait pas : le grand ponte de l'histoire d'Angleterre, le redoutable professeur qui terrorisait ses étudiants cajolait une vache et se confondait en remerciements face à une Américaine chasseuse de titre. Quelle mouche l'avait piqué ?

Et que diable lui arrivait-il, à lui ?

8

Ébranlé et quelque peu consterné par son accès de sentimentalisme pour une *vache*, Ashton ajusta son gilet, remit son manteau et son chapeau et quitta la grange. Dans l'allée menant au cottage, il se rendit compte qu'il avait laissé Huxley entre les griffes de Daisy Bumgarten. Il fit demi-tour et arriva juste à temps pour entendre la jeune femme lui arracher un rendez-vous afin de consulter certains documents de son ancienne collection à la Bibliothèque Bodléienne. Ashton réfléchit un instant. Son ancien mentor avait fait don de sa remarquable collection d'archives à la célèbre bibliothèque d'Oxford ?

— Tout y est ? intervint-il, sous le choc. Y compris les lettres ?

— La totalité des documents, répondit fièrement Huxley. J'ai fait mon temps et je me tourne désormais vers des choses plus profondes.

— Comme les vaches, lâcha Ashton en retenant un sourire sarcastique.

— Comme les vaches, en effet, confirma Huxley sans dissimuler son plaisir. Restez donc déjeuner, mon petit, ajouta-t-il à l'adresse de Daisy.

Il leur fit signe de le suivre.

— Vous aussi, Ashton. Je tiens à arroser la naissance de mon premier veau grâce à Mlle Bumgarten.

Les choses ne se déroulaient pas comme prévu. Attablé dans la modeste salle à manger du professeur Huxley, Ashton s'efforçait de demeurer impassible. Il avait eu l'intention de se rendre chez le vieil homme avant Daisy, de faire appel aux préjugés du professeur en lui exposant la quête de celle-ci et de jouer sur sa fierté professorale pour l'emporter sur la jeune femme. C'était sans compter sur la retraite de Huxley à la campagne et sur la possibilité que Daisy le devance. Et voilà qu'à présent, ils écoutaient le professeur babiller sur les beautés de la nature et le devoir de la sauvegarder. Dans ses vieux jours, il s'était plongé dans les écrits religieux et n'avait pas refait surface.

— L'Arcadie est une utopie, une terre idyllique pastorale, expliqua Huxley. L'humanité vit dans un paradis en harmonie avec le divin, un véritable jardin d'Éden. Les grands philosophes l'ont évoqué et les artistes de toutes les époques ont tenté de le matérialiser.

Il eut soudain l'air si rêveur qu'Ashton eut envie de le secouer.

— Ici, je n'en ai qu'un aperçu, bien sûr, reprit-il. Aujourd'hui, par exemple. Quel bonheur absolu qu'une nouvelle vie !

— Oui, les beautés de la nature, dit Redmond avant de boire une gorgée de vin. Ça peut être aussi l'enfer. Vous avez vu ce qui reste d'une vache massacrée par un couguar ?

Voyant l'expression stupéfaite du professeur, Daisy intervint en hâte.

— Ce que mon oncle veut dire, je crois, c'est que certains endroits sont plus paradisiaques que d'autres. Dans l'Ouest américain, c'est manger ou être mangé. Les couguars, les loups, les ours, les coyotes et les buses font des ravages dans les élevages.

— Je me rappelle une époque, quand j'étais prospecteur…

Red se lança dans un récit de ses aventures dans les montagnes et les plaines du Nevada. Le professeur l'écouta avec un mélange d'effroi et de fascination.

Ashton était de plus en plus contrarié de voir le duo charmer son ancien professeur avec des anecdotes sur des contrées exotiques, sans doute inventées de toutes pièces. Il aurait pu y mettre un terme ou quitter les lieux, mais Daisy Bumgarten ne cessait de lui lancer des regards discrets qui lui rappelèrent qu'il était là pour elle… pour la charmer et détourner son attention de son projet. En cet instant, il aurait volontiers abandonné cette mission ridicule.

— Cet « Ouest » qui vous est si cher n'est pas fait pour les gens civilisés, déclara Ashton quand Redmond s'interrompit pour avaler une gorgée de vin.

— Là-bas, les hommes doivent être forts pour survivre, rétorqua Daisy avec un petit sourire féroce. Et les femmes doivent l'être encore plus.

— À propos des femmes, dit Ashton en se tournant vers Huxley, Mlle Bumgarten fait des recherches sur une ancêtre dénommée Charlotte Fitzroy. J'ai cru comprendre que vous aviez accepté de l'aider à trouver des documents sur ce sujet.

— Je crois que ma collection contient des éléments là-dessus, répondit Huxley.

— Ma foi, ce sera intéressant, dit Ashton avec un sourire, vu qu'il y a deux Charlotte Fitzroy.

— Quoi ? s'exclama Daisy, tout ouïe. *Deux* Charlotte ?

— Absolument. Il a toujours été un peu difficile de déterminer à laquelle un document fait référence, n'est-ce pas, professeur ?

— Ah, en effet, je m'en souviens : l'une est comtesse de Yarmouth et l'autre comtesse de Lichfield... deux filles de Charles II.

— Et elles portaient le même prénom ? s'étonna Daisy en se tournant vers la comtesse.

— C'est la forme féminine de Charles, expliqua Ashton en s'efforçant de dissimuler son plaisir. Les maîtresses royales tenaient à établir un lien entre leurs enfants et leur père à travers le prénom, or le roi Charles a eu de nombreuses maîtresses. Reste à savoir laquelle des deux Charlotte figure dans votre lignée, mademoiselle Bumgarten, si tant est que l'une d'elles soit bien votre ancêtre.

— Sale fouine, marmonna Daisy en se dirigeant vers les écuries de Holloway House.

Laissant Red et la comtesse dans la voiture, elle était rentrée à Oxford à cheval, au grand galop, afin de permettre à Saltimbanque de se dégourdir les jambes et d'apaiser ses propres tensions par la même occasion. Échevelée, agitée, elle était plus déterminée que jamais à faire en sorte qu'Ashton Graham – elle refusait de le qualifier de « lord » – ne se mêle pas de ses recherches généalogiques. Elle aurait dû se méfier lorsqu'il lui avait si obligeamment révélé le nom du professeur et de son université.

Elle mit pied à terre et renvoya d'un geste le garçon d'écurie. Elle préférait bouchonner elle-même sa monture malgré les protestations de la comtesse.

Elle trouvait cette activité apaisante, et elle avait grand besoin de remettre de l'ordre dans ses idées. De plus, les selles anglaises étaient plus légères à manipuler que le matériel américain auquel elle était habituée.

À chaque coup de brosse, un peu de son angoisse s'envolait. Elle s'interrompit pour flatter l'encolure du cheval, puis appuya son front sur le sien. Son odeur fit ressurgir des souvenirs d'enfance : le Nevada, son paysage aride, son ciel limpide, ses couchers de soleil aux couleurs éclatantes... L'odeur du cuir, la poussière, la végétation, un véritable régal pour les sens. C'était un pays superbe et fier, difficile et implacable... Si seulement elle pouvait regagner le ranch, ne serait-ce que pour quelques heures, boire un café au coin du feu...

— Allons, allons, que dirait la comtesse ? fit une voix à côté d'elle.

Elle sursauta et fit volte-face. Ashton Graham était adossé à la paroi du box et la fixait d'un regard nonchalant.

— Que faites-vous là ? demanda-t-elle, les joues rouges.

— J'amène mon cheval à l'écurie.

— Ici ?

— Je séjourne au Holloway House.

Il observa Saltimbanque et la brosse qu'elle avait à la main.

— Ils ont du personnel, vous savez.

— Je préfère m'en charger moi-même, rétorqua Daisy. Je suis très attachée à Saltimbanque, et chez moi, on s'occupe soi-même de son cheval. Cela crée un lien avec l'animal. Quand on s'occupe de son cheval, le cheval s'occupe de son cavalier.

— C'est le cas du vôtre ?

Il affichait de nouveau ce regard lascif qui avait le don d'embraser Daisy.

— Il veillera sur moi s'il le faut.

Si seulement ce vaurien n'était pas aussi proche, aussi grand et viril... Elle ressentit des picotements dans certaines parties de son corps qu'elle préférait ignorer. Comment ne pas le regarder parler sans s'humecter les lèvres de désir ? Comme s'il était conscient de l'effet qu'il produisait sur elle, il s'approcha et fit courir sa main sur la croupe du cheval.

— Superbe bête, murmura-t-il avant de poser les yeux sur elle. La perfection à l'état pur.

— Inutile d'être un spécialiste pour le constater, railla-t-elle en reculant d'un pas. C'est le plus bel étalon de l'État du Nevada... voire de tout l'Ouest américain.

— Très impressionnant, commenta-t-il avec le regard d'un prédateur sur le point de fondre sur sa proie.

Daisy battit en retraite derrière l'animal et lui flatta l'encolure.

— Mon défunt père, paix à son âme, s'y connaissait. Il a acheté un couple de pur-sang arabes dont Saltimbanque, ici présent, est un descendant.

Pour dissimuler le tremblement de ses mains, elle redoubla d'efforts avec sa brosse.

— Il allie la force et l'agilité à une endurance exceptionnelle. Les chevaux de Silver River sont réputés de Sacramento à San Francisco.

— Silver River ?

— C'est le nom de notre ranch. La rivière d'argent. C'est ce qu'évoque le spectacle des cascades qui jaillissent des montagnes. En outre, c'est grâce au minerai d'argent que nous avons fait fortune.

En levant les yeux, Daisy constata qu'Ashton passait la main sur le flanc du cheval comme s'il songeait à l'acquérir. Mieux valait mettre les choses au point.

— Il n'est pas à vendre.

— Tout a un prix.

Il s'immobilisa près d'elle et elle sentit son regard sur elle. Son corps entier se mit en alerte. Qu'il aille au diable ! Faisant fi de tout bon sens, elle laissa retomber sa main le long de son flanc et attendit.

Elle ne s'était pas imaginé qu'il lui effleurerait le visage de son doigt comme pour mémoriser ses traits. Ni qu'il repousserait doucement une mèche qui s'était échappée de sa tresse durant sa chevauchée. Il s'aventura derrière son oreille, puis sur sa nuque, lui arrachant un délicieux frisson. Troublée, elle eut envie de se laisser aller contre sa main. Elle ne résista que parce qu'il sourit, devinant visiblement ce qui se passait en elle.

Le vaurien ! Il exploitait son pouvoir sur elle, suggérant qu'il savait des choses sur elle, des choses qu'elle-même ignorait, peut-être. Quoi qu'il en soit, elle ne savait que trop bien comment elle réagissait face à un grand brun ténébreux mû par de mauvaises intentions. Ce qui ne l'empêcha pas de plonger son regard dans le sien. Ce qu'elle y lut la surprit : un intérêt sensuel, bien sûr, mais aussi une curiosité non dissimulée.

Il y avait aussi autre chose, qui n'avait rien à voir avec la mission qu'il s'était fixée. Du désir. Il avait bel et bien envie de l'embrasser, lui aussi. Elle sut alors que ce désir de goûter au fruit défendu allait planer entre eux jusqu'à ce qu'ils y succombent et tournent la page.

Bon sang.

Daisy prit une profonde inspiration et leva la tête, les lèvres offertes. Ashton ne résista pas à l'invitation ; il s'en empara et elle plongea dans un océan de sensations.

Chaude et ferme, la bouche d'Ashton fit naître en elle une douce chaleur qui se propagea le long de ses cuisses. Elle chancela légèrement et retrouva vite l'équilibre. Seules leurs bouches se touchaient, mais elle brûlait de se presser contre lui, d'absorber sa chaleur, de sentir son corps musclé.

Lorsque la langue d'Ashton s'insinua entre ses lèvres, elle saisit les revers de son manteau pour l'attirer plus près et approfondir ce baiser enivrant. Inclinant la tête, elle l'invita à une exploration sensuelle et intime. Jamais elle n'avait goûté un tel délice.

Ashton interrompit leur baiser pour s'aventurer sur sa joue brûlante, puis sous son oreille. Elle sentit son souffle chaud sur son cou tandis qu'il y pressait les lèvres. Dans la chaleur de l'écurie, elle avait dégrafé les premiers boutons de son corsage, et Ashton en écarta les pans pour explorer la peau si tendre au creux de sa gorge. Elle eut la vague impression qu'il dégrafait un bouton supplémentaire. Il la mordilla doucement et les pointes de ses seins se dressèrent en réponse… Plus près… elle le voulait plus près…

Quelque chose pénétra soudain le brouillard qui enveloppait son cerveau. Au même instant, Ashton se redressa et regarda en direction de la porte ouverte du box. Des bruits de voix et le martèlement de sabots dans l'allée centrale parvinrent à Daisy, l'arrachant à sa transe.

— Bon sang, fit une voix. Ashton Graham, c'est toi ?

Ashton relâcha la délectable Daisy comme s'il venait de se brûler. L'espace d'un instant, il faillit céder à la panique. Le corsage ouvert de la jeune femme ne laissait aucun doute sur la nature de leurs activités. Elle avait les pupilles dilatées et lui-même avait le visage en feu. Il jura intérieurement. Si on les voyait... Il poussa Daisy derrière le cheval et se retourna juste à temps pour faire face à Reynard Boulton.

Ce misérable l'avait suivi jusqu'à Oxford.

— Qu'est-ce que tu fais ici ? lança Reynard d'un ton accusateur en passant la tête dans le box. Je te croyais en route pour le Sussex pour organiser la fête d'anniversaire de ton oncle Seward.

Ashton afficha un sourire crispé. Quand le Renard était sur une piste, rien ne lui échappait.

— J'ai dû d'abord passer chez mon ancien professeur pour m'entretenir avec lui, mentit Ashton avec un aplomb qui le surprit lui-même. Huxley s'est retiré à la campagne et j'espérais le convaincre de cesser ces bêtises et de reprendre sa chaire au Queen's College.

— Tu as réussi à le convaincre ?

Reynard entra dans le box et tendit le cou, cherchant la personne avec qui se trouvait Ashton. Celui-ci croisa les bras et s'efforça de bloquer la vue du Renard.

— Non. Il semble avoir perdu la tête. Figure-toi qu'il a légué toutes ses archives à la Bodléienne. Il passe désormais ses journées à cajoler des vaches et à raconter des âneries sur la nature. Quel gâchis ! J'ai cru mourir d'ennui.

— J'ai cru un instant que tu avais épousé sa cause, lâcha Reynard en le contournant pour examiner Saltimbanque. Une sacrée belle bête. Tu viens de l'acquérir ?

— Non ! lança Daisy Bumgarten en surgissant soudain, sa brosse à la main, pour foudroyer l'intrus du regard. Ce cheval m'appartient, monsieur...

— Boulton. Reynard Boulton pour vous servir.

Il s'inclina galamment et se tourna vers Ashton en arquant les sourcils.

— Je te présente Mlle Daisy Bumgarten, du Nevada. C'est aux...

— États-Unis, je sais, le coupa le Renard.

Il afficha un sourire un peu trop radieux et s'empara de la main que Daisy lui offrait.

— J'ai entendu parler de vous, mademoiselle Bumgarten... Vous êtes une cavalière émérite, paraît-il.

— Voilà une description qui me plaît, monsieur Boulton, répondit-elle avec un sourire chaleureux.

Si elle avait eu le temps de reboutonner son corsage et de lisser ses cheveux, ses lèvres étaient encore gonflées, et rouges, comme si elle avait mangé des cerises et qu'il restait du jus sur sa bouche. Le regard de Reynard glissa sur la bouche pincée d'Ashton.

— Qu'est-ce qui t'amène à Oxford ? s'enquit ce dernier, histoire de faire diversion.

— J'ai un neveu, le fils de ma sœur aînée, qui a des ennuis. Elle m'a chargé de mener l'enquête. Mademoiselle Bumgarten, je suis ravi de faire votre connaissance. Vous êtes descendue à Holloway House ?

— Absolument. À en croire la comtesse, c'est le meilleur hôtel d'Oxford.

— La comtesse ? répéta-t-il en l'examinant sans vergogne. Et de quelle comtesse s'agit-il ?

— Lady Evelyn Hargrave, bien sûr, répondit Daisy en l'étudiant avec une curiosité équivalente à la sienne qui surprit Ashton. La comtesse de Kew. C'est une amie de ma famille et elle me guide dans les eaux profondes de la bonne société. Et comment avez-vous connu lord Graham, monsieur Boulton ? Vous êtes un ami de son frère ?

Une lueur irritée s'alluma brièvement dans les yeux de Reynard, ce qui fit sourire Ashton. Héritier d'un titre ancien, le Renard ne s'abaisserait certes pas à corriger la jeune femme, mais il était assez vaniteux pour prendre ombrage de ce « monsieur » qui était un manquement au protocole.

— Nous étions à l'école ensemble, Ashton et moi, et nous nous sommes retrouvés à l'université, bien que j'aie obtenu mon diplôme avant lui.

— Vous êtes donc de vieux amis, dit Daisy.

Adressant un sourire indéchiffrable à Ashton, elle ajouta :

— Vous avez un compagnon tout trouvé pour le dîner.

Sur ce, elle leur tourna le dos et continua de brosser son cheval.

Affichant une indifférence feinte, Ashton quitta l'écurie. Il fulminait. Comment osait-elle le congédier de la sorte alors qu'il venait de lui éviter la pire des ignominies ? Car si le Renard avait propagé une rumeur...

— Tu vois ? dit ce dernier en le rattrapant. Elle vise plus haut qu'un second fils, finalement.

— Va au diable, Boulton. Tu as mal choisi ton moment pour débarquer.

Ce salaud éclata de rire.

— Chez moi, c'est un don !

9

La comtesse attendait Daisy lorsqu'elle regagna sa suite. Elle parcourut la jeune femme du regard, renifla et plissa le nez.

— Vous sentez le cheval. Je le craignais, j'ai donc pris la liberté de demander à Colette de vous préparer un bain.

Elle fit signe à la camériste qui s'empressa d'aller verser davantage d'eau chaude dans la baignoire en porcelaine.

— Auparavant, j'ai deux mots à vous dire, reprit-elle.

Qu'allait-elle encore lui reprocher ? se demanda Daisy en déboutonnant sa veste.

— Vous êtes au courant que lord Graham voit d'un mauvais œil vos recherches généalogiques ?

— Bien sûr, répliqua la jeune femme, qui ne savait trop contre qui, de la comtesse ou d'elle-même, elle était le plus fâchée.

— C'est un propre-à-rien, un débauché et un coureur de jupons, poursuivit la comtesse, en dépit de ses références universitaires.

— Je sais que… Quelles « références » ?

Elle cessa de se dévêtir et fixa les yeux sur la comtesse, qui parut ravie d'avoir réussi à capter son attention.

— Pendant que vous chevauchiez cette… créature, je me suis renseignée. Il est bel et bien diplômé de cette université, semble-t-il. En fait, il est docteur en philosophie. Il a également étudié à la Sorbonne, à Paris, et à l'université de Heidelberg. Chaque fois, il s'est forgé une bonne place au sein de la société locale. Il risque de mettre à profit son éloquence et son savoir pour gagner votre confiance. Ou pire. Certains disent qu'il est totalement dénué de morale et de conscience.

Daisy demeura immobile. Elle se rappelait le sourire et le regard entendu d'Ashton Graham. Elle se rembrunit.

— Ne vous inquiétez pas pour moi, comtesse. Chat échaudé craint l'eau froide.

Sur ces mots, elle entra dans le cabinet de toilette et referma la porte derrière elle, ce qui ne l'empêcha pas d'entendre la comtesse demander d'un ton anxieux :

— Vous avez été échaudée ?

Un instant plus tard, Daisy savourait la chaleur bienfaisante de son bain parfumé à la rose.

— Imbécile, marmonna-t-elle.

Elle avait échappé de peu au scandale, dans les écuries. Et si le vieil ami d'Ashton les avait surpris en train de s'embrasser ? Était-ce une manigance ? Se faire prendre en train de s'embrasser et ruiner sa réputation. Aux yeux de ces gens, une jeune fille qui se permettait d'embrasser un homme sans être sa fiancée était capable de toutes les turpitudes. Comment avait-elle pu l'oublier ? Comment avait-elle pu se montrer aussi… vulnérable ?

Elle contempla son corps nu.

Elle était ainsi, point final. Elle avait des besoins, que cela plaise ou non à sa mère et à la bonne société. Tel était son fardeau : une sensibilité à l'appel de la chair. Cela se voyait-il sur son visage ? Dans son regard ? Comment Ashton le savait-il ? Car il le savait, elle en était certaine.

La présence de cet homme ne pouvait que nuire à ses projets. Ashton Graham hantait ses pensées et troublait ses sens. Depuis leur baiser, elle peinait à se concentrer sur autre chose.

Poursuivant son examen de conscience, elle admit qu'elle avait pris une mauvaise décision dans la grange. Au plus profond d'elle-même, elle savait que ce baiser ne ferait qu'attiser son désir et encourager Ashton. Elle l'avait savouré pleinement, s'en était délectée, comme prévu.

Il ne fallait pas que cela se reproduise. *Jamais.*

La Bibliothèque Bodléienne était un labyrinthe de pierre niché près de la Radcliffe Camera, un bâtiment circulaire devenu le symbole des collections qui faisaient la renommée de la prestigieuse bibliothèque, c'était du moins ce que la comtesse leur avait expliqué au cours du trajet en voiture. Les deux femmes précédèrent un Redmond réticent dans la vaste salle de lecture ornée de colonnades occupant le rez-de-chaussée de la Radcliffe Camera. Le professeur Huxley les attendait. Il les fit sortir et descendre la rue jusqu'à l'entrée principale de la vénérable Bodléienne.

— Encore de la marche, grommela Red qui faillit se tordre la cheville sur les pavés. Tout ça pour s'asseoir dans une pièce pleine de bouquins.

— Nous n'avons pas le choix, oncle Red, expliqua Daisy en glissant son bras sous le sien. Nous devons démontrer que du sang bleu coule dans mes veines.

— Du sang c'est du sang, et il est rouge, bougonna Red.

Le professeur leur expliqua que la Radcliffe Camera, qu'ils venaient de quitter, n'était guère plus qu'une salle de lecture car les collections principales se trouvaient désormais dans les bâtiments regroupant les legs de Thomas Bodley, bibliothécaire du Merton College.

Des deux côtés de l'Atlantique, des hommes fortunés aimaient s'offrir le privilège de voir leur nom gravé sur de prestigieux édifices.

Tandis qu'ils traversaient une enfilade de salles richement ornées, le professeur leur racontait l'histoire des lieux. Lorsqu'ils atteignirent enfin une pièce rectangulaire très simple, tapissée de livres, la comtesse elle-même semblait sur le point de mourir d'ennui. De longues tables en chêne et des vitrines renfermant des ouvrages ouverts et des documents trônaient au centre. Les rares lampes n'éclairaient pas suffisamment la pièce où flottait une odeur de renfermé et de vieux papier.

— Ce sont les collections historiques, déclara Huxley d'une voix si basse qu'ils durent s'approcher pour l'entendre.

Il les entraîna vers l'une des vitrines.

— C'est ici que sont conservées mes sources.

Il se pencha pour examiner les documents, plissa les yeux, puis se redressa vivement, l'air désemparé.

— Où est-elle passée ? La charte ? Le document attestant de la restauration du roi ? Il était là. La liste des membres de la noblesse ayant juré allégeance à la Couronne.

Il se précipita à la recherche de ce « maudit bibliothécaire », leur laissant un moment de répit.

Si la comtesse s'assit sagement, Red se laissa tomber sur une chaise à côté d'elle en ronchonnant et posa les pieds sur la table. La comtesse le foudroya du regard et donna une tape sur sa chaussure, en vain. Elle dut pousser lesdites chaussures pour le contraindre à adopter une posture respectable.

Au bout de quelques minutes, le professeur réapparut en compagnie d'un petit homme nerveux qui s'efforçait de lui expliquer que la collection Huxley avait été remisée à l'abri. Le professeur ne l'entendait pas de cette oreille.

— J'ai fait don à cette institution de l'œuvre de toute une vie, répliqua-t-il, outré. Un travail exceptionnel, il n'y a pas mieux dans l'Empire britannique ! Vous ne pouvez pas enfermer ces documents dans un coffre !

— Un coffre ? répéta Red. Pour y mettre quoi ?

— Les documents relatifs à la monarchie et à l'Empire, répliqua la comtesse d'un ton sec. Il semble que certains soient trop précieux ou fragiles pour être entreposés sur une simple étagère.

D'un geste dédaigneux, elle désigna les rayonnages surchargés d'ouvrages qui les entouraient.

— Juste de maudits papiers, marmonna Red, déçu.

— Professeur, vous pouvez sûrement demander que certains de vos documents nous soient apportés afin que nous les consultions ? intervint Daisy. Vous pourriez procurer certains d'entre eux au professeur, n'est-ce pas ? ajouta-t-elle en adressant son plus beau sourire à l'employé qui se tordait les mains.

Le petit homme déglutit et jeta un coup d'œil par-dessus son épaule, visiblement tiraillé entre le professeur et quelque force supérieure inconnue.

— Bien sûr qu'il le pourrait, fit une voix sur le seuil.

Daisy sentit son cœur se serrer. Encore lui !

Ashton les rejoignit et prit l'employé par le coude.

— Je me ferai un plaisir de vous aider, assura-t-il en entraînant le malheureux entre deux rayonnages.

Je connais parfaitement les collections historiques. Je trouverai ce dont le professeur aura besoin.

— Vraiment, monsieur Graham…, protesta Daisy, qui fit quelques pas dans leur direction juste avant qu'ils disparaissent au détour d'un rayonnage.

Le claquement d'une porte la dissuada de les suivre. Apparemment soulagé que son ancien étudiant cherche une solution à leur problème, le professeur Huxley s'assit. Daisy arpenta les allées entre les rayonnages, parcourant du regard les volumes reliés de cuir, les dossiers, les recueils d'écrits. Au dos de chacun figurait une suite de lettres et de chiffres tracés avec soin. Pour tromper son ennui, elle prit un livre au hasard.

La calligraphie était élégante, mais difficile à déchiffrer. Elle fut vite interrompue dans ses efforts par le bruit d'une porte qui s'ouvrait et des pas décidés.

— C'est une honte ! lança Ashton, furibond, les bras chargés de dossiers entourés d'un ruban.

Derrière lui, le malheureux bibliothécaire ployait sous le poids des volumes. Les deux hommes déposèrent leur butin sur la table, devant la comtesse, Red et Huxley.

— Vous ne devinerez jamais où ils avaient entreposé votre collection, professeur, déclara Ashton. Dans un placard à balais, au milieu des seaux et des serpillières !

— Nous manquons d'espace…, geignit l'employé.

— Un placard à balais ? répéta Huxley. Ce sont des documents d'une valeur inestimable, des écrits royaux sur la monarchie, et vous les traitez comme de vulgaires bouts de papier ?

Huxley se leva d'un bond, hors de lui.

— J'exige de voir le bibliothécaire en chef ! hurla-t-il à l'employé. Tout de suite !

Tandis que les deux hommes s'éloignaient, Ashton reporta son attention sur les dossiers qu'il avait sauvés d'un triste sort. Il en effleura la surface de la main et constata avec effroi la présence d'une substance indésirable.

— De la moisissure ! Nom de nom !

Il ouvrit un dossier et fit glisser son contenu sur la table.

— Regardez ! Il devrait y avoir une fine toile de coton entre chaque page. Et vous sentez cette odeur ? Heureusement que nous sommes venus aujourd'hui. Deux mois de plus et les dégâts auraient été irréversibles.

Lorsque Daisy voulut prendre une feuille de papier, Ashton l'en empêcha d'un geste.

— Ne touchez à rien sans porter des gants appropriés.

— Je suis gantée ! rétorqua-t-elle. Je porte *toujours* des gants appropriés, ajouta-t-elle, se rappelant leur première rencontre.

— Ceux-ci sont en chevreau, insista Ashton.

— De la plus belle qualité, en effet.

— Le cuir contient de la graisse. Pour protéger les documents, il convient de porter des gants de coton.

Il en sortit deux paires de la poche intérieure de sa veste et lui en tendit une.

— Il faut porter des gants pour *lire* ? s'insurgea-t-elle en se tournant vers la comtesse.

Cette dernière semblait sur le point de défaillir.

— Ces documents très rares sont à manipuler avec soin, expliqua Ashton en enfilant les siens. Certains sont vieux de plusieurs centaines d'années. Les pigments de l'encre sont sensibles à la lumière et aux moisissures. Cette négligence est inacceptable.

De mauvaise grâce, Daisy troqua ses gants contre ceux que lui avait donnés Ashton en regardant ces livres et ces documents qui détenaient peut-être la clé de son passé et celle de son avenir.

— Comment se fait-il que vous connaissiez ces choses sur l'encre et la conservation des vieux papiers ? s'étonna Daisy.

— Huxley a été mon directeur d'études au Queen's College. Tout étudiant en histoire doit savoir manipuler les sources anciennes d'information mises à sa disposition.

Daisy le regarda scruter les pièces une à une. Il semblait sincèrement inquiet pour ces vieux papiers… Une attitude inattendue de la part d'un débauché de son espèce. Il paraissait parfaitement à l'aise tandis qu'il vérifiait les documents. Elle ne put s'empêcher d'imaginer ses longs doigts agiles sur…

Elle se ressaisit et s'écarta de la table.

Les livres avaient mieux résisté aux outrages du temps que les feuilles libres. Le nom de Broadman Huxley figurait sur la couverture d'un volume consacré à la descendance de Charles II. Lorsque Ashton en feuilleta les pages, Daisy ne put résister à la tentation de regarder par-dessus son bras. Elle eut toutes les peines du monde à ne pas se rappeler ce qu'elle avait ressenti lors de leur étreinte…

— Est-il question d'une Charlotte Fitzroy ? s'enquit-elle d'une voix un peu haut perchée.

— Il se peut qu'il y ait quelque mention…

Il feuilleta encore quelques pages, fit une pause puis revint en arrière.

— Voilà ! Lady Charlotte Fitzroy Lee, comtesse de Lichfield.

— Que dit-on d'elle ?

Soudain curieuse, Daisy oublia de garder ses distances.

— Où est-elle née ? Où a-t-elle vécu ? A-t-elle eu des enfants ?

— D'après le professeur Huxley, elle s'est mariée en 1644 à l'âge de neuf ans, lut Ashton à voix haute.

— Quoi ?

Daisy agrippa le bras d'Ashton et regarda le texte, les yeux écarquillés.

— C'est… c'est révoltant. Contraindre une enfant à se marier ? Qui ferait une chose pareille ?

— Ses parents ou son tuteur, je suppose, répondit Ashton avec flegme. En réalité, elle ne s'est vraiment mariée que deux ans plus tard.

— Elle avait donc onze ans… douze tout au plus, dit Daisy en se rembrunissant. Ils n'ont pas… ils ne l'ont pas obligée à…

— Je crains que si, dit Ashton en lui coulant un regard de biais. Elle a donné naissance à son premier enfant à l'âge de treize ans.

— Pauvre petite, gémit la comtesse.

— Quel âge avait le monstre qu'ils lui ont fait épouser ? Trente-cinq ans ?

Daisy prit le livre des mains d'Ashton et lut quelques lignes avant de relever la tête, incrédule.

Lord Ashton Graham esquissa un lent sourire.

— Son monstre de mari avait treize ans au moment du mariage. Il n'avait pas quatorze ans lorsqu'il lui a fait un enfant. Il semblerait que les membres de votre lignée soient particulièrement précoces.

— Si tant est qu'il s'agisse de ma lignée. Il existait une autre Charlotte Fitzroy, après tout. En est-il question dans ce livre ?

Il lui reprit le volume des mains et tourna quelques pages.

— *Lady Charlotte, comtesse de Yarmouth,* lut-il. *Fille d'Elizabeth Killigrew Boyle née en 1650 et reconnue par Son Altesse royale Charles II. Elle épousa l'Honorable James Howard dont elle eut une fille. En 1672, elle se remaria avec William Paston, qui hérita du titre de son père et devint le deuxième comte de Yarmouth. Elle eut quatre autres enfants avec lui.*

— Elle me semble respectable, déclara Daisy, consternée par son raisonnement.

— Vous croyez ? Yarmouth s'est battu deux fois en duel pour sauver sa « vertu ».

— Au moins, elle a eu ses enfants dans le cadre du mariage.

— On ne peut pas dire que ce soit une prouesse.

Il feuilleta encore quelques pages.

— Charlotte, comtesse de Lichfield, et son unique mari, Edward Lee, comte de Lichfield, ont vécu quarante-deux ans ensemble et ont engendré dix-huit enfants. Bien plus que les cinq rejetons de la comtesse de Yarmouth. Vos chances de dénicher un ancêtre sont plus fortes du côté de la plus fertile des deux Charlotte.

Daisy n'en revenait pas.

— Dix-huit enfants ? Cette femme a accouché dix-huit fois ?

10

Daisy s'interrompit abruptement en sentant une odeur de tabac. Elle pivota vers son oncle dont la tête était entourée d'un nuage de fumée. Avant qu'elle ait le temps de le tancer vertement, la comtesse lui assena un coup sur le bras si violent qu'il faillit lâcher son cigare.

— Hé...

— Comment osez-vous ? tonna la comtesse.

Se levant d'un bond, elle le saisit par l'oreille pour le forcer à se lever à son tour.

— Bon sang, ça fait mal ! se plaignit-il en se tortillant pour se libérer.

— Dehors ! Tout de suite ! aboya la comtesse. Fumer cette chose nauséabonde à proximité de documents historiques inestimables ! Vous êtes totalement irresponsable.

Elle l'entraîna hors de la salle sans se soucier de ses protestations.

Daisy ne put s'empêcher de rire en voyant la comtesse, d'ordinaire si réservée, prendre en main l'incorrigible oncle Red. Elle croisa le regard d'Ashton Graham dans lequel s'attardait une lueur amusée. Il fit un pas vers elle. Un trouble espoir l'envahit tandis que son corps entier se tendait.

— Où en étions-nous, mademoiselle Bumgarten ? dit-il d'une voix caressante. Ah oui, les dix-huit enfants ! Lady Charlotte a passé presque la moitié de ses quarante-deux années de mariage enceinte.

— Le terme consacré est, je crois, « dans l'attente d'un heureux événement ».

— Tout ce temps sans pouvoir monter à cheval, se rendre à des parties de chasse, aller à l'Opéra, au bal, à endurer une surveillance de tous les instants, à se voir interdire la moindre activité jugée dangereuse ou trop frivole. Voyez-vous, la grossesse d'une duchesse ne consiste pas à mettre au monde un enfant, mais un héritier. Croyez-moi, ces familles ne prennent aucun risque. Pas question de mettre l'héritier en danger à cause des caprices d'une simple « mère ».

Daisy sentit qu'il guettait sa réaction à ses propos.

— Tel est le lot d'une femme ayant eu la chance de prendre un duc dans ses filets, reprit-il. Je me demande ce que lady Charlotte vous conseillerait si elle pouvait vous parler.

Il s'approcha plus près et elle recula. Elle sentait sa chaleur et sa détermination à l'acculer, à la troubler.

— Vous mettrait-elle en garde contre une telle union ? Contre la recherche d'un titre prestigieux quel qu'en soit le prix ?

— Peu importe ce qu'elle me dirait. Elle a vécu il y a deux cents ans. De nos jours, les parents ne marient plus leurs filles de douze ans.

Elle eut beau reculer de nouveau, la distance entre eux ne semblait pas se creuser.

— De plus, je ne suis pas une petite chose fragile comme Charlotte. Je ne l'étais même pas à douze ans, demandez à ma mère.

— Oh, je vous crois sur parole !

Il avança encore et elle se retrouva coincée contre un rayonnage. Il avait le regard d'un coyote affamé...

— Écoutez, j'ai beaucoup voyagé, beaucoup lu, je connais la vie. J'ai parlé à des capitaines, des juristes, des éleveurs de chevaux, des professeurs, des aristocrates, que ce soit ici ou à Rome.

— Je n'en doute pas, railla Ashton avec un sourire sardonique qui fit battre le cœur de la jeune femme. Et je parie que tous ces hommes n'avaient qu'une envie, faire ceci...

Ses lèvres s'emparèrent de celles de Daisy dont le corps s'embrasa. L'onde de chaleur familière se déploya au creux de son ventre. Incapable de résister à l'appel de ses sens, elle noua les bras autour du cou d'Ashton et se plaqua contre lui. Le grondement qui lui échappa aurait pu être celui de la victoire, mais elle eut plutôt l'impression qu'il s'agissait d'une approbation vorace.

Le baiser d'Ashton était une telle source de volupté qu'il vint rapidement à bout de ses bonnes résolutions. Sa peau était en feu, son corps vibrait, réclamant les plaisirs auxquels elle s'était juré de renoncer jusqu'à son mariage.

Dans son dos, elle perçut un craquement puis entendit des livres tomber. S'arrachant aux lèvres d'Ashton pour reprendre son souffle, elle vit ses bras de part et d'autre de son corps et comprit alors qu'il avait agrippé une étagère pour éviter de la toucher.

Étonnée, elle leva les yeux sur lui.

Dans son regard brillant, il n'y avait ni moquerie ni jubilation d'avoir suscité une telle ivresse par un simple baiser. Il n'y avait que du désir – ce désir qu'on évoquait d'ordinaire sur un ton réprobateur, quand on ne le condamnait pas purement et simplement. Mais il n'y avait pas que cela. Il y avait quelque chose de plus profond que le simple plaisir physique. Un besoin.

Il l'embrassa de nouveau, avec une telle passion qu'elle soupira d'aise contre sa bouche et se pressa contre lui. Cette fois, il la toucha. Ses mains caressèrent ses courbes, avec douceur d'abord, puis se montrèrent plus possessives tandis qu'il la plaquait contre lui. Daisy perçut le plaisir qu'il éprouvait à explorer son corps. Elle en voulait davantage, elle voulait le sentir contre son corps nu…

Des voix résonnèrent soudain et ils se figèrent. Affolée, Daisy repoussa Ashton. Avant qu'elle puisse prononcer un mot, il l'entraîna entre les étagères, hors de la vue de Huxley, de la comtesse et de quiconque les accompagnait.

— Où sont-ils donc passés ? s'étonna la comtesse.

— Ashton ? appela le professeur. Où diable êtes-vous ?

Daisy porta la main à sa bouche et interrogea Ashton du regard. S'emparant d'un gros livre sur l'étagère, il le lui fourra entre les mains.

— Par ici ! répondit-il en sortant la tête d'entre les rayonnages. Nous cherchions le dernier titre de Burke. La plupart des ouvrages sur ces étagères sont sans intérêt… quand ils ne sont pas mensongers. Quand je pense qu'ils entreposent vos travaux dans un placard à balais !

— J'ai amené le bibliothécaire en chef afin qu'il constate les effets de cette gestion hasardeuse, annonça le professeur d'un air indigné.

— Il était temps, lança Ashton en les rejoignant, un volume ouvert à la main. Monsieur, veuillez examiner l'œuvre du professeur Huxley et nous expliquer, si vous le pouvez, ce qui justifie les conditions affligeantes dans lesquelles sont conservés ces documents.

Le bibliothécaire en chef était un homme corpulent, impeccablement mis et sûr de lui. Daisy jeta un coup d'œil entre les livres et l'étagère supérieure.

— Je suis certain que cette situation fâcheuse s'explique par un manque de place, déclara-t-il d'un air digne. C'est regrettable et nous allons y remédier dans les meilleurs délais.

S'ensuivit un débat houleux sur l'importance de certains documents et leur conservation.

Daisy posa les mains sur ses joues en feu et s'efforça de se ressaisir. Elle repéra un passage qui lui permettait de regagner discrètement l'allée centrale. Elle l'emprunta et apparut en feignant d'être plongée dans la lecture de son livre. La comtesse l'aperçut, mais poursuivit sa conversation. Quant à l'oncle Red, il semblait impatient de les voir en venir aux mains.

Soulagée de ne pas avoir attiré l'attention, Daisy referma son volume et s'approcha des autres. Finalement, le bibliothécaire en chef en eut assez et quitta la salle, le professeur sur ses talons. L'assistant se tourna alors vers Ashton comme s'il attendait ses instructions.

— Il nous faut de la toile de coton non traitée et en grande quantité.

L'homme s'éloigna d'un pas rapide et Ashton entreprit de sélectionner les documents ayant le moins souffert de l'humidité.

— Que faites-vous ? s'enquit Daisy en se postant de l'autre côté de la table, à bonne distance.

— Ces dossiers renferment une petite partie des lettres réunies par le professeur au fil des ans. Ils sont relatifs aux années durant lesquelles vos deux Charlotte ont vécu. Certains portent le sceau du roi et d'autres la marque de maisons nobles. On trouve des correspondances personnelles et officielles. Pour identifier un lien éventuel avec vos ascendants, nous devrons lire les lettres une par une.

— Nous ? répéta-t-elle. Vous avez l'intention de participer aux recherches ?

Ashton prit le temps de réfléchir, puis afficha l'un de ces sourires qui avaient le don de la faire fondre.

— Oui, déclara-t-il en arquant les sourcils. Et, croyez-moi, je n'ai jamais dit « oui » à aucune femme.

Oncle Red s'esclaffa et la comtesse masqua un rire discret derrière sa main.

Furibonde, Daisy s'assit et s'empara de la première liasse de lettres. Ashton leva la main pour l'arrêter, le temps de lui expliquer comment manipuler correctement ce genre de documents. L'écouter jusqu'au bout mit sa patience à rude épreuve.

Si elle ignorait à quoi il jouait, elle était prête à parier une pile de dollars en argent qu'il n'allait pas l'aider à apporter la preuve de ses nobles origines. Elle avait donc intérêt à le surveiller en permanence, tout en luttant pour ne pas succomber à son charme diabolique.

Maudit soit-il !

Au fil des heures, les documents s'accumulèrent. Lettres au contenu plus ou moins trivial, actes de vente, faire-part de naissances et de décès, mariages, visites, permissions demandées et accordées, le tout dans un style ampoulé. Les écritures étant difficiles à déchiffrer, Daisy avait souvent besoin des lumières d'Ashton, dont la compétence ne faisait plus aucun doute. Tour à tour, ils consultèrent l'ouvrage de Huxley sur les deux Charlotte en comparant les informations avec les lettres figurant dans les dossiers.

En fin de journée, à la lueur des lampes, oncle Red et la comtesse s'assoupirent. Levant les yeux, Daisy vit Ashton penché sur un document portant un cachet d'allure officielle, qui provenait du même dossier que la lettre qu'elle était en train d'examiner.

— Qu'est-ce que c'est ? demanda-t-elle en quittant son siège.

— L'attestation d'une promotion de la Royal Navy au nom du commodore Fitzroy Henry Lee. Il a été promu vice-amiral.

— Qui était-ce, déjà ? Il me semble que son nom figure dans l'ouvrage du professeur.

— Le fils de Charlotte de Lichfield. Son septième, je crois.

Ashton consulta le livre de Huxley.

— C'est cela. Il fut nommé commodore gouverneur de Terre-Neuve, au Canada, en 1736. Et fut ensuite destitué de ce poste sur une accusation d'abus d'alcool et de débauche, ajouta-t-il en fronçant les sourcils.

Perplexe, il reporta son attention sur l'attestation de promotion.

— Je ne comprends pas... Il a été promu vice-amiral après son renvoi et son retour en Angleterre.

— Regardez cette lettre de lady Charlotte à quelqu'un dont le nom commence par un « F », dit Daisy. C'est difficilement lisible. Elle parle de tempérament, d'intégrité et de devoir.

Ashton prit la lettre de mauvaise grâce. Daisy retourna s'asseoir et s'étira pour soulager son dos. Lord Graham était réellement intéressé par ces recherches, réalisa-t-elle. Ou du moins par les événements qu'elles ressuscitaient. De toute évidence, il avait passé ses années d'université à étudier de semblables vieux papiers, ce qui semblait incongru pour un homme à la réputation aussi douteuse.

Ashton Graham était un mystère. Cela étant, lady Sylvia le jugeait apte à valider ses nobles origines, non ? Daisy avait oublié ses termes exacts, mais elle avait une confiance absolue en son neveu.

— Nom de nom ! s'exclama Ashton, arrachant Daisy à ses pensées. C'est une lettre de lady Charlotte à son fils, « Fitz ». Elle est fâchée contre lui et évoque son renvoi de son poste de gouverneur à Terre-Neuve.

Ashton lut lentement :

— *La démesure et les excès en tout genre ont toujours été ton pire défaut, mais si tu retrouves la foi sincère et si tu changes tes habitudes, tu parviendras peut-être à laver ta réputation. Tu as toujours les faveurs de notre oncle. Si tu fais ce qu'il faut et, s'agissant de cet enfant, si tu fais ce que l'intégrité et le devoir commandent, tu seras peut-être réintégré au sein de ta famille et de ton pays.*

Daisy ne masqua pas son désarroi.

— Un enfant ? Elle fait allusion à l'enfant de son fils ?

— D'après Huxley, il n'a pas eu de descendance. Mais il menait une vie dissolue et buvait plus que de raison. Qui sait ce qu'il a fait dans les colonies ?

— Fitz l'ivrogne s'est donc fait bouter hors du Canada et renvoyer en Angleterre où son oncle lui a obtenu une promotion ? Qui était cet oncle ?

— Lady Charlotte écrit « *notre* » oncle, répondit Ashton en examinant l'attestation. Il ne peut s'agir que de Jacques II, le roi en personne. Huxley affirme que Charlotte était sa nièce préférée parmi les enfants de Charles. Il l'aimait beaucoup, ainsi que ses enfants. Peut-être est-il intervenu pour laver l'honneur de Fitz et lui procurer cette promotion.

— Il est question d'un enfant, insista Daisy. Il aurait eu un enfant alors qu'il se trouvait au Canada ?

— Excellente question.

Ashton consulta les autres pièces du dossier. Daisy vint regarder par-dessus son épaule tandis qu'il lisait à voix haute. La plupart des lettres étaient adressées à Charlotte par ses filles et ses fils, mais il y en avait quelques-unes de Charlotte à l'un de ses enfants. Tout au fond du dossier se trouvait un morceau de papier sur lequel étaient inscrits le nom d'une église, des nombres et une date, ainsi qu'un nom : Gemma Rose Howard.

— De quoi s'agit-il ? voulut savoir Daisy.

Si ce document d'apparence anodine avait été conservé, il devait y avoir une raison.

Ashton l'étudia un instant, puis il leva sur Daisy un regard si intense qu'elle eut un mouvement de recul.

— Je crois qu'il s'agit d'une référence aux archives paroissiales. Temple Church... trente-six correspond sans doute au volume et quatre-vingt-onze au numéro de page. Le trois octobre 1747 serait la date de l'entrée. Je connais deux églises de ce nom. La première se trouve à Londres et l'autre, plus ancienne, à Bristol. Cette dernière serait la plus plausible car Bristol est un port essentiel pour la Royal Navy. Fitz a dû y séjourner. En outre, cette église est l'une des plus vieilles d'Angleterre.

— À quelles archives pensez-vous ? demanda Daisy, qui sentait d'instinct que ce détail était d'importance.

— Celles des mariages et des décès... et des naissances.

— Donc une certaine Gemma Rose Howard y est inscrite. Ce vaurien de Fitz l'a peut-être épousée là-bas.

— S'il s'agissait d'un mariage, les deux époux seraient cités, je pense, or nous n'avons qu'un nom. Je songe plutôt à une naissance ou à un décès.

— Ces archives ont-elles été sauvegardées, selon vous ?

— Dans les églises très anciennes, les registres ne sont pas toujours conservés dans les meilleures conditions, avoua Ashton. Il est toutefois possible que nous puissions les consulter.

— Comment le savoir ?

— Vous pourriez écrire au doyen de la paroisse ou au pasteur pour obtenir ce renseignement. Mais même s'ils répondent à votre requête, ce qui prendra des semaines, voire des mois, les recherches ne seront pas forcément sérieuses. Le seul moyen d'en avoir le cœur net, c'est d'aller à Bristol pour consulter vous-même ces archives. Et je vous rappelle qu'il vous reste onze jours pour apporter la preuve de vos nobles origines.

— D'après vous... cette Gemma Rose Howard pourrait nous apporter la preuve d'un lien avec la noblesse ?

— Tous les autres enfants des deux Charlotte figurent dans les travaux de Burke ou de Huxley. Cet amiral est notre meilleure chance. Qui sait qui était Gemma Rose Howard et pourquoi elle figure dans ces documents ?

D'être si proche d'Ashton, Daisy ressentait des picotements sur tout le corps. Son regard se fixa spontanément sur sa bouche telle une abeille sur une fleur. Il fallait qu'elle se ressaisisse ! Cet homme était si sensuel – une invitation au péché qu'elle ne pouvait accepter.

— Daisy... vous n'avez pas idée de ce qui vous attend, dit-il doucement en lui effleurant la joue d'une caresse.

— Pourquoi essayez-vous sans cesse de me dissuader d'épouser votre frère ? demanda-t-elle en s'efforçant de paraître irritée.

— Le titre de duc n'est pas qu'une notion abstraite ou une preuve de l'autorité d'un homme. C'est un monde en soi, des domaines, des employés. C'est un puits sans fond d'obligations et de devoirs envers des gens de statut supérieur et de statut inférieur, un déluge de dettes, de taxes, d'obligations légales, de contrats, de contraintes. C'est une famille nombreuse, qu'il s'agisse des aînés et des héritiers à engendrer, qui dépend de la fortune et des décisions d'un seul homme. Tout ce qu'il possède, ce qu'il fait, ce qu'il représente est au service exclusif du duché et de son héritage. Tout son entourage ne vit qu'en fonction de ce titre.

— Y compris son frère cadet ?

En le dévisageant, elle décela une part de vérité à laquelle elle ne s'attendait pas.

— Surtout son frère cadet, répondit Ashton avec sincérité. Un cadet étudie, s'entraîne, se prépare pour l'exercice du pouvoir, puis il passe son temps à attendre son heure, à espérer que ne vienne jamais le jour où il devra endosser le rôle de son aîné. Tel est le lot du frère puîné, du duc « de rechange », selon l'expression consacrée. Il a envie du titre mais a peur de le vouloir. J'ai consacré ma vie à servir le titre d'Arthur dans les coulisses.

Son regard se voila.

— Arthur est peut-être myope, ennuyeux et oublieux de ce qui se passe autour de lui, mais il a bon cœur et une intelligence qu'il pourrait utiliser autrement que pour classer ses maudits insectes. Il a été préparé à ses devoirs de duc de Meridian, mais il peinera à assumer un rôle dont il ne veut pas et qui le met mal à l'aise.

— Que cherchez-vous à me dire ? Que vous feriez un meilleur duc que lui ?

Le poids dans la poitrine d'Ashton parut s'alourdir. Son petit discours avait fait remonter à la surface des sentiments qui ne lui étaient que trop familiers. S'il s'était résigné à son destin, il n'en était pas moins malheureux.

— Je ne dirais jamais une chose pareille, répondit-il avec un sourire désabusé. Je n'ai aucun désir d'obtenir le titre qui revient à mon frère.

S'était-elle rapprochée de lui ? Ses yeux bleus le scrutaient-ils cherchant à atteindre son âme ?

— Dans ce cas, que désirez-vous, Ashton Graham ?

11

La voix basse de la jeune femme était une invitation en soi.

Pour une raison inconnue, Ashton était peu disposé à l'accepter avec son enthousiasme coutumier. Vulnérable et mue par une curiosité sexuelle évidente, Daisy sollicitait ses attentions de la plus élémentaire des façons. Elle était loin de son pays d'origine, loin de chez elle. Elle avait perdu pied. Cette situation pouvait se révéler catastrophique pour elle, et lui-même était entravé par la mission que lui avaient confiée ses aînés : empêcher par tous les moyens son mariage avec Arthur.

Pour la première fois depuis qu'il avait accepté de rendre cet ignoble service à sa famille, il était dégoûté. Au bord de la panique, il relégua les appels de sa conscience tout au fond de son esprit et se ressaisit.

— Je *désire* un cigare, un whisky et un bon livre.

Elle eut un mouvement de recul, comme s'il l'avait giflée, et rougit. Puis elle se dirigea vers son oncle assoupi et sortit de la poche de sa veste un de ses précieux cigares. Elle revint vers Ashton et le lui fourra dans la main si brutalement qu'il se brisa en deux. Le foudroyant du regard, elle s'empara du livre de Huxley.

— Eh bien, vous pourrez assouvir au moins deux de vos trois désirs, déclara-t-elle.

Elle utilisa le lourd volume pour le frapper avec tant de force dans l'abdomen qu'il lâcha un grognement. Il attrapa le livre de justesse. Avec un mélange de soulagement et de regret, il vit Daisy réveiller la comtesse et son oncle puis les entraîner hors de la salle.

Il garda les yeux rivés sur la porte ouverte, écoutant les exclamations de colère de Daisy. Après avoir pris une profonde inspiration, il redescendit sur terre et commença à mettre de l'ordre dans les documents qui jonchaient la table, veillant à glisser du vélin entre chaque lettre avant de les glisser dans leur dossier.

Un quart d'heure plus tard, il contempla la pile bien nette qui recelait un véritable mystère historique. Soudain, une pensée lui traversa l'esprit. Il chercha le morceau de papier sur lequel était griffonné le nom de Gemma Rose Howard. Il avait disparu ! Il chercha encore. En vain.

Elle l'avait emporté. La diablesse…

Ashton sourit.

Il savait ce qu'elle mijotait.

Le lendemain après-midi, alors qu'ils se préparaient à partir pour Bristol, Daisy et Red prirent le temps d'offrir à Saltimbanque et à Renégat une bonne chevauchée. La jeune femme demeura un certain temps à l'écurie pour s'occuper de sa monture. À chaque bruit de sabots dans l'allée de brique, elle tournait la tête avec un mélange de crainte et d'espoir, s'attendant à voir Ashton Graham apparaître. Elle était déçue que ce ne soit pas lui, mais se refusait à l'admettre.

Elle avait passé une partie de la nuit à étudier son arbre généalogique inspiré du récit d'oncle Red. Il y avait bien quelques Howard, quelques générations en arrière, mais son esprit ne cessait de vagabonder pour revenir à Ashton Graham, sa supériorité d'aristocrate, son désir flagrant qu'il ne cherchait pas à dissimuler ou dissimulait trop bien, c'était selon. Chacune de leurs entrevues la laissait tourmentée par un désir inassouvi. Lorsqu'elle éteignit enfin la lampe pour se glisser entre ses draps, elle était en nage, troublée, assaillie par des souvenirs qu'elle avait passé cinq ans à tenter de chasser de sa mémoire.

L'odeur du foin, le ciel nocturne du Nevada parsemé d'étoiles, les mains d'un homme sur sa peau nue, une langue titillant la pointe dressée d'un sein, un corps ferme et vigoureux entre ses...

— Non, dit-elle à voix haute en enfouissant son visage dans l'oreiller. Non ! Plus jamais ! Pas tant que je ne serai pas duchesse.

Cette nuit se mua en un sacrifice de plus sur l'autel des ambitions familiales. Torturée par ce qui aurait pu être mais ne serait pas, elle retourna encore et encore les paroles d'Ashton dans sa tête. Il avait énuméré les inconvénients liés au titre de duchesse de Meridian. Sa vie, ses vêtements, ses bijoux, ses amis, ses sorties ne seraient que des aspects concrets du prestige ducal. À en croire Ashton, même ses futurs enfants ne seraient rien de plus que la propriété de cette lignée. Plus elle s'approchait du but, plus cette perspective l'inquiétait.

Au fil des heures, elle reprit courage. Oui, il y aurait des sacrifices à consentir en tant que duchesse de Meridian, mais elle n'était pas opposée aux contraintes et aux devoirs. Chaque jour, elle faisait des sacrifices pour assurer l'avenir de sa famille et de ses sœurs qui dépendaient d'elle. Ce prétentieux croyait-il vraiment qu'être un fils cadet était plus pénible que d'être une fille aînée ?

Elle s'était levée pour écrire à sa mère, la priant de lui faire parvenir toutes les informations dont elle disposerait sur les Howard dont Red prétendait qu'ils étaient ses ancêtres. Sur une impulsion, elle ajouta que, si tout se déroulait comme prévu, un certain duc ne tarderait pas à publier un faire-part dans le *Times*.

Au matin, lorsque Colette frappa discrètement à la porte, la missive était cachetée. Daisy avait réussi à chasser à la fois ses doutes et ses désirs charnels. Elle était plus déterminée que jamais à réussir dans la mission qu'elle s'était fixée. Elle prouverait à lady Sylvia sa noble ascendance, séduirait le duc de Meridian et lui passerait la corde au cou.

Elle consacra la majeure partie de la matinée à faire ses bagages, puis posta sa lettre à sa mère ainsi que les innombrables messages que lady Evelyn adressait à ses connaissances à Bristol et aux environs pour leur annoncer leur visite. Celle-ci avait expliqué à Daisy et à Red qu'ils devaient se faire des relations utiles ailleurs qu'à Londres, et dans la mesure où une grande partie de la Royal Navy était amarrée à Bristol – sans parler des entreprises commerciales qui utilisaient le port –, compter sur les amis de la comtesse semblait judicieux. Mieux valait donc repousser leur départ tant qu'ils n'auraient pas une invitation ferme. C'est ainsi que Daisy perdit tout espoir de filer vers Bristol à cheval et de découvrir la vérité sur la mystérieuse Gemma Howard.

— Qu'est-ce que c'est que cela ?

Daisy se figea au milieu de sa chambre à Holloway House, les yeux fixés sur les nombreux vêtements étalés sur le lit à baldaquin. Colette se tenait un peu plus loin, les mains nouées, l'air impatiente. La comtesse, qui prenait le thé, se leva et lissa ses jupes.

— Enfin, vous voilà ! Votre cheval est mieux soigné que la plupart des êtres humains.

— Ces effets ne devraient-ils pas être dans mes malles ? s'étonna Daisy en désignant sa robe de soirée préférée.

— N'ayant toujours pas de nouvelles de lady Regina, nous nous rendons à un dîner, ce soir, annonça la comtesse.

Elle carra les épaules, prête à affronter la résistance de la jeune femme.

— Chez mes chers amis le vicomte de Shively et son épouse, lady Esseme.

— Ce soir ?

Daisy songea à refuser en se fondant sur une règle de base édictée par la comtesse elle-même : Ne jamais accepter une invitation pour le jour même.

— Lady Esseme et moi avons grandi ensemble, dans le Sussex. Elle vient d'apprendre que nous étions en ville. J'ai commis une faute ; j'aurais dû l'avertir plus tôt de notre présence. J'ai dû invoquer un problème familial urgent et implorer son pardon. L'invitation demeure et, en attendant des nouvelles de Bristol, ce sera l'occasion idéale de créer des liens avec les notables de la région. On ne sait jamais quand ils peuvent se révéler utiles.

Sans doute perçut-elle les réticences de Daisy car elle ajouta :

— J'ai déjà accepté en notre nom à tous trois.

Daisy ouvrit la bouche mais pas un mot n'en sortit. À quoi bon ? Il n'y avait pas moyen d'échapper à ce dîner.

— Très bien, dit-elle, agacée, en se tournant vers Colette. Préparez-moi un bain dans ce cas.

Elle jeta un coup d'œil à la robe en satin posée sur son lit.

— Je constate que vous avez déjà sélectionné ma toilette, dit-elle à la comtesse d'un ton sec.

Daisy se redressa et regarda par-dessus son épaule dénudée pour vérifier sa tenue dans le trumeau. Le satin bleu-vert scintillait à la lueur des lampes. Dieu merci, ce modèle de Worth ne cédait pas aux caprices de la mode qui déformait, selon la comtesse et le couturier, la silhouette des femmes au niveau de l'arrière-train. Seules ses toilettes les plus coûteuses et ses tenues de bal présentaient un drapé imposant. D'une manière générale, Daisy se dispensait de tournure. Elle avait suffisamment entendu d'échanges entre Worth et la comtesse pour savoir qu'ils avaient choisi une certaine simplicité afin qu'elle apparaisse pudique et juvénile. Si cela l'avait amusée au départ, c'était moins le cas désormais. Sans doute parce que c'était là un avant-goût des regards scrutateurs et des jugements constants à venir.

Ce n'étaient que de simples vêtements, se rappela-t-elle. Auxquels elle n'accordait guère d'importance, du moment qu'il n'y avait pas de cordons à lacer serré. En pivotant pour faire face au miroir, elle comprit que les manigances de Worth et de la comtesse n'étaient pas vaines. Elle semblait bel et bien plus jeune, plus « fraîche » et, mieux encore, *bonne à marier*.

Oncle Red n'était pas ravi d'être engoncé dans un costume de soirée pour assister à un dîner fréquenté par des aristos guindés. Il avait appris le terme d'aristo au pub du coin. Lorsqu'il osa le prononcer en présence de la comtesse, celle-ci le tança vertement. Pas question d'utiliser ce terme. Jamais. Et d'autant moins ce soir alors que leurs hôtes étaient susceptibles d'aider sa nièce à contracter un beau mariage.

Durant le trajet, la comtesse dut avoir des scrupules car elle se tourna vers Red, qui boudait dans son coin.

— Au moins vous aurez un nouvel auditoire pour vos récits sur le Nevada, déclara-t-elle, prouvant ainsi qu'elle le connaissait plutôt bien.

Il la dévisagea un instant, puis afficha un sourire rusé.

— Je m'en doutais, dit-il en se redressant, hilare. Vous les écoutez, mes histoires !

— Comment y échapper ? rétorqua la comtesse avec hauteur. Vous les répétez partout où nous allons.

— Et elles vous plaisent, pas vrai, Evie ?

Elle pinça les lèvres.

— Elles ont un charme un peu brut et naïf, je suppose.

Red s'esclaffa de plus belle, pas le moins du monde vexé.

— Vous m'aimez bien, Evie, avouez-le !

Durant le reste du trajet, Red fredonna une chanson paillarde – Daisy pria pour qu'il en ait oublié les paroles – en s'amusant visiblement de l'irritation de la comtesse.

12

Le vicomte et son épouse vivaient dans un vaste manoir niché au cœur d'un parc peuplé de chênes et d'ormes vénérables. Des valets en livrée accueillirent Daisy, la comtesse et Red, et les conduisirent dans un vaste salon orné de tenures en soie damassée, de tapis persans et de meubles anciens. Le cœur de Daisy s'emballa tandis qu'une dizaine de personnes se tournaient vers elle à son entrée. Sans doute étaient-elles déjà en train de la jauger et de la cataloguer selon d'obscurs critères propres à la noblesse.

Lady Esseme était une petite femme plantureuse au rire contagieux. Son mari, de taille moyenne, était réservé et un peu pince-sans-rire. En apprenant que Red avait passé la majeure partie de sa vie dans l'ouest sauvage des États-Unis, il informa son épouse qu'il souhaitait que celui-ci soit assis à côté de lui afin de lui poser toutes les questions qui lui brûlaient les lèvres. Parmi les autres convives, il y avait un baron, un vicomte, leurs épouses respectives et deux douairières qui ne semblaient pas s'apprécier. L'une était accompagnée de son neveu.

Daisy s'efforçait de mémoriser tous les noms grâce à une astuce que lui avait apprise la comtesse quand son hôtesse l'entraîna dans son sillage pour lui présenter un jeune homme d'une « certaine renommée ».

Levant les yeux, elle croisa le regard gris de Reynard Boulton, que quelqu'un présentait au vicomte de Tannehill, un homme si mince que Daisy mémorisa son nom en l'associant à une cigogne.

— Mademoiselle Bumgarten, déclara Reynard avec un large sourire, quel plaisir de vous revoir !

Il prit sa main avant qu'elle la lui tende.

— Un plaisir partagé, assura-t-elle, la bouche soudain sèche.

— Vous vous connaissez ? s'étonna lady Esseme avant de jeter un coup d'œil à la comtesse, qui semblait abasourdie.

— Je l'ignorais, avoua cette dernière, qui adressa un sourire pincé à Daisy. Qui vous a présentés ?

— Ashton Graham, répondit Reynard à sa place. Je suis ravi de vous voir, lady Evelyn.

Il lâcha la main de Daisy pour s'incliner sur celle de la comtesse.

— Nous nous sommes rencontrés à Holloway House. Dans les écuries, en fait, expliqua-t-il en fixant sur Daisy un regard aiguisé. Mlle Bumgarten s'occupait d'un superbe étalon et j'ai réussi à convaincre Ashton de me la présenter. Ne lui faites pas de reproches, lady Evelyn. J'obtiens toujours ce que je veux et je tenais à faire la connaissance de la délicieuse Mlle Bumgarten.

— Quel chenapan ! commenta lady Esseme en lui donnant une tape sur le bras.

Elle se pencha vers Daisy pour ajouter à voix basse :

— Il n'a pas menti. Il obtient toujours ce qu'il veut. Mais il est tellement charmant et si séduisant qu'on lui pardonne tout.

Loin de s'offusquer, Boulton rit de bon cœur.

— Mes erreurs et mes frasques me précèdent, annonçant à quel point je suis imparfait et immoral, et promettant... de bons moments, conclut-il en arquant les sourcils.

Lady Esseme éclata d'un rire communicatif, et même Daisy s'amusa de l'audace de Reynard. Ce ne fut que lorsqu'elle se retrouva à côté de lui à table qu'elle comprit qu'elle aurait dû rester sur ses gardes. Comme le disait toujours son défunt père : « Quand un homme te dit qui il est, crois-le. » Or Reynard Boulton venait d'avouer qu'il était un débauché notoire et un vaurien égoïste... qui la trouvait à son goût. Dès le début du repas, elle en eut la confirmation.

— Je vous préviens, mademoiselle Bumgarten, ne me révélez rien que vous ne voudriez voir publié à la une du *Times*.

De toute évidence, il jouait la comédie en feignant d'être embarrassé.

— Je suis incapable de garder un secret, poursuivit-il. À présent, dites-moi tout ce que vous savez sur tous ceux que vous connaissez.

Elle le dévisagea un instant. Comment pouvait-il être aussi pénible et pourtant invité dans des dîners aussi élégants ?

— Je crains de vous décevoir, monsieur Boulton. Je viens d'arriver en Angleterre et je n'ai pas rencontré grand monde.

— Et pourtant, vous connaissez Ashton Graham. Vous avez sûrement vécu quelque aventure ensemble.

— Dans une bibliothèque ? fit-elle avec une moue convaincante.

— Dans les écuries, rétorqua-t-il d'un ton chargé de sous-entendus. N'oubliez pas que je vous ai vus ensemble.

— Vous étiez également dans les écuries, monsieur Boulton. Avons-nous eu quelque « aventure » ?

Vous avez décidément une imagination fertile, vous, les Britanniques.

Elle secoua la tête et se concentra sur son assiette de potage.

— J'espère que vous n'avez rien dit à ce vaurien, lui chuchota la comtesse lorsque les dames se retirèrent au salon tandis que ces messieurs sortaient leurs cigares. Il prétend être incapable de garder un secret mais, en réalité, il fait des potins et du scandale son fonds de commerce. Surveillez vos propos. Et, pour l'amour du ciel, ne citez pas le nom du duc. M. Boulton exploitera la moindre information que vous lui fournirez pour vous faire tomber.

« Une femme avertie en vaut deux », songea Daisy un peu plus tard, en voyant Boulton fondre sur elle. Manifestement, il voyait en elle une proie de choix. Elle réprima un soupir. Percevait-il les frasques qu'elle dissimulait sous sa jolie toilette ?

Assise sur le divan, près de la table où plusieurs invités jouaient aux cartes, elle lissa ses jupes. Durant le dîner, elle avait répondu aux questions de Reynard en utilisant son bon sens américain, ce qui avait au moins eu le don de l'amuser. Pour autant, il était manifestement contrarié par sa stratégie de défense simple mais efficace. À en juger par le regard dont il la gratifia en s'asseyant près d'elle, le deuxième round serait plus incisif.

— Que pensez-vous de notre ami Ashton ? demanda-t-il de but en blanc.

— Oh, sourit-elle, je ne le connais pas assez pour le considérer comme un ami ou pour avoir une opinion à son sujet. Il semble féru d'Histoire. Ces derniers temps, je m'intéresse de près à la généalogie. C'est intéressant, l'Histoire. C'est tellement... vieux.

Reynard rit malgré lui et parut changer d'avis à son sujet.

— L'Histoire, dites-vous ? C'est un sujet très académique pour une jeune femme aussi vibrante, excellente cavalière, de surcroît, non ?

— C'est une passion qui me vient de mes voyages. Toutes ces ruines, ces colonnes, ces châteaux... Figurez-vous qu'à Rome ils ont un temple de l'époque de Jules César et qui tient encore debout !

Elle s'autorisa un soupir nostalgique.

— Nous n'avons rien de tel aux États-Unis... Nous sommes plus occupés à faire l'Histoire qu'à l'étudier, j'imagine.

— N'oubliez pas d'en faire part à Ashton, railla Reynard. Je serais curieux d'entendre sa réponse.

— Pourquoi ? Il me trouverait insolente ?

— Il y verrait un sacrilège. Il a fait de longues études et considère les sans diplômes comme des êtres de catégorie inférieure.

— C'est donc un snob ?

— Absolument. Doublé d'un hypocrite. Pour lui, tout n'est qu'intellect... jusqu'à ce qu'il croise des courbes voluptueuses et des lèvres boudeuses. Alors, sa vraie nature reprend le dessus.

— Sa vraie nature ? répéta Daisy en clignant des yeux d'un air innocent.

Reynard afficha un sourire condescendant et elle remercia mentalement la comtesse et Charles Worth de lui avoir fourni un déguisement aussi efficace.

— Ashton Graham est un débauché. Il fréquente St James's et suit le prince dans ses frasques quand il en a les moyens. Il a souvent du mal à joindre les deux bouts, mais les dames semblent ne pas s'en soucier. De grands noms ont été associés au sien.

— C'est déconcertant. Le professeur Huxley nous l'a présenté comme un érudit.

— Cela ne m'étonne pas. Ashton était son étudiant préféré. Il a tout tenté pour lui obtenir une chaire, mais les doyens n'ont rien voulu savoir. C'était un libertin, disaient-ils, incapable de se soumettre aux valeurs indispensables à la quête du savoir.

— Dites-m'en davantage, implora-t-elle en se penchant vers lui. Une femme avertie en vaut deux, ajouta-t-elle avec un sourire

Il lui tapota la main, pressé de raconter une vieille histoire à ce nouvel auditoire.

— À la mort du père du duc et d'Ashton, Arthur est devenu l'héritier du titre de leur oncle célibataire. Arthur était un enfant calme et studieux, contrairement à Ashton. Sans leur vieille nurse, il n'aurait pas survécu aux raclées. À sept ans, on les a envoyés en pension à Eton, où Ashton défendait son frère bec et ongles. Quand les autres le traitaient de gringalet ou de rat de bibliothèque, il prenait sa défense. Arthur détestait le sport et passait le plus clair de son temps plongé dans ses livres. Il fuyait les activités des garçons normaux, les bagarres, les blagues. Lorsqu'il est devenu duc à l'âge de douze ans, il est rentré chez lui et a étudié avec des précepteurs. Ashton est resté en pension. Il était effronté, têtu, bagarreur, et il avait pris goût à la mousse.

— La mousse ? répéta Daisy, les sourcils froncés.

— La bière. À l'université, il a obtenu de bons résultats malgré sa vie dissolue. Il était invité partout parce qu'il a une allure respectable et de l'esprit, jusqu'à ce que les mères se plaignent de son comportement. Certains pères l'auraient provoqué en duel. Il a eu de mauvaises fréquentations. Il aurait même touché le fond. Ne vous méprenez pas, ma chère, il est d'excellente compagnie. Il ne vous ennuiera pas avec la liste des familles qui lui ont interdit leur demeure.

— Dans ce cas, je serai prudente en sa présence, dorénavant.

Que cherchait-il ? À la mettre en garde contre Ashton ? Si oui, pour quelle raison ?

— Que faites-vous en Angleterre ? demanda-t-il en baissant la voix.

Elle réprima un frisson. Avait-il décelé que ses bonnes manières n'étaient qu'une façade acquise au prix de gros efforts ? Avait-il entendu des choses à son sujet ? Londres était plein de voyageurs fortunés...

— Connaissez-vous New York, monsieur Boulton ?

— Je n'ai pas ce plaisir.

Sa condescendance à peine voilée suggérait qu'il n'avait aucune idée de sa réputation de l'autre côté de l'Atlantique.

— Si c'était le cas, vous sauriez pourquoi j'ai décidé de voyager. C'est une ville immense, sale et trépidante qui offre la plus folle collection d'êtres humains qu'on puisse imaginer. Des riches de Park Avenue qui allument leur cigare à l'aide de billets de vingt dollars aux ouvriers qui se tuent au travail de l'aube au crépuscule et ne mangent pas à leur faim. L'air est vicié par la saleté, la fumée, les usines, et pourtant, New York attire des gens du monde entier.

Son regard s'assombrit au souvenir de Mme Vanderbilt et de ses amies.

— Les vieilles fortunes fuient les fortunes plus récentes.

Un silence, puis :

— J'en conclus que votre fortune est très récente.

— L'argent n'a pas d'âge, monsieur Boulton. Ce métal existe depuis la nuit des temps et continuera jusqu'à la fin. Nous avons la chance d'avoir une mine...

— Quel égoïste d'accaparer Mlle Bumgarten de la sorte ! intervint lady Esseme.

Daisy croisa le regard de la comtesse, à l'autre extrémité de la pièce, et se leva.

— M. Boulton m'exposait les subtilités de la généalogie, déclara-t-elle avec un regard éloquent destiné à mettre un terme à ses questions. Je vous en remercie, monsieur.

Sur ce, elle rejoignit leur hôtesse et la comtesse à la table de jeu en poussant un soupir de soulagement.

Une journée entière s'écoula avant que la comtesse reçoive enfin une réponse de son amie de Bristol. Se procurer des billets de train leur prit encore un peu de temps – les premières classes étaient très prisées, apparemment. En découvrant les compartiments, Daisy se demanda pourquoi. Les sièges étaient moins confortables que lors de leur trajet entre Londres et Oxford. Le cuir était craquelé, les cuivres ternes, sans parler du cliquetis des roues sur les rails qui lui mettait les nerfs à fleur de peau.

À midi, ne tenant plus en place, elle alla voir les chevaux dans le wagon des bagages. Red et la comtesse n'avaient pas réussi à la convaincre que Banks veillait sur eux. Elle fit une halte dans la voiture-restaurant où elle se procura deux carottes. Lorsqu'elle atteignit le dernier wagon, elle s'attendait à trouver Banks assis sur un sac de graines ou une caisse. Et s'immobilisa en découvrant Ashton Graham en train de caresser la tête de Saltimbanque tout en lui offrant une pomme.

En entendant la porte, il regarda par-dessus son épaule, puis se tourna de nouveau vers l'étalon.

— Que faites-vous à bord de ce train ? demanda Daisy avec une assurance qu'elle était loin de ressentir.

— Comment voulez-vous que je me rende à Bristol ? À cheval, j'aurais mis plusieurs jours et je supporte moins bien l'inconfort engendré par la selle. Les diligences sont lentes et coûteuses. Bref, le train était la meilleure solution.

— Et c'est par hasard que vous êtes monté à bord du même train que nous ? dit-elle en saisissant le licou de Saltimbanque. Vous nous avez suivis.

— En effet, confirma Ashton en lâchant le cheval. Je me dois de savoir comment et où vous obtiendrez des documents relatifs à vos ancêtres. Comment pourrai-je authentifier les pièces, autrement ?

Il avait raison. Maudit soit-il ! Pourquoi ce qu'il disait paraissait-il sensé alors même que la raison lui soufflait qu'elle ne pouvait pas lui faire confiance ? Elle flatta l'encolure de son étalon. La comtesse ne manquait pas une occasion de lui rappeler qu'Ashton Graham agissait pour le compte de sa famille qui était hostile et méprisante. Et pourtant, jusqu'ici, il s'était montré des plus coopératifs.

— Vous avez le mal du pays, dit-il d'une voix douce.

— Quoi ?

Elle se tourna vers lui et fronça les sourcils dans la pénombre.

Il se tenait tout près d'elle, les bras croisés, les pieds bien campés sur le plancher, le regard intense.

— Pourquoi dites-vous cela ?

— C'est la raison pour laquelle vous venez sans cesse voir les chevaux et insistez pour vous en occuper vous-même. L'Ouest américain vous manque.

Il était perspicace, ce qui aurait dû l'inquiéter et l'inciter à regagner son compartiment sans attendre.

Au lieu de quoi, elle sentit une onde de chaleur préoccupante enfler en elle.

Il avait décelé une vérité qu'elle ne pouvait révéler à quiconque. Si son cher oncle Red savait ce qu'elle ressentait, il la ramènerait à New York par le premier bateau. Sauf que la comtesse avait investi tellement de temps et d'efforts pour elle que si elle renonçait, lady Evelyn le vivrait comme un échec personnel. Elle ne pouvait battre en retraite lors de cette campagne. Elle n'avait d'autre possibilité que de remporter la bataille.

— Sans doute, admit-elle. Et alors ?

— Pourquoi ne retournez-vous pas là-bas, Daisy ? Retrouver vos chevaux, le ciel infini, les montagnes majestueuses.

— Vous savez très bien pourquoi, répliqua-t-elle en évitant de le regarder, parce qu'elle savait ce qu'elle lirait dans ses yeux.

Elle offrit une carotte à son cheval qui la grignota tranquillement.

— Vous n'êtes pas faite pour la vie d'une aristocrate anglaise.

Il fit un pas vers elle mais elle s'écarta d'autant.

— Vous méritez mieux qu'un mariage qui ne serait rien d'autre qu'un contrat passé par devoir envers les vôtres.

— Vous ne reculez devant rien pour me persuader de partir. Pourquoi ? Si la vie des aristocrates est aussi pénible que vous l'affirmez, pourquoi les familles telles que la vôtre se battent-elles bec et ongles pour la préserver ?

Il demeura un instant silencieux et se posta de l'autre côté de la tête de Saltimbanque.

— Parce que ce sont des êtres arrogants, cupides et trop paresseux pour gagner leur vie par eux-mêmes, admit-il d'une voix sourde qui fit frissonner la jeune femme.

Le cheval se tourna vers lui et renifla la main qu'il lui tendait, puis il lui donna un coup de tête affectueux sur le torse. Abasourdie, Daisy le regarda sourire et caresser Saltimbanque. Son cheval ne se montrait affectueux qu'avec elle. Le traître ! Elle avait toujours pensé que les animaux étaient d'excellents juges de caractère. De toute évidence, Saltimbanque était aussi peu attaché à la morale qu'elle-même, car elle n'avait qu'une envie, en cet instant, se lover contre Ashton et savourer ses caresses. Ses bonnes résolutions commençaient à fondre comme neige au soleil.

— C'est aussi votre cas ? demanda-t-elle, s'efforçant de se ressaisir

— Je reconnais avoir un passé un peu sulfureux, mais j'aime à penser que j'ai aussi des passions plus nobles.

— L'Histoire, par exemple, déclara-t-elle. Vous auriez pu être professeur si vous n'aviez pas mené une vie dissolue.

— Qui vous l'a dit ? rétorqua Ashton, perplexe.

— C'est donc vrai. Vous vouliez enseigner et on vous en a empêché.

— Tout comme vous vouliez intégrer la bonne société new-yorkaise et en avez été empêchée parce qu'elle ne tolère pas les nouveaux riches et encore moins les caractères bien trempés, contra-t-il. Vous avez donc décidé de démontrer votre valeur et de faire gravir à vos sœurs les échelons de la société en épousant un duc. Et vous avez jeté votre dévolu sur Arthur. Le gentil et facile à impressionner Arthur, duc de Meridian.

Il se planta devant elle, la dominant de toute sa hauteur.

— Vous ne voyez donc pas que ce mariage serait une catastrophe pour vous deux ?

— Vous pensez que je lui ferais honte, répliqua-t-elle.

— Quand vous le voulez, vous savez vous conduire en société.

— Selon vous, je ne le rendrais pas heureux.

Il éclata d'un rire rauque.

— Seigneur ! Vous rendriez un piquet heureux !

13

Comment interpréter ce commentaire ? Les pensées se bousculaient dans la tête de Daisy.

— Vous êtes pourri jusqu'à la moelle, Ashton Graham.

Leurs regards s'aimantèrent et elle fut envahie d'un désir irrépressible. Elle sentit venir la suite, aussi implacable que le lever du soleil. Il allait l'embrasser et elle le laisserait faire. Sans doute aurait-elle des regrets, ensuite, mais l'envie de sentir ses lèvres sur les siennes et le besoin de se presser contre son corps puissant balayaient tout sur son passage.

— Je m'inscris en faux, douce Daisy. Je suis en parfaite santé. Permettez-moi de vous le prouver...

Il lui attrapa la main et l'attira contre lui sans la quitter des yeux. Daisy mit toute son âme dans ce baiser tant désiré, ce souffle partagé, ces lèvres tour à tour exigeantes et douces, ces sensations intenses qui la submergeaient telle une irrépressible marée. Jamais elle n'avait rien ressenti de tel.

Les mains d'Ashton s'aventurèrent sur son corps. Elle s'enhardit et glissa les mains sous son manteau, puis son gilet, lui caressa les flancs et le dos, qui étaient comme elle s'y attendait, fermes et virils. Elle empoigna sa chemise, se pressa contre lui... Elle aurait donné son âme pour l'accueillir en elle en cet instant.

— Encore…, gémit-elle contre ses lèvres.

Une onde sensuelle naquit en elle, se propagea dans ses membres tremblants.

— Oui…, répondit-il en s'écartant pour lui déboutonner sa veste.

Sans interrompre leur baiser, Daisy s'attaqua aux boutons de son gilet, puis de sa chemise. Ensemble, ils titubèrent vers les bottes de paille entreposées au fond du wagon sous une grosse toile. Dans la brume sensuelle qui l'avait envahie, Daisy reconnut le chapeau et la sacoche de Banks. Ils se laissèrent tomber sur la paille, Ashton couché sur elle.

Vite, il déboutonna son corsage, révélant ses seins au-dessus du demi-corset imposé par la comtesse. Il tira vivement dessus et effleura un mamelon de ses lèvres. Elle gémit si fort qu'il rit et prodigua les mêmes attentions à son autre sein.

Il lui pétrit les seins, puis les titilla avec la langue. Lorsqu'il aspira la pointe durcie entre ses lèvres et se mit à la sucer, Daisy prit sa tête entre ses mains, exigeant davantage. Il ne se fit pas prier. Elle se mit à trembler de tout son corps, à onduler sous lui, en quête d'une fusion qui la comblerait.

C'était ce dont ils avaient envie tous les deux et ce qu'elle redoutait depuis leur rencontre. Ashton semblait connaître ses moindres désirs, ses zones de plaisir, ses préférences. Il savait la mener vers le bord de l'extase comme personne.

Submergée, pantelante, elle le repoussa un instant, cherchant son regard.

Elle était allongée sous lui, offerte. Ashton observait ses mouvements instinctifs, le frémissement de ses seins nus, ses joues écarlates, son regard brûlant. Elle était d'une beauté à couper le souffle.

Une invitation irrésistible au péché et un chemin vers le paradis. Jamais il n'avait connu de femme aussi ensorcelante, et jamais plus il n'en connaîtrait, devinait-il. Daisy était unique, franche et sans prétention, séductrice malgré elle. Elle ne faisait pas de manières et dégageait une sensualité rare.

— Tu es si belle, murmura-t-il.

Si seulement il n'avait pas prononcé cette phrase si souvent, par le passé. Jamais, avant aujourd'hui, il n'en avait apprécié le sens profond. Il lui caressa le visage, le cou, le creux des reins. Elle se cambra et attira son visage à elle.

— Toi aussi, Ashton Graham, souffla-t-elle contre ses lèvres. Tu es grand, beau, sûr de toi. Tu as une langue de velours et des yeux à faire fondre la banquise. Comment les Londoniennes peuvent-elles accepter que tu quittes la capitale ?

Elle étouffa son rire d'un baiser et le fit basculer pour se retrouver allongée sur son torse. Elle enfouit les doigts dans ses cheveux et l'embrassa à perdre haleine. Son corps entier réagit. Il se sentait perdre pied, plus rien n'existait que l'irrésistible Daisy Bumgarten.

L'infime partie de sa conscience qui n'avait pas succombé corps et âme détecta un bruit de porte qui s'ouvrait. Des années de liaisons illicites et de plaisirs volés avaient aiguisé son ouïe et son instinct.

— Regarde, mon gars, ce que je t'apporte ! lança Banks à Saltimbanque.

— Vous les gâtez trop, avec vos pommes, déclara l'oncle de Daisy.

Daisy se pétrifia, les yeux écarquillés d'effroi. Ashton posa l'index sur ses lèvres et lui fit signe de ne pas bouger avant de s'écarter d'elle pour remettre de l'ordre dans sa tenue. Elle comprit ce qu'il attendait d'elle et l'imita. Dès qu'il fut présentable, il se redressa et s'étira en bâillant. Il passa une main dans ses cheveux hirsutes puis contourna les chevaux.

Il avait réussi à ramasser un roman à deux sous de Banks qui traînait là et fit mine de l'avoir lu.

— Ah, vous voilà ! J'espère que vous n'y voyez pas d'inconvénient.

Il s'avança en brandissant le livre.

— J'ai eu envie d'y jeter un coup d'œil, mais je me suis assoupi. N'y voyez pas une critique de vos goûts littéraires, Banks. Je me suis couché tard, hier, c'est tout.

— Qu'est-ce que vous fabriquez là ? s'étonna Red.

— Je n'ai pas pu acheter de billet, alors j'ai pris place avec les bagages moyennant quelques sous.

Grâce à sa grande expérience du mensonge, il semblait sincère.

— Où est Daisy ? Elle est venue voir les chevaux, fit Red qui scruta le wagon avant de se diriger vers les chevaux.

— Ah bon ? fit Ashton en lui barrant la route. Je l'ignorais. Elle a dû passer pendant que je dormais.

Red fronça les sourcils et balaya des yeux les malles, les barriques et les bottes de paille.

— Je ne l'ai pas croisée, dit-il d'un air pensif. Elle a dû aller aux toil… enfin, aux commodités.

— Je meurs de faim, déclara Ashton. Cela vous dirait de manger un morceau ? Je comptais vous poser des questions sur le Nevada. Il paraît que vous êtes un expert dans les domaines des mines d'argent et des chevaux. De plus, on sert un excellent whisky dans le wagon-restaurant.

Comme s'il avait prononcé une formule magique, Red sourit et se frotta le menton d'un air gourmand.

— Volontiers !

Tendue comme un arc, Daisy était assise sur le siège capitonné de la voiture que lady Regina, comtesse d'Albemarle, amie de lady Evelyn, avait mise à leur disposition à la gare. Elle aurait préféré descendre à l'hôtel, mais elle n'avait guère eu son mot à dire. D'après la comtesse, décliner une invitation après l'avoir pratiquement sollicitée était impensable.

Décidément, se faire des relations au sein de la noblesse prenait du temps et de l'énergie. Seigneur, elle mourait d'envie de galoper à travers la campagne, seule.

En pensant à son cheval, elle s'empourpra. Après l'irruption de Banks et de Red dans le wagon, elle avait réussi à retrouver ses esprits, mais les sensations qu'Ashton avait réveillées en elle refusaient de s'estomper. Elle ne parvenait plus à réprimer ses désirs. Maudit soit ce vaurien ! Il était dans sa tête, sur sa peau, sur ses lèvres.

Ashton Graham avait libéré la passion qui sommeillait en elle.

Seigneur, c'était une sensation merveilleuse. Elle se sentait vivante comme jamais. Après cinq longues années sans les plaisirs de la chair, elle pensait avoir tourné la page sur cette partie de son passé et ses erreurs d'alors. Découvrir que ce n'était pas le cas était un choc, sans parler du fait que son désir se concentrait sur le seul homme qu'elle ne pouvait convoiter.

C'était le frère du duc, bon sang ! Et comme tout son entourage, il était au service du duché.

Ce qui signifiait qu'il avait une idée derrière la tête. Sans doute voulait-il l'empêcher d'épouser Arthur. Il la trouvait belle, désirable, et la croyait capable de bien se comporter en société. S'il était contre cette union, ce ne pouvait qu'être à cause de ces fameuses obligations familiales qu'il lui avait énumérées. Autrement dit, Ashton partageait l'avis de sa maudite famille : elle n'était pas digne de son précieux frère.

Sa fortune, ses leçons de maintien, son esprit de sacrifice envers ses sœurs et le duché ne suffisaient pas. Elle n'était pas plus respectée de ce côté de l'Atlantique qu'en Amérique. Elle n'était pas de leur monde.

Si ce n'était bel et bien qu'une question de lignée, elle allait devoir prouver à Ashton et sa famille d'arrogants qu'elle méritait sa place parmi eux et que, quelles que soient ses origines, elle était à même d'être à la hauteur de leurs attentes.

Lorsqu'ils atteignirent Marlton, le domaine du comte d'Albemarle, le nœud au creux de son estomac s'était desserré et elle était plus déterminée que jamais à suivre la ligne de conduite qu'elle s'était imposée : le prochain homme qui poserait les mains sur son corps nu serait son mari.

Entourée d'une dizaine de domestiques en livrée et des portraits d'ancêtres du comte, lady Regina en personne les accueillit dans le hall de marbre. Les deux comtesses s'étreignirent avec une affection évidente qui rassura Daisy. Une amitié sincère était possible au sein de la noblesse, après tout.

— Enchantée de vous rencontrer, ma chère, dit lady Regina, une grande femme élancée. Nous avons entendu parler de la protégée de notre chère Evelyn. En bien, rassurez-vous. Je brûle de tout savoir sur New York, Philadelphie et l'Ouest américain. Et vous, monsieur, ajouta-t-elle en se tournant vers Red, vous devez être…

— Redmond Strait.

— L'oncle de notre Daisy, précisa lady Evelyn.

— Le cow-boy ! s'exclama la comtesse.

— Eh bien, pas exactement, madame…

Croisant le regard consterné de lady Evelyn, il se reprit :

— Enfin, milady. Je possédais la moitié du ranch, mais j'étais surtout dans la prospection minière…

— Peu importe, assura lady Regina avec un geste de la main. Vous venez de l'Ouest sauvage et le comte s'en contentera. Il se passionne pour les cow-boys, figurez-vous. Il lit tout ce qu'il trouve sur le sujet.

— J'ai hâte de rencontrer votre époux, milady. Il m'a l'air d'être un type bien.

La comtesse eut un petit rire ravi.

— Ce long trajet a dû vous fatiguer. J'ai prévu un dîner informel en famille, avec le comte, moi-même et la douairière, sa mère.

Prenant les deux femmes par le bras, elle les entraîna vers l'escalier, laissant Red leur emboîter le pas.

— Demain, en revanche, nous aurons un autre invité. Et j'ai convié quelques amis à une petite réception. C'est un monsieur que je n'ai jamais vu en personne mais il correspond régulièrement avec le comte. C'est un genre de naturaliste, paraît-il. Le jeune duc de Meridian.

Abasourdies, Daisy et la comtesse s'immobilisèrent au milieu de l'escalier.

— Lady Regina, nous nous sommes déjà rencontrés, dit Daisy, le cœur battant à tout rompre. Le duc et moi sommes en bonne voie de devenir… bons amis.

Ce soir-là, tandis que Daisy dînait tranquillement avec le comte et la comtesse d'Albemarle, Ashton était installé au bar du Grand Hotel, au cœur de Bristol. D'humeur morose, il buvait un whisky en ruminant sur ses relations avec la délicieuse Daisy.

— Que diable fais-tu là ?

Levant les yeux, il découvrit son oncle Bertram, qui le fusillait du regard.

— Tu es censé t'occuper de la fille Bumgarter.

— Bumgarten, rectifia-t-il d'un ton plus sec qu'il ne l'aurait voulu. Et je m'occupe d'elle, justement. Elle est ici pour chercher des documents sur ses ancêtres.

— Ici ? Dans cet hôtel ? s'écria Bertram en jetant un regard horrifié autour de lui.

— Non. Elle séjourne chez des amis de la comtesse. Je suis chargé d'« authentifier » ses découvertes, vous vous souvenez ? Avec le peu d'argent qui m'est accordé pour accomplir cette mission. Et vous, mon oncle, que faites-vous là ?

— J'ai rendez-vous avec ton frère. Il est à la chasse aux insectes, je ne sais plus lequel, et je lui sers de nounou. Il a insisté pour visiter un jardin dont il a entendu parler. Si nous avions su que cette Bumgarter était en ville, nous n'aurions jamais autorisé Arthur à venir.

— Bumgarten, corrigea de nouveau Ashton, agacé.

Bertram l'ignora. Qu'il suggère que son frère avait besoin d'une « nounou » était méchant et mesquin, trouvait Ashton. Pour autant, comment s'en étonner ? Se montrer méchant et mesquin était une tradition dans cette famille.

— Tu dois informer ta tante Sylvia de tes déplacements, reprit Bertram en posant son auguste séant sur une chaise. Nous te croyions à Oxford. Qu'est venue faire cette gamine à Bristol ?

— Je viens de vous le dire. Elle est sur les traces d'une ancêtre potentielle. La comtesse leur a obtenu une invitation chez les Albemarle.

— Les Albemarle ? s'exclama Bertram. Bon sang ! C'est chez eux que se rend ton frère !

— Arthur ?

— De qui veux-tu que je parle ? Il est invité à visiter les jardins de Marlton, leur domaine. Nom de nom ! jura Bertram en blêmissant. Ils vont être là-bas *ensemble*.

14

Le lendemain matin, il faisait exceptionnellement beau et chaud pour la saison, aussi lady Regina proposa-t-elle une promenade dans les jardins. Daisy brûlait de poursuivre ses recherches sur son ancêtre à Temple Church, mais la courtoisie lui imposait d'accompagner ses hôtes au préalable. Elle pria pour qu'ils en finissent rapidement.

Elle aurait dû se méfier.

Le comte et son épouse, très diserts tous les deux, leur avaient conseillé, à la comtesse et à elle, d'enfiler des chaussures confortables et de prévoir un châle qu'elles pourraient ôter facilement si elles avaient trop chaud. Le petit groupe dut marcher un bon quart d'heure avant d'atteindre enfin le premier carré de plantations.

Lady Regina leur expliqua que ces jardins faisaient leur fierté et la renommée du domaine. On y trouvait des espèces rares de papillons et d'oiseaux dont elle ignorait les noms. Des naturalistes de tout le pays venaient les visiter, dont le jeune duc de Meridian, désormais. Réaliser qu'elle allait bientôt revoir l'objet de sa convoitise grâce à quelques bestioles irritait Daisy. Elle se demanda fugacement ce qu'étaient devenus les papillons de soie du bal des Mountjoy.

Le mot « jardins » était inadéquat pour décrire cette profusion de fleurs et de plantes qui se déployait sur plusieurs hectares. Selon le comte, c'était au départ un arboretum planté par un ancêtre amoureux des arbres. Très vite, des arbustes à fleurs, des massifs et des haies étaient apparus. Au cours des cent dernières années, cependant, les comtes qui s'étaient succédé avaient ajouté des éléments originaux. Ainsi le présent comte, lord Robert, avait introduit des topiaires, ces haies taillées en forme d'animaux ou d'objets – il y avait un ours, un lapin et même un jeu d'échecs.

Un bataillon de jardiniers entretenait les plates-bandes multicolores où se mélangeaient asters, verveine, valériane, phlox, œillets de poète, cresson officinal, freesias, dahlias, pieds-d'alouette et primevères. Daisy était stupéfaite qu'on puisse se souvenir d'autant de plantes, elle qui avait du mal à mémoriser quelques noms. À leur approche, les employés se mettaient en retrait, respectueux, et affichaient un sourire fier en entendant le comte louer leurs talents.

Daisy était si impressionnée par la splendeur des lieux qu'elle en oubliait presque l'urgence de sa mission. Ils longèrent les allées de gravier et admirèrent les hautes haies taillées avec soin formant un labyrinthe. La comtesse insista pour les emmener jusqu'à la tonnelle fleurie qui se trouvait au centre du labyrinthe. La tradition voulait que, lorsqu'une jeune fille et un jeune homme se retrouvaient là, ils dussent s'embrasser pour que la chance soit avec eux, expliqua-t-elle.

Red se rapprocha de la comtesse, une lueur coquine dans le regard.

— Jamais de la vie ! s'exclama-t-elle en rougissant, avant de prendre ses jambes à son cou, poursuivie par le rire de Red.

Le groupe ne regagna la maison qu'en milieu d'après-midi. Lady Regina insista pour faire servir une collation avant d'envoyer ses invités se reposer dans leurs chambres. Daisy se mit à arpenter la pièce. Finalement, elle envoya Colette chercher de quoi écrire et rédigea une lettre destinée au doyen de Temple Church pour solliciter un accès aux archives.

Colette porta la missive à Banks, le chargeant de prendre Saltimbanque pour la déposer, histoire de lui dégourdir les jambes. Daisy en profita pour faire une sieste. Il fallait qu'elle soit en beauté pour revoir le duc de Meridian.

En fin de journée, la voiture du comte alla chercher le duc à la gare. Daisy le vit arriver depuis la fenêtre de sa chambre, à l'étage. Il avait les cheveux un peu trop longs, portait un costume démodé, et ses grands gestes avaient quelque chose d'enfantin. Se détournant de la fenêtre, elle carra les épaules et entreprit de s'habiller pour devenir le désir le plus cher d'un duc.

Plus tard, comme elle rejoignait la comtesse pour descendre au rez-de-chaussée, elle eut la satisfaction de lui voir un sourire approbateur. Sa robe bleu pâle rehaussait la couleur de ses yeux et Colette avait relevé ses cheveux en une cascade de boucles ornées de deux papillons de soie, un détail qui avait déjà fait ses preuves avec le duc.

Le salon était rempli d'invités désireux de rencontrer Daisy et son oncle. Les présentations se firent en respectant l'ordre dicté par le protocole : comte, vicomte, comtesse, lady, monsieur, madame, révérend... et elle n'était que Mlle Bumgarten du Nevada. Après les poignées de main ou baisemains de rigueur, ils échangèrent des banalités sur les voyages, le temps et le parc. Soudain, un chuchotement parcourut la foule et tous les regards se tournèrent vers le seuil du salon.

— Mademoiselle Bumgarten ! s'exclama le duc en se précipitant vers elle, avant de se ressaisir et de ralentir le pas. Quel plaisir de vous revoir !

— Votre Grâce, dit-elle en le gratifiant d'une révérence et d'un sourire chaleureux. Quelle bonne surprise !

— N'est-ce pas ?

Il ignora les autres invités qui les observaient pourtant avec une curiosité non dissimulée. Même le toussotement du comte ne parvint pas à détourner son attention.

— J'ignorais que vous visitiez le parc de Marlton, vous aussi. Quelle merveilleuse coïncidence ! Le hasard fait souvent bien les choses.

Avant qu'elle puisse lui répondre, un homme robuste à la barbe blanche se matérialisa au côté du duc et lui prit le bras sans ménagement.

Le duc demeura imperturbable.

— Chère mademoiselle Bumgarten, puis-je vous présenter mon oncle, Bertram Graham, baron Beesock ?

— Baron, dit-elle en lui tendant la main.

— Mademoiselle Bamgarters, répliqua-t-il d'un ton glacial en s'inclinant avec raideur sur sa main.

Elle se rappela soudain où elle l'avait vu. C'était l'un des aînés de la famille du duc qui s'étaient réunis à l'étage chez le comte de Mountjoy.

Sans tarder, Bertram entraîna le duc vers d'autres invités. La comtesse rejoignit Daisy et haussa les sourcils. De toute évidence, le comportement grossier du baron ne lui avait pas échappé. Daisy hocha la tête, prit une profonde inspiration et se tourna vers ses hôtes.

Lorsque le souper fut annoncé, lady Regina se rendit dans la salle à manger au bras de Red tandis qu'Albemarle escortait sa mère, la douairière. À la grande surprise de Daisy, le duc vint lui offrir son bras. Jetant un regard discret autour d'elle, elle se rendit compte que la comtesse avait fait le sacrifice ultime en s'imposant au baron Beesock, qui ne put que s'incliner.

Était-ce l'influence de la comtesse ou simple curiosité de la part de son hôtesse, quoi qu'il en soit, Daisy se retrouva assise à côté d'Arthur. Il prit place et lui adressa un sourire presque timide.

— Je suis tellement content de vous voir, avoua-t-il. Vous m'aviez dit que vous aimiez les papillons et les jardins, je me le rappelle, mais les gens me disent souvent cela, sachant que j'étudie ces sujets. J'ai eu l'impression que votre intérêt était plus sincère et je suis heureux de ne pas m'être trompé. Avez-vous vu le parc ?

— Je ne suis là que depuis peu de temps, Votre Grâce, néanmoins, le comte et la comtesse nous ont fait visiter en personne les jardins. J'en ai eu le souffle coupé. Ce chatoiement de couleurs ! Et ces nuées de papillons…

— Vous en avez déjà capturé certains, semble-t-il.

En voulant en effleurer un, il déplaça une mèche sur sa nuque.

— Oh ! fit-elle malgré elle.

Il écarta la main, contrit, mais elle le rassura d'un sourire. Il avait le visage plus fin que dans son souvenir, plus mûr aussi.

— Cela fait des années que j'entends parler des jardins d'Albemarle.

Il attendit que le valet les ait servis puis reprit :

— J'ignore pourquoi je n'étais jamais venu. J'étais trop absorbé par mes études, je suppose. Quoi qu'il en soit, j'ai décidé d'observer la nature de plus près. Grâce à vous, mademoiselle Bumgarten. Vous m'êtes une source d'inspiration.

— Vraiment ?

Ce compliment inattendu la fit rougir de plaisir.

— C'est très gentil, Votre Grâce.

— Votre curiosité, votre envie de découvrir de nouvelles contrées et d'autres gens m'ont permis de prendre conscience de mon isolement. Je suis déterminé à y remédier. Albemarle est ma première étape.

— Vous allez aimer les topiaires... après le jardin des papillons, bien sûr.

— Ils ont un jardin des papillons ? Seigneur, je ne vais pas en fermer l'œil de la nuit !

À cet instant, la voix de Bertram s'éleva en bout de table. Il relatait une anecdote sur la jeunesse du duc :

— Il est tombé dans la boue, au bord d'une rivière, en cherchant un spécimen et il est rentré à la maison tout crotté, sans se soucier des tapis et des meubles... ne pensant à rien d'autre qu'à sa précieuse salamandre.

Quelques rires polis fusèrent tandis que les convives guettaient la réaction du duc. Face à son malaise évident, un silence gêné tomba.

— Ma foi, une salamandre est un trophée de choix pour un garçon de douze ans, déclara la comtesse pour détendre l'atmosphère.

— Douze ans ? répéta Bertram en riant. Cela remonte à l'année dernière !

Il ne semblait pas se rendre compte qu'il était le seul à rire. Le duc se crispa au point que Daisy eut l'impression qu'il rétrécissait. Incapable de s'en empêcher, elle lui prit la main sous la table et l'étreignit. Comme il lui jetait un regard surpris, elle la serra de nouveau et lui sourit.

Le reste du dîner fut plus agréable. Red raconta quelques histoires de prospection et le comte enchaîna sur ses lectures sur les cow-boys. Red et Daisy durent confirmer que des milliers de bovins étaient déplacés sur les grands espaces et que cela prenait parfois des semaines. Depuis l'arrivée du chemin de fer, c'était plus rare.

À l'issue du repas, le duc avait retrouvé son allant et discuta des dernières théories naturalistes relatives aux habitudes de certains oiseaux et même de papillons. Une fois de plus, son oncle railla ses excentricités, mais il fut largement ignoré, y compris par la comtesse, qui préféra discuter avec d'autres invités.

Plus tard, lorsque les messieurs rejoignirent les dames au salon, le baron fit de son mieux pour empêcher le duc de s'approcher de Daisy. Avec un certain succès. Arthur fut contraint de jouer aux cartes, puis dut endurer les prestations de pianistes amateurs pas tous talentueux. Finalement, la vigilance du baron faiblit et le duc put s'entretenir avec Daisy.

— Je suis désolé pour mon oncle, déclara-t-il avec un sourire contrit. L'âge venant, il a tendance à dire tout ce qui lui passe par la tête sans se soucier des autres. Et pourtant, je ne peux pas être trop dur avec lui. Mes tantes et lui ne cessent de se faire du souci pour moi, ils tentent de régenter ma vie et de me protéger.

— Je n'en doute pas, répondit Daisy.

Et l'occurrence, c'était contre elle qu'ils s'efforçaient de le protéger. Daisy se risqua à lui frôler de nouveau la main.

— Ma mère fait la même chose. Elle ne voulait pas que je vienne en Europe mais, finalement, j'ai fait appel à mon oncle Red, j'ai écrit à la comtesse et… me voilà.

— Quel courage ! Je n'ai jamais connu de femme aussi courageuse, made… Puis-je vous appeler Daisy ? J'ai l'impression que nous sommes amis depuis toujours.

Elle hocha la tête et le visage du duc s'illumina.

— Je vous en prie, appelez-moi Arthur – du moins en privé. Si peu de gens le font.

À l'issue de la soirée, alors qu'elle gravissait le grand escalier, Daisy était absolument sûre de son succès avec « Arthur ». Lorsque la comtesse passa la voir dans sa chambre, un peu plus tard, elle était toute rose d'enthousiasme.

— Ne nous reposons pas sur nos lauriers, dit-elle cependant. Il reste encore à prouver vos origines à la famille du duc. Cela étant, vous avez suscité l'intérêt du duc, ce qui peut jouer en notre faveur, quels que soient les résultats de vos recherches.

15

Daisy se leva tôt le lendemain. Elle enfila une robe en coton semée de petites fleurs bleues et se munit d'un large chapeau de paille pour sortir. Dans la salle du petit déjeuner, elle découvrit que les autres invités avaient eu la même idée. Tous voulaient profiter du beau temps. Un ami du comte et de la comtesse était en train d'organiser une partie de tennis sur gazon, un autre une visite des ruines d'une abbaye voisine et plusieurs dames demandèrent une visite guidée du parc. Quand le duc apparut, il était en compagnie de son oncle qui l'entraîna loin de Daisy. Le vieux grigou ! Elle afficha un sourire suave et sirota son café.

Naturellement, le duc opta pour la visite du parc. Les dames s'émerveillèrent et posèrent mille questions à lady Regina, qui exprima sa préférence pour le « carré marocain », qui rappelait un tapis par ses motifs et ses couleurs. Le duc s'enthousiasma pour le jardin des papillons. Sur l'invitation du comte, il suivit l'allée au milieu des fleurs, qu'il frôla, créant un battement d'ailes de papillons. Ces derniers formèrent un nuage autour de lui et il rit comme un enfant. Daisy en fut tout attendrie, jusqu'à ce qu'elle remarque la mine réprobatrice de Bertram. Celui-ci avait dû sentir qu'elle l'observait, car il se tourna vers elle et la foudroya du regard.

Rien n'aurait pu l'agacer davantage que ce regard arrogant qui avait tout d'un avertissement. Dès lors, elle chercha une occasion de séparer le duc de son oncle. Elle ne tarda pas à la trouver.

Au loin se profilait le labyrinthe. Discrètement, elle fit signe au duc de se mettre à l'écart et de l'attendre. Il ralentit le pas, et bientôt tous deux longèrent le labyrinthe.

— Venez, murmura-t-elle en lui prenant la main.

— Où cela ?

— Partout ! Il y a tant de choses à voir.

Elle se mit à courir en riant et il l'imita, un peu gêné, en jetant de fréquents coups d'œil par-dessus son épaule. Empoignant le bas de sa robe, elle l'entraîna dans les allées, dépassa les haies, les arbustes, les cerisiers. Ils émergèrent d'un bosquet de pins pour découvrir de nouveaux massifs de fleurs entourant des fontaines, une tonnelle couverte de roses, formant un tunnel parfumé. Daisy trouvait étonnamment agréable de se promener avec le duc ; ils parlaient peu, se contentant de partager la beauté des lieux.

Ils finirent par revenir au jardin des papillons ceint d'un muret de pierre.

— Après vous, Votre Grâce.

— C'est remarquable, dit-il en tendant les mains pour faire voler à nouveau ses chers papillons. Azuré bleu céleste, grand collier argenté, vanesse des chardons, vulcain... les plus belles espèces du pays !

— Je me doutais que ce serait votre massif préféré. Je crois que ces grandes fleurs bleues sont des delphiniums. Et j'ai entendu la comtesse parler d'alliums et d'hémérocalles, de mufliers et de lupins...

— Un vrai festin pour les papillons, expliqua Arthur. J'ai essayé de planter ces variétés, mais elles n'attirent qu'une ou deux espèces de papillons.

— Il faudra demander au comte de vous révéler ses secrets.

Debout au milieu des fleurs, baigné de soleil, le duc semblait plus grand. Son sourire était plus large et ses yeux brillaient comme jamais. Elle se rappela qu'il était un homme, en plus d'être duc, et que, si elle voulait l'épouser, elle devrait le traiter comme tel. D'après Ashton, Arthur avait bon cœur et était intelligent. Il n'avait pas menti, constatait-elle. Arthur n'avait simplement pas eu la possibilité d'exploiter ses talents.

— Si vous pouviez faire tout ce que vous voulez, dit-elle en le rejoignant au milieu du massif, que feriez-vous ?

Il réfléchit un instant, scruta les alentours, puis se tourna vers elle.

— Être un bon duc, bien sûr. C'est mon devoir. Je le dois à ma famille, à mes fermiers, aux oncles et tantes qui m'ont élevé.

Daisy le dévisagea.

— Et si vous n'aviez pas à vous soucier de votre devoir ? Que feriez-vous pour le plaisir ?

— Je crois que je ferais la même chose que vous : je voyagerais.

Il lui offrit son bras pour l'entraîner vers le muret, la souleva et la déposa dessus.

— Oh ! s'exclama-t-elle en riant, impressionnée par son aisance. Je ne m'attendais pas à cela.

— J'aime bien m'asseoir sur les murets, avoua-t-il en se hissant près d'elle. On voit les choses autrement. Nous avons de nombreux murs à Betancourt.

— Betancourt ?

— Le domaine familial. Je grimpais sans cesse sur les toits et je marchais sur les murs quand j'étais enfant. Mes oncles Bertram et Seward s'arrachaient les cheveux. Je le fais encore quand personne ne me regarde. Cela me permet de remettre de l'ordre dans mon esprit.

Elle le dévisagea un instant, choquée qu'il ait besoin de grimper sur les toits pour avoir la paix dans sa propre demeure. Soudain, l'attitude autoritaire de son oncle lui parut encore plus méprisable.

— Où aimeriez-vous voyager ? Paris ? Rome ? Florence ?

— En Égypte, répondit-il sans hésiter. J'aimerais voir les pyramides, les chameaux, les tapis, les marchés aux épices. J'aimerais aussi découvrir le reste de l'Afrique. Il existe des théories fascinantes sur ce qui arrive aux oiseaux et aux papillons en hiver. On prétend qu'ils quittent l'Angleterre pour gagner l'Afrique et qu'ils en reviennent au gré des saisons. On appelle cela la migration. Je voudrais partir avec eux, un jour, et être celui qui confirmera cette théorie. J'ai déjà étudié et catalogué une centaine d'espèces locales, mais il reste tant à faire… Il faut être à l'origine d'une découverte importante pour être admis au sein de la Royal Society, reprit-il après un soupir. J'aimerais aussi me rendre en Amérique pour voir les buffles et les montagnes, les cow-boys. Et en Chine pour découvrir les temples, les palais, la Grande Muraille vieille de plus de mille ans.

— Vous avez lu des livres sur ces endroits ?

— Oui. Le monde regorge de trésors.

— Alors pourquoi ne partez-vous pas ? Allez au moins en Égypte ou en Amérique.

— J'ai des… obligations.

Il fronça les sourcils comme s'il hésitait à se confier.

— Les voyages coûtent cher, or il y a toujours une toiture à réparer, des cheminées à changer, sans parler du personnel, qu'il faut *payer* de nos jours. Il faut acheter de la nourriture, du charbon, du foin, de l'avoine pour les chevaux. Ne me demandez pas pourquoi nous avons tant de chevaux. On peut se déplacer à pied, non ? L'argent ! Ils n'ont que ce mot à la bouche, d'autant qu'il commence à manquer.

Sa façon de sauter du coq à l'âne aurait pu être amusante si elle ne trahissait son ignorance de la société et de sa propre situation. Il ne semblait pas conscient qu'elle voyait en lui un mari potentiel et n'avait donc pas idée qu'elle livrait bataille à ses oncles et tantes.

— Arthur, il doit exister un moyen de remédier à cette situation...

— Ah, te voilà ! s'écria Bertram.

Surpris, le duc sursauta et, regardant par-dessus son épaule, découvrit le visage rougeaud de son chaperon.

— Que diable fabriques-tu là-haut ?

— Mon oncle, je... je voulais juste...

En un instant, Arthur se transforma en un adolescent balbutiant.

— Sa Grâce voulait revoir les papillons. Je connaissais le chemin et j'ai proposé de l'y emmener, intervint Daisy en s'efforçant de garder un ton respectueux. Les papillons le passionnent.

À peine eut-elle articulé le mot « passion » qu'elle sut qu'elle avait commis une erreur.

— Sa Grâce n'a pas de *passions*, jeune fille. Il s'enthousiasme, tout au plus. Descends immédiatement, Arthur. Ce n'est pas une attitude digne !

Daisy vit le duc serrer les dents, mais il sauta à terre, puis l'aida à descendre à son tour. Les mains de Daisy s'attardèrent sur ses épaules un instant. Tandis qu'elle le remerciait, Bertram fulminait.

Elle les regarda se diriger vers la maison, l'oncle passant à coup sûr un savon à son neveu. Soudain, ils s'arrêtèrent. Arthur redressa les épaules et prit la parole, puis il s'éloigna, plantant là son oncle.

— Bien joué, Arthur, marmonna Daisy.

Pour évacuer sa colère, elle décida de s'offrir une longue marche. Elle commençait à avoir l'impression qu'Ashton avait raison lorsqu'il prétendait qu'un titre comportait davantage d'obligations et de contraintes que de privilèges. Le pauvre Arthur avait été isolé et privé de toute ouverture sur le monde. Elle songea soudain à la façon dont, la connaissant à peine, il avait vu en elle une source d'inspiration et lui avait confié ses espoirs et ses rêves.

Dieu du ciel ! Le duc n'avait pas seulement besoin d'une épouse, il avait besoin qu'on vienne à son secours.

16

Marlton House était fraîche et silencieuse. Ashton avait passé une mauvaise nuit. En attendant d'être reçu par le comte, il patientait dans un fauteuil moelleux, les jambes allongées devant lui, sur le point de s'assoupir. Au moment où il commençait à rêver d'une peau satinée et d'un regard bleu brûlant, des voix le réveillèrent.

— Tu ne vois donc pas que c'est une ambitieuse ? Elle ne cherche qu'à épouser un homme titré.

Seigneur ! Bertram était encore en train de livrer un de ses sermons.

— Ce n'est pas parce que vous ne pensez qu'en termes d'argent que c'est le cas de tout le monde. C'est une jeune femme très bien qui a des qualités de cœur et d'esprit.

Arthur ! Et il parlait de Daisy Bumgarten à n'en pas douter.

Ashton faillit signaler sa présence, mais il redoutait que son frère ne s'enquière des raisons de sa présence. Même lui savait qu'il n'était pas accueilli à bras ouverts dans les salons de la bonne société.

— C'est une fille rustre qui ne sait pas rester à sa place, objecta Bertram. Elle va frétiller de la tournure et te passer la corde au cou en moins de temps qu'il n'en faut pour le dire. Elle te mènera ensuite par le bout du nez.

— Je refuse de vous écouter insulter une jeune femme qui n'est que courtoisie et gentillesse à mon égard. J'ai mieux à faire.

Sur ce, Arthur prit congé et s'éloigna au pas de charge. Ashton entendit son oncle maugréer et décida qu'il était temps de se montrer.

— Vous vous trompez, déclara-t-il en tendant le cou par-dessus le dossier de son fauteuil. Elle ne porte pas de tournure.

Bertram fit volte-face.

— Bon sang, qu'est-ce que tu fais là ?

— J'attends cette « fille ». Nous avons à faire à Temple Church et si vous avez de la chance, vous serez débarrassé d'elle à jamais.

— Albemarle est informé de ta présence ?

— Pas encore. Je guette son retour. Le majordome m'a installé ici sans même me proposer un rafraîchissement.

— Il doit connaître ta réputation et refuse de prendre le moindre risque.

Le vieil homme s'approcha de son neveu.

— Pour l'amour du ciel, dépêche-toi de compromettre cette fille avant qu'elle mette le grappin sur ton frère, dit-il à voix basse. Il reste à peine une semaine avant qu'elle se présente à Betancourt avec les preuves de sa lignée. Je compte sur toi pour veiller à ce que ces preuves soient insuffisantes, voire frauduleuses, ce qui ajouterait une touche de honte à son inaptitude à être duchesse.

Ashton se leva lentement, dominant son oncle de toute sa hauteur.

— Je ferai ce qu'il faut, déclara-t-il en s'efforçant de desserrer les poings. À présent, si cela ne vous ennuie pas, je dois voir cette « fille ».

Daisy marchait lentement, plongée dans ses pensées, les yeux rivés sur le chemin menant à Marlton House. Elle ne remarqua pas la silhouette sur la terrasse avant d'être toute proche.

Dieu du ciel ! Encore lui…

Une brise s'était levée et menaçait d'emporter son chapeau. Elle l'ôta et le tint devant elle, les doigts crispés.

Ashton portait un élégant costume anthracite et se tenait bien campé sur ses jambes, les mains dans le dos. Il avait les yeux fixés sur elle.

Son regard était comme une caresse. Le cœur de Daisy s'emballa et ses sensations furent comme décuplées. Elle sentait avec acuité le frôlement du vent, celui des vêtements sur sa peau, le mouvement de ses jambes, le balancement de ses hanches. Elle gravit les marches de pierre menant à la terrasse.

— Que faites-vous là ? demanda-t-elle.

— Tout le monde ne cesse de me poser cette question. Vous devriez pourtant le savoir, il me semble. Je viens vérifier les documents prouvant vos origines. J'ai passé la matinée à attendre le doyen de Temple Church. Il est prêt à patienter jusqu'à 18 heures, pas une minute de plus. Prenez un châle et mettons-nous en route. J'ai une voiture.

— Je ne peux pas venir avec vous sans chaperon. Ce ne serait pas convenable.

— Il s'agit d'une église, voyons. Je ne vais pas vous sauter dessus dans la nef.

— Dans la bibliothèque, vous n'avez pas eu de scrupules.

— Vous non plus.

— Crapule !

Elle entra dans la maison à grands pas et alla se renseigner auprès d'un valet. Elle apprit que son oncle savourait un cigare dans la bibliothèque. Elle le fit quérir sur-le-champ. Red apparut dans l'entrée, nimbé d'un parfum de whisky, et elle lui expliqua son problème. Attrapant un valet par la manche, il le pria de l'excuser auprès du comte – avec lequel il était censé jouer au billard – et demanda son chapeau.

Daisy courut chercher un châle et son réticule dans sa chambre, puis le trio se mit en route.

— Vous l'avez interrogé sur la référence ? demanda Daisy.

Comme Ashton affichait un air perplexe, elle précisa :

— Le doyen. Avez-vous abordé le sujet des archives ?

— Pas vraiment. Il partait déjeuner. En outre, je n'avais pas les références sur moi. Quand vous avez quitté la bibliothèque, l'autre jour, le papier avait disparu mystérieusement. Je comptais sur votre mémoire d'éléphant.

— Sa mémoire d'éléphant, ricana Red.

S'emparant de son cigare, Daisy le jeta par la fenêtre.

— Hé ! s'écria Red sans conviction car il était ivre.

— Je sais, dit Ashton, compatissant. Elle ne supporte pas les cigares.

Daisy réprima un sourire et se concentra sur le paysage.

Le port et ses vaisseaux de guerre avaient largement contribué au développement de Bristol, dont les rues étaient peuplées de marins. Temple Church se trouvait dans le centre de la ville. Son clocher était légèrement incliné, ce qui intrigua Daisy.

— Oui, il est comme la tour de Pise, expliqua Ashton en lui offrant son bras.

Elle prit celui de son oncle.

Le doyen les accueillit à l'arrière du bâtiment et les fit entrer par une porte latérale. Il alluma une lanterne sur une table et leur fit descendre des marches qui menaient à une cave voûtée sombre et froide.

Des objets hétéroclites y étaient entreposés : caisses, bancs, étagères, chandeliers en cuivre, pièces de ferronnerie. Après avoir allumé une lampe à huile, le doyen s'approcha d'une série d'étagères autrefois fermées par des portes dont les gonds rouillés étaient encore visibles.

Il désigna des ouvrages reliés de cuir.

— Voici les archives des paroisses de Temple et de Redcliffe qui ont fusionné il y a quelque temps. Servez-vous.

Sur ces mots, il tourna les talons.

— Attendez ! s'écria Daisy. Que pouvez-vous nous dire sur ces archives ? Tout est là ? Il n'existe pas d'autres documents ?

— Les volumes sont numérotés, se contenta de répondre l'homme d'Église.

Sur ce, il tourna les talons et s'éloigna avec sa lanterne, les laissant à la merci des ténèbres avec l'unique lampe à huile.

Daisy prit un registre poussiéreux et se pencha pour déchiffrer le nombre inscrit sur le dos.

— C'est bien quarante-huit ? s'enquit-elle.

Ashton acquiesça et elle ouvrit le volume. Hélas, l'encre était presque effacée et les fioritures rendaient la lecture difficile.

— Il nous faut de la lumière, déclara Ashton en s'enfonçant plus avant dans la cave.

Daisy perçut des bruits métalliques, puis la chute d'un objet et un juron étouffé. Enfin, Ashton réapparut avec une autre lampe.

Red l'aida à approcher une table et en essuya la surface à l'aide d'un mouchoir. Puis il partit en quête de sièges. Peu après, le trio était à la table et se mettait au travail.

Ashton parvint à déchiffrer l'écriture et montra à Daisy comment interpréter certains signes. À deux, ils iraient plus vite, selon lui. Le volume qu'elle avait sorti datait du début des années 1790 et couvrait environ une décennie de naissances, baptêmes, décès et mariages dans la paroisse.

— Quel était le numéro du volume cité sur le morceau de papier ? s'enquit Ashton en se tournant vers les étagères.

Daisy fouilla dans son réticule et en sortit le précieux document.

— Trente-six, lut-elle en évitant le regard accusateur d'Ashton. Si tant est que ce soit une référence.

— Cherchons-le.

Munis d'une lampe, ils sortirent chaque volume dans un nuage de poussière qui les fit éternuer. Nouvelle déception : certains nombres étaient effacés ou illisibles. Pire, une partie des registres avaient pris l'eau ou étaient moisis.

— C'est décourageant, commenta Ashton. Regardez comment ils traitent des archives datant de plusieurs siècles.

Daisy le regarda lisser les pages et redresser des couvertures. Le souvenir de ses mains sur son corps revint en force...

Elle se ressaisit et jeta un coup d'œil à son oncle. Il était affalé sur un banc, les mains croisées, les yeux fermés. Son oncle était capable de s'assoupir en pleine tempête.

— Ce volume n'est pas numéroté et l'encre se voit à peine, dit-elle, frustrée.

Ashton l'aida à lire la date de la première entrée, quarante ans de plus que celle qui les intéressait. Le volume suivant portait le numéro quarante-quatre et le suivant le vingt-quatre. Ils entreprirent de les classer dans l'ordre numérique et empilèrent sur la table ceux qui n'avaient pas de nombre.

Un quart d'heure plus tard, faute d'avoir identifié le numéro trente-six, ils s'attaquèrent aux registres dépourvus de référence. Dans l'avant-dernier, les entrées démarraient en 1738. Cela pourrait bien être le bon. Le pouls de Daisy s'emballa. Ashton approcha la lampe – si elle se fiait à son expression, il était aussi excité qu'elle. Enfin, ils atteignirent la page quatre-vingt-onze, celle qu'ils cherchaient.

L'encre était moins délavée qu'ailleurs. La référence était bien là.

— C'est une naissance, déclara Daisy en faisant courir son index sur le papier. Et voici son nom : *Gemma Rose Howard, baptisée, le trois octobre 1747*, lut-elle à voix haute. *Mère : Hannah Violet Howard, de Redcliffe. Père : Fitzroy Henry Lee, commodore de la Royal Navy. Témoins : Sadie McLeod, marraine, et Eli Cornwallis, de la Royal Navy, parrain.*

— Le peu glorieux commodore n'avait pas d'épouse, mais il avait une fille, déclara Ashton. Et la famille le savait, car ce morceau de papier se trouvait parmi leurs lettres et autres documents. Il doit s'agir de l'enfant pour lequel lady Charlotte l'incitait à faire son devoir.

— Cela prouve que Gemma Howard était l'arrière-petite-fille du roi Charles II, conclut Daisy, qui en avait presque le tournis.

Se pouvait-il que la lignée mémorisée par l'oncle Red soit bel et bien réelle ?

— En effet, confirma Ashton. Reste à établir ce que cela prouve en ce qui vous concerne.

— On trouve plusieurs générations de Howard dans ma lignée. Ma mère les a évoqués. Je suis certaine qu'ils sont allés en Amérique... dans le

Maine ou le Massachusetts. J'ai écrit à ma mère pour qu'elle m'envoie toutes les informations dont elle disposerait.

Elle contempla le registre et se demanda quelle avait été l'existence de cette petite fille.

— Pourquoi n'a-t-il pas épousé Hannah ? Elle lui a donné un enfant et il était présent à son baptême.

Ashton poussa un long soupir.

— Gemma Rose et sa mère ont peut-être eu une belle vie, finalement. Si elles sont parties pour l'Amérique, Hannah a pu y trouver un mari et fonder une famille.

— À moins qu'elle n'ait pleuré sa vie durant la perte de son amour, le contra Daisy, quoique sans grande conviction. Elle est peut-être morte jeune et sans le sou, dans le plus grand désespoir.

Daisy imagina plusieurs destins pour cette enfant qui était peut-être la clé de son passé.

— Pauvre petite… C'est ignoble d'engendrer un enfant hors mariage et de l'exposer à la honte pour sa vie entière.

— Pas forcément. C'est arrivé à Charlotte et elle a fini par conclure un beau mariage et par avoir une nombreuse descendance.

— Son père était un roi et non un officier de marine ivrogne et débauché qui a refusé de reconnaître sa propre fille.

— C'est faux, objecta Ashton. Il a signé le registre en tant que père, preuve qu'il se souciait d'elle.

— Si c'était bien lui, s'entêta Daisy.

— Je suis prêt à le parier. N'importe qui ne pouvait signer le registre d'une paroisse. Il fallait être connu et parrainé par un membre éminent de la communauté.

Penché sur la signature imposante, il fronça les sourcils, en quête d'indices.

— Il avait peut-être une raison de ne pas l'épouser.

— Laquelle ? Ses origines roturières ? La lettre de Charlotte mentionne qu'il devait bien se conduire envers l'enfant et non envers sa mère. La famille pensait sans doute que Hannah n'était pas assez bien pour lui.

Elle regarda Ashton droit dans les yeux.

— C'est ce que font les familles : juger les fiancées potentielles.

Ashton réfléchit, puis :

— Ne le prenez pas personnellement. Les Meridian jugent tout le monde, y compris leurs héritiers et leurs cadets.

Elle voulait bien le croire, compte tenu de l'attitude odieuse de l'oncle Bertram, qui méprisait autant Arthur qu'elle-même.

— Si je prouve à votre famille que je suis d'origine noble, pensez-vous qu'elle m'acceptera ?

— Elle n'accepte personne, répondit Ashton en détournant les yeux.

— Ce matin, votre oncle s'est montré ignoble avec Arthur… Il l'a traité comme un enfant. Lors du dîner, hier, il l'a ridiculisé devant tout le monde.

— Oncle Bertram est odieux.

— Surtout avec Arthur. J'ai vraiment eu de la peine pour lui.

Levant les yeux, elle se rendit compte qu'il l'observait avec attention. Son cœur battit à tout rompre.

— J'admets que votre frère est parfois bizarre, mais c'est un érudit qui n'a pas eu l'occasion de voir le monde. Il est intelligent, doux et courtois. Un homme vraiment adorable.

— Vous avez le béguin pour lui, affirma Ashton avec un sourire narquois.

— Et pourquoi pas ?

Elle était fascinée par ses lèvres dont elle se rappelait la douceur et le goût.

— Il a besoin de quelqu'un qui le soutienne, s'occupe de lui et l'aide à trouver sa place dans la société, ajouta-t-elle.

— Ce ne sera pas vous.

— Ah bon ? Et pourquoi cela ?

Elle avait du mal à respirer soudain. Il était si près… La petite palpitation familière naquit au creux de son ventre.

Alarmée, elle se leva, mais se découvrit incapable de s'éloigner ou de s'arracher à la contemplation de cette bouche si sensuelle. Elle mourait d'envie de caresser son beau visage, d'en graver chaque trait dans sa mémoire.

— Je vais vous le dire, répondit-il d'une voix rauque qui la fit trembler de la tête aux pieds. Mieux encore, je vais vous le montrer.

Il lui agrippa les bras et l'attira sur ses genoux. La seconde d'après, il l'embrassait à perdre haleine. D'abord dures et exigeantes, les lèvres d'Ashton se firent plus tendres dès qu'elle enroula les bras autour de son cou. Excitée par le contact de son corps musclé, elle se lova contre lui. Elle tressaillit en sentant sa main s'aventurer le long de sa jambe.

Il remonta peu à peu ses jupons, glissa la main au-delà de sa jarretière, jusqu'à sa cuisse nue. Lorsqu'il atteignit ses dessous, elle cessa de respirer. Elle en voulait davantage, elle voulait qu'il caresse son corps, elle voulait son sexe en elle.

Malgré elle, elle se mit à califourchon sur ses genoux pour se frotter contre lui. Face à face, ils pouvaient s'explorer à loisir. Leurs corps se collaient l'un à l'autre, ondulaient irrépressiblement. Quand Daisy se raidit soudain et se mit à trembler, emportée dans la folle spirale du plaisir, elle sut que c'était ce qu'elle voulait, ce dont elle avait *besoin*... Elle se laissa aller contre lui, offerte et brûlante.

Quelques baisers et caresses habiles avaient suffi à la faire basculer dans l'extase. Elle reprit la bouche d'Ashton avec ardeur. Sa virilité vibrait contre les replis de sa féminité. Elle voulait être nue, allongée, et le prendre en elle pour parfaire cette communion des corps...

Elle se pétrifia subitement en réalisant ce qui venait de se passer. Elle rouvrit les yeux et émergea de sa douce torpeur. Dieu du ciel, ils étaient dans une église ! Et son oncle ronflait à quelques mètres d'eux ! Elle était sur les genoux d'un débauché, les jupes relevées, encore toute frémissante de désir. Lorsqu'elle voulut s'écarter d'Ashton, il la retint par la taille.

— Voilà pourquoi ce ne sera pas toi, dit-il d'une voix enrouée.

Parce qu'elle venait de se couvrir de honte, parce qu'elle avait jeté la morale aux orties une fois de plus, trahie par ce corps qui ne savait pas résister à l'appel de la chair. Elle rougit et se libéra de son emprise. Elle se leva, les jambes tremblantes, et lui tourna le dos pour tenter de remettre de l'ordre dans sa tenue.

Elle entendit Ashton se lever à son tour.

— Arthur ne te donnera jamais cela, affirma-t-il, et il posa les mains sur ses épaules pour la faire pivoter.

Elle tourna la tête, refusant de regarder ce visage qui devait afficher une expression satisfaite, elle en était sûre. Il lui prit le menton pour la forcer à croiser son regard.

— Tu n'es pas une petite chose fragile, une débutante innocente. Tu es une femme forte, déterminée et passionnée. Il te faut un homme qui soit à la hauteur de ta force.

Il lui caressa la joue.

— Noble ou roturier, ce qui importe dans un mariage, c'est que l'homme et la femme soient bien assortis, de force égale.

Il afficha un sourire désabusé et plein de tendresse.

— Que cela te plaise ou non, Daisy, le duc de Meridian ne sera jamais ton égal, ni pour ce qui est du caractère ni pour ce qui est du cœur… et encore moins au lit…

Il lui effleura les lèvres d'un baiser si doux qu'elle en eut les larmes aux yeux.

Loin de lui reprocher son expérience en matière de plaisirs charnels, il lui disait simplement que son frère en ignorait tout. Sa sensualité était-elle un obstacle à son mariage avec un duc inexpérimenté ?

Elle s'écarta, désireuse de retrouver ses esprits et de comprendre les motivations d'Ashton. Resserrant son châle, elle frissonna. Se souciait-il d'elle ou utilisait-il son goût de la chair pour l'empêcher d'épouser Arthur ?

En sa présence, elle était incapable de réfléchir posément. Pourquoi la provoquait-il en lui offrant des plaisirs défendus avant de la sauver de ses propres désirs ? Pour anéantir ses espoirs de mariage ? Là où les autres membres de la famille la jugeaient et ricanaient, il faisait appel à la flatterie et à la séduction. Cela le rendait-il moins dangereux ?

Contre toute attente, Ashton était un bon Meridian.

Elle s'était écartée et lorsqu'elle se risqua à le regarder, il la contemplait avec un regard empreint de convoitise. Son désir pour elle était presque aussi fort que sa volonté de la voir renoncer à épouser Arthur.

Presque.

Voilà qui remettait les choses en place. Après avoir pris une profonde inspiration, elle alla réveiller son oncle, puis récupéra le registre où figurait le baptême de Gemma Howard.

— Quoi ? fit Red en se redressant d'un bond, désorienté.

— Nous l'avons trouvée, oncle Red. Il ne reste plus qu'à demander au doyen de rédiger un certificat de baptême mentionnant le nom des parents de Gemma Howard. Allons-y.

Elle l'entraîna vers l'escalier sans un regard pour Ashton.

Découragé, Ashton comprit qu'elle ne l'écouterait pas. Elle ne renoncerait pas à épouser Arthur quels que soient ses arguments. Le temps pressait. À la fin de la semaine, elle serait à Betancourt face à sa famille et d'autres notables qui s'attendaient qu'il discrédite les allégations de Daisy concernant sa lignée, quitte à falsifier les documents.

Et si c'était vrai ? Si elle descendait bel et bien de Charles II ? Il était pratiquement impossible de retracer une lignée en si peu de temps, mais les débuts étaient prometteurs. L'érudit en lui rechignait à mentir sur des faits historiques car le passé était la base du présent, comme le lui avait seriné le professeur Huxley au cours de ses études. Le nier ou le falsifier, c'était saper l'avenir.

L'avenir de Daisy.

Il ne restait qu'une solution. Elle n'avait rien d'une vierge effarouchée, c'était évident, il devrait donc exploiter son passé et l'origine de ses appétits sexuels contre elle.

17

Ce soir-là, Ashton Graham apparut à la table du comte d'Albemarle en compagnie d'une dizaine d'autres convives. Ravi d'avoir son frère à ses côtés, le duc le salua avec chaleur. Leur oncle se montra moins accueillant.

Daisy était en face d'Arthur et s'efforçait de rester attentive tandis qu'il évoquait sa fructueuse collecte de spécimens dans les jardins. Il lui décrivit ses trouvailles avec force détails, ses méthodes de conservation et ses projets pour ces nouvelles acquisitions.

Par deux fois, Daisy essaya de détourner la conversation, mais le duc était obsédé par les plantes et les papillons, au point qu'il toucha à peine aux différents mets qui lui furent servis. Si seulement il buvait quelques verres de vin...

À l'autre extrémité de la table, Ashton distrayait les convives en relatant les courses hippiques d'Ascot et les bourdes du prince. Daisy les enviait de profiter de sa compagnie. Durant le service, il tourna les yeux dans sa direction, et leurs regards s'aimantèrent. Comme elle avait envie de tendre le bras par-dessus les chandeliers, les verres en cristal, la nappe blanche pour le toucher ! Au diable, les cols amidonnés et les bonnes manières ! Elle aurait payé cher pour être à la place de la voisine de table d'Ashton.

Elle avait envie de savoir comment il passait ses soirées. Quels livres il lisait. Quels étaient ses plats favoris. Où il irait s'il avait l'occasion de parcourir le monde. En vérité, elle avait envie de le connaître davantage qu'au sens biblique du terme.

Oh, Seigneur !

Elle pâlit si soudainement que le duc s'interrompit au milieu de sa phrase pour lui demander si elle se sentait bien. Elle esquissa un sourire presque convaincant et l'incita à poursuivre sa comparaison fascinante entre les papillons de l'est et de l'ouest de l'Angleterre. Au bord de la panique, elle crispa les poings sous la table.

Elle n'était pas juste fascinée par Ashton Graham. Elle éprouvait à son endroit des sentiments qu'elle ne ressentirait sans doute jamais pour Arthur. Son cœur se serra lorsqu'elle chercha chez le duc le moindre signe d'espoir. Il avait un menton et une bouche plaisants quoique dénués de sensualité. Avec le temps, elle parviendrait peut-être à orienter sa passion débordante vers le duc, qui lui inspirerait un jour les mêmes sentiments qu'Ashton. Arthur était un homme de chair et de sang, après tout…

À l'issue du repas, elle avait pris une décision : il fallait qu'elle embrasse le duc au plus vite.

— Mon Dieu, Daisy, je crains d'avoir été bavard, avoua le duc lorsqu'ils sortirent sur la terrasse plongée dans la pénombre.

Les autres convives étaient réunis au salon. Daisy avait eu un peu de mal à attirer Arthur à l'extérieur. En sa présence, tout le monde semblait se passionner pour les papillons.

— Pas du tout, Votre Grâce, assura-t-elle.

— Arthur.

— Arthur. J'aime vous voir partager votre passion. Vous m'avez appris beaucoup de choses. Vous êtes très avisé de songer à installer des ruches dans votre verger.

— Je ne comprends pas que nous ne l'ayons pas fait plus tôt.

Il s'arrêta près de la balustrade et regarda Daisy, qu'un rayon de lune éclairait.

— Ces derniers jours, j'ai pris conscience de pas mal de choses. Il y a tant à faire… Une grande maison à entretenir, des domaines à gérer, des problèmes de personnel à résoudre. Certains domestiques devraient être à la retraite depuis longtemps et remplacés par des jeunes gens vigoureux. Il y a encore une semaine, j'ignorais l'étendue de nos terres. Je suis entré dans le bureau de mon père – d'ordinaire occupé par l'oncle Bertram, qui déteste que l'on touche à ses affaires – et j'ai découvert des cartes de parcelles appartenant à Betancourt.

— Vraiment ? C'est une lourde responsabilité. Vous avez besoin de soutien, Arthur. Une personne ayant la tête sur les épaules et une bonne constitution pour vous aider à assumer vos obligations.

— Ma foi, mes oncles et mes tantes…

— Ils n'ont plus vingt ans, lui rappela-t-elle avec une sollicitude feinte. C'est un peu injuste de leur imposer ce fardeau.

— Vous avez sans doute raison.

Il inclina la tête de côté comme s'il la voyait différemment tout à coup. Enfin, il lui accordait de l'attention. Lorsqu'il se rapprocha, elle esquissa un sourire charmeur et posa la main sur son bras.

— Bien sûr qu'elle a raison, lança une voix forte depuis la porte de la terrasse.

Daisy recula en jurant intérieurement.

— Ces vieux gâteux radotent de plus en plus. Je commençais à craindre qu'ils ne t'entraînent dans leur chute.

— Ashton ! s'exclama le duc avec un sourire. Je me réjouis de te voir de retour dans les salons. Cela signifie que tu viendras plus souvent à Betancourt, j'espère.

Il se tourna vers Daisy et écarquilla les yeux.

— Oh, j'ai failli oublier ! Nous recevons des invités la semaine prochaine. Joins-toi à nous. La famille sera ravie de te voir. Mlle Bumgarten aussi sera présente.

— Ah oui ? fit Ashton avec un sourire sournois. C'est merveilleux. Je viendrai avec plaisir.

Daisy le foudroya du regard à l'insu du duc.

Ashton lui offrit son bras, qu'elle ignora avant de se diriger vers la porte-fenêtre.

Le lendemain matin, Daisy persuada le duc de l'accompagner pour une promenade à cheval. Il connaissait mal les chevaux et était un piètre cavalier, avoua-t-il, mais il accepta pour faire plaisir à la jeune femme. Quand il était plus jeune, ses oncles le dissuadaient de fréquenter les écuries et de monter, de sorte qu'il avait pris l'habitude de marcher.

Une fois de plus, Arthur se révéla plus franc que diplomate. Il était si raide que Daisy ne put s'empêcher de lui prodiguer des conseils. Elle lui raconta des histoires de l'Ouest américain, une façon de le distraire suffisamment pour qu'il se détende.

Elle finit par suggérer un petit galop pour que leurs montures dépensent leur trop-plein d'énergie. Arthur s'en sortit un peu mieux, sous la surveillance de Daisy, qui l'entraîna le long des haies. Elle crut même le voir sourire.

Arthur était persévérant et commençait à progresser, lui semblait-il. Il se tenait mieux en selle et utilisait les rênes correctement. Lorsqu'ils reprirent le chemin des écuries, ils étaient tous deux essoufflés. Arthur semblait revigoré par ses efforts. Sur le sentier que lady Regina lui avait recommandé pour sa promenade, Daisy décida que c'était l'endroit idéal pour lui soutirer un baiser.

Le chemin était bordé d'arbres séculaires dont les branches se rejoignaient presque au-dessus de leur tête, les rayons du soleil filtrant à travers le feuillage.

Le sourire aux lèvres, Daisy proposa au duc de mettre pied à terre pour faire quelques pas à l'ombre. Il lui rendit son sourire et s'extasia sur le cadre bucolique. Il lui fit part de sa décision de rénover ses écuries de Betancourt et lui promit une visite du domaine lorsqu'elle viendrait.

Voyant qu'il ne l'aidait pas à descendre de cheval, elle se pencha pour voir derrière sa monture.

— Votre Grâce ? Arthur ?

Elle perçut un grognement alarmant et mit pied à terre en hâte pour s'enquérir du duc, qui avait vraisemblablement chuté. Il était courbé en deux.

— Je... je ne peux plus bouger..., bredouilla-t-il.

Elle se précipita pour l'aider à se redresser en se glissant sous son bras gauche.

— Appuyez-vous sur moi.

Il se releva péniblement avec une moue de douleur et réprima un cri, le souffle court, en se tenant le bas du dos.

— Nom de nom, jura-t-il, les dents serrées. Que m'arrive-t-il ?

— Cela se produit parfois, répondit Daisy en le tenant par la taille, consciente de l'aspect déplacé de ce geste. Vous manquez de pratique et vous avez des crampes. Cela ira mieux dans quelques minutes.

Faisons quelques pas pour stimuler votre circulation sanguine.

— Aïe !

Dès le premier pas, il faillit s'écrouler.

— Je n'arrive pas à bouger les jambes !

C'était grave. Elle chercha des yeux une souche où Arthur pourrait s'asseoir. En vain.

— Votre Grâce, je vais devoir vous masser les membres pour rétablir la circulation sanguine. Nous sommes trop loin de la maison pour aller y chercher de l'aide. Accrochez-vous à votre selle et ne bougez pas !

— Qu'est-ce que vous… Ooooh… Ahhhh…

C'est dans cette posture qu'Ashton les découvrit : Daisy à genoux derrière Arthur, en train de lui masser les jambes avec une familiarité saisissante, et Arthur en train de gémir de douleur, ou de plaisir, c'était difficile à dire. Ashton mit pied à terre et se précipita vers eux en appelant son frère.

Daisy tomba sur son séant, les yeux écarquillés.

— Qu'est-ce que vous… ?

— Ne vous occupez pas de moi, la coupa-t-il. Que diable êtes-vous en train de faire ?

— Je suis coincé, expliqua Arthur.

— Il a des crampes.

— Mes jambes refusent de m'obéir depuis que je suis descendu un peu brutalement de cheval.

— Je ne faisais que stimuler sa circulation sanguine, plaida Daisy.

Ashton les observa d'un air soupçonneux. Ils avaient les joues rouges, mais son frère semblait souffrir.

— Je ne doute pas que vous fassiez circuler son sang, marmonna Ashton en foudroyant Daisy du regard. Arthur, quelle mouche t'a piqué de t'aventurer à cheval dans ce parc ? Tu détestes les chevaux !

— C'est faux. Je manque d'expérience, voilà tout, et il est temps que j'apprenne à les maîtriser. Je risque de devoir parcourir mon domaine pour l'administrer. Disons que j'ai un peu... exagéré pour cette première sortie.

— Seigneur ! murmura Ashton avant de se tourner vers Daisy. Je suppose que la cavalière incorrigible que vous êtes est à l'origine de cette nouvelle lubie.

Elle se leva et épousseta ses vêtements avant de recoiffer dignement son chapeau.

— Votre frère était désireux d'apprendre et je me suis fait un plaisir de l'accompagner. À présent, si vous avez fini de nous réprimander, j'ai besoin de votre aide pour ramener le duc à la maison.

Non sans grommeler, Ashton aida Daisy à attacher les chevaux les uns aux autres, puis chacun glissa une épaule sous les aisselles d'Arthur pour lui permettre de marcher. Très vite, ce dernier annonça qu'il se sentait mieux. Ashton jeta un coup d'œil au renflement au niveau de son entrejambe.

— Oui, tu sembles aller beaucoup mieux, en effet, marmonna-t-il, conscient de sembler jaloux et détestant cela.

L'arrivée du duc engendra une certaine agitation à Marlton. Il fut installé dans une chambre en attendant l'arrivée du médecin, qui diagnostiqua une vilaine entorse et recommanda des cataplasmes et des décoctions d'écorce de saule pendant une semaine. Le comte et la comtesse furent néanmoins soulagés. Bertram était furieux.

En privé, le docteur confia à Ashton qu'il n'avait jamais vu de telles meurtrissures sur un cavalier.

— Qu'il se lève et remarche dès que possible, même s'il craint d'avoir mal !

À la demande de la comtesse, Daisy accepta de faire la lecture au duc pour l'aider à passer le temps. Bertram intervint devant la chambre du blessé pour empêcher la jeune femme d'entrer au motif qu'elle en avait déjà fait suffisamment. Il insista pour rester au chevet de son neveu. Ashton s'amusa de cette sollicitude nouvelle et glissa discrètement à Arthur une bouteille de cognac en guise de « remontant ».

Quelle qu'en soit la raison, Arthur se déclara rétabli dès le lendemain, même s'il se déplaçait à l'aide d'une canne.

— Parfait, déclara Bertram, tu es en état de voyager. On nous attend à la maison.

Il fit avancer la voiture pour gagner la gare sur-le-champ. Arthur ne discuta pas. Il rassembla ses spécimens de plantes et de papillons, et prit un bain pendant qu'un valet préparait ses bagages. Bertram allait et venait, inquiet à l'idée de rater le train.

— Nous prendrons le suivant, mon oncle, rétorqua Arthur.

Bertram foudroya Ashton du regard, comme si c'était sa faute, et l'entraîna dans le salon pour un entretien privé.

— C'est un désastre ! Passe à l'action et finissons-en avec la fille ! Il faut qu'elle perde tout intérêt pour ton frère, sinon...

Sur ces paroles menaçantes, il quitta la pièce.

Arthur remercia ses hôtes et rejoignit son frère dans la salle de billard.

— Sache que tu m'as manqué, Ashton. Je me réjouis de ta venue prochaine.

Ils s'étreignirent furtivement.

— J'ai hâte de te revoir, Arthur.

Pour masquer sa gêne, Ashton saisit une queue de billard et entreprit d'appliquer de la craie à son extrémité.

— Prends soin de toi, surtout si tu envisages de remonter à cheval, ajouta-t-il.

Arthur sourit et brandit la canne que lui avait prêtée le comte.

— J'espère que mes prochaines leçons seront moins douloureuses.

— Tu n'as pas tout perdu. Cette canne te donne un certain style, fit remarquer Ashton d'un air taquin.

Daisy se posta dans l'entrée dans l'espoir de dire au revoir au duc et, peut-être, de l'embrasser sur la joue, histoire de lui donner à réfléchir durant le voyage. Quelle ne fut pas sa surprise lorsqu'il l'entraîna dans un coin.

— Je suis désolée pour votre blessure, Votre Grâce.

— Arthur !

— Arthur, répéta-t-elle, soulagée. Vous êtes sûr que vous allez bien ?

Il appuya sa canne contre le mur et s'empara de ses mains.

— De mieux en mieux, ma chère Daisy. Je suis pressé de vous revoir à Betancourt. Vous êtes pour moi une bouffée d'air pur… une fenêtre sur un monde que j'ai trop longtemps ignoré.

Avant qu'elle comprenne ce qui se passait, il l'attira plus près et posa les lèvres sur les siennes. Ce fut rapide. Une chaleur, une pression légère, un parfum de santal, puis il s'écarta.

— Je… je serai ravie de vous revoir, cher Arthur.

Un sourire radieux aux lèvres, il récupéra sa canne et tourna les talons. Elle aurait juré qu'il ne boitait plus lorsqu'il s'éloigna.

Elle effleura ses lèvres des doigts, s'efforçant de combattre la tristesse qui l'envahissait. Ce n'était pas un vrai baiser. Il l'avait prise au dépourvu.

Et elle n'avait absolument rien ressenti.

18

— Que fait-il encore là, lui ?

La comtesse observait la cour depuis la fenêtre de la chambre de Daisy.

— Pourquoi diable le comte l'a-t-il invité à rester ? Vu la façon dont il s'est éclipsé avec vous, l'autre jour... Heureusement que Redmond a eu la bonne idée de vous accompagner.

Daisy n'en revenait pas. La comtesse venait de faire un compliment à son oncle !

La comtesse regarda Ashton grimper en selle.

— Cet homme sème le scandale partout où il passe. C'est dans sa nature. Un vaurien bien né qui n'a rien d'honnête ou de sincère !

Contrariée, Daisy pinça les lèvres.

— Je n'en suis pas si sûre, comtesse. Il s'est montré très utile dans mes recherches d'ancêtres. Et il s'est comporté en gentleman.

La plupart du temps.

La comtesse émit un grommellement sceptique.

— Il vous a ensorcelée, ma chère. C'est là son arme la plus redoutable et la plus sournoise. Il vous fait croire qu'il vous aide, qu'il a des valeurs, qu'il est altruiste. Mais il n'a qu'un objectif, croyez-moi. Ils sont nombreux, les aristocrates de son espèce.

Des vauriens au charme ravageur qui ne cherchent qu'à satisfaire leurs désirs égoïstes.

Daisy pensait la même chose de lui jusqu'à...

— Je sais qu'il ne veut pas que j'épouse son frère, comtesse. Il me l'a dit. Je n'y vois aucun égoïsme de sa part. Il trouve simplement que le duc et moi sommes mal assortis, et pas à cause de mes « origines roturières » ou de ma fortune récente.

— C'est absurde !

— Selon lui, je finirais par être malheureuse en tant que duchesse. Il y a trop de contraintes et de responsabilités. Il trouve que nos personnalités sont incompatibles.

— Il pense surtout à son propre malheur en tant que frère cadet.

La comtesse lui prit les mains et la fit asseoir sur une méridienne.

— Vous ne voyez donc pas clair dans son jeu ? Si son frère ne se marie pas et n'a pas d'héritier, il aura encore une chance d'obtenir le titre un jour. C'est là sa motivation, croyez-moi. Ma chère Daisy, le duc et vous vous entendrez à merveille. Il a besoin de votre verve, de votre énergie et vous avez besoin de... sa nature méthodique. Votre ménage sera harmonieux car vous êtes complémentaires. Vous verrez ! Ne vous inquiétez pas.

Elle tapota les mains de la jeune femme et se leva.

— Je veillerai à ce que Regina vous installe loin de ce vaurien au dîner.

Daisy médita ces propos. Ashton agissait-il vraiment par intérêt personnel ? Voulait-il que son frère reste célibataire et meure sans enfants ? Elle songea à ce qu'il lui avait dit des contraintes de la noblesse... dont elle voyait maintenant qu'elles étaient bien réelles.

Le comte et la comtesse d'Albemarle semblaient s'entendre à merveille et travailler en bonne intelligence pour exploiter leur domaine. Cette complicité n'était-elle pas envisageable pour Arthur et elle ?

Se sentant soudain oppressée, elle enfila ses chaussures de marche, coiffa un chapeau et drapa un châle sur ses épaules pour aller se promener dans les jardins.

Il faisait beau et l'air embaumait autour des massifs de fleurs. Daisy ôta son chapeau pour profiter du soleil, faisant fi des conseils de la comtesse pour protéger sa peau. Le soleil lui avait toujours fait tellement de bien.

Tant d'obstacles et de facteurs inconnus se dressaient devant elle, et elle n'avait personne à qui se confier ! Qui pouvait comprendre sa véritable situation ? La marche l'apaisa, comme toujours. Elle songea aux falaises surplombant le fleuve qui bordait leur ranch. Elle s'y réfugiait quand les ambitions de sa mère étaient trop lourdes à porter. Elle esquissa un sourire : elle ne comprenait que trop bien le besoin d'évasion d'Arthur.

Ashton la vit remonter une des allées du jardin. Il arrêta son cheval à l'abri d'un bosquet, à l'extrémité du chemin menant aux écuries. Elle portait une robe de coton bleu pâle toute simple et tenait à la main ce chapeau de paille qui lui donnait un air juvénile. Ses cheveux étaient lâchés et voletaient dans la brise. Tandis qu'il la contemplait parmi les fleurs et les topiaires, un grand vide se creusa soudain en lui.

Jamais il n'aurait imaginé qu'une telle femme puisse exister, mélange d'innocence et d'expérience, de détermination et de doute, d'indépendance et de vulnérabilité. Elle était à la fois simple et compliquée, attirante et terrifiante. Si proche et tellement inaccessible…

Il avait pour mission de la compromettre, d'anéantir ses rêves et ceux de ses sœurs, cette femme qui peuplait ses rêves chaque nuit.

Elle arriva à la hauteur de l'entrée du labyrinthe, puis disparut parmi les haies. Ashton éperonna son cheval et mit pied à terre quelques secondes plus tard. Il pénétra à son tour dans le labyrinthe. Que lui dirait-il ? Il n'en avait pas la moindre idée. À la fin de la semaine, elle serait à Betancourt et ferait l'objet de toutes les attentions. Et elle lui serait à jamais hors d'atteinte.

Il la rattrapa et prit le temps de l'admirer avant de l'appeler :

— Daisy.

Elle sursauta et fit volte-face, la main pressée sur le cœur.

— Que faites-vous là ? Si vous recherchez la solitude, vous allez devoir trouver un autre refuge. Celui-ci est occupé.

— C'est vous que je cherchais, pas la solitude.

— Moi ? s'étonna-t-elle. Que me voulez-vous ?

— À part votre présence enchanteresse ? s'esclaffa-t-il en la rejoignant. Je ne sais pas vraiment. J'ai juste besoin de mettre les choses au clair en ce qui vous concerne.

— Que reste-t-il à expliquer ? Vous connaissez mon arbre généalogique aussi bien que moi.

Comme il l'espérait, elle lui permit de marcher à côté d'elle.

— Je veux savoir ce que vous faites ici, pourquoi vous vous trouvez à des milliers de kilomètres du pays et des gens que vous aimez, vous efforçant d'atteindre un objectif qui n'a aucun sens.

— Je vous l'ai dit, je suis venue me marier afin que mes sœurs soient acceptées dans la bonne société. Je ne l'ai jamais caché.

Elle ne lui disait pas tout, il le sentait. Ils arrivèrent face à un obstacle et elle pointa le doigt à gauche.

— C'est par là, j'en suis presque sûre.

Il s'inclina.

— Pourquoi votre mère n'est-elle pas venue ? Pourquoi n'êtes-vous accompagnée que de votre oncle et de la comtesse ?

Son pas se ralentit imperceptiblement.

— Ma mère est indispensable à la maison. C'est moi qui ai eu l'idée de venir. J'ai emmené mon oncle et recruté la comtesse, qui a accepté de me parrainer.

— Moyennant finances.

Il regretta aussitôt ce commentaire acerbe. Elle s'immobilisa et lui fit face, les yeux lançant des éclairs.

— En effet, admit-elle. Vous êtes satisfait ? J'ai un chaperon qui avait besoin d'argent, mais qui est devenu une amie en qui j'ai confiance. Elle m'a conseillé de vous fuir comme la peste.

— Elle est avisée, marmonna-t-il.

Elle se remit en marche et disparut derrière une haie. Il la rattrapa.

— Et vous, Ashton Graham, que faites-vous ici ? Pourquoi me suivez-vous ? Votre famille vous aurait-elle chargé de me disqualifier en tant que fiancée pour votre frère ? Sachez qu'Arthur ne semble pas me trouver indigne de lui.

Elle avait raison. Il passa devant elle, les mains dans le dos. Le seul moyen de lui soutirer toute la vérité était de se montrer honnête, une stratégie qui n'était pas sans risque.

— Naturellement, les anciens de la famille m'ont chargé de prouver que vos origines ne sont pas compatibles avec le rôle de duchesse de Meridian. Est-ce tellement étonnant ?

— Non, ça ne l'est pas. C'est assez évident, en réalité, répondit-elle en le rattrapant. Le seul problème, c'est que vous m'avez aidée au lieu de m'entraver dans mes démarches. Cela me laisse perplexe. Pourquoi ?

Il prit un peu de temps avant de déclarer :

— Peut-être parce que, au cours de ma vie dissolue, j'ai développé quelques scrupules. Parce que je déteste la mission qu'ils m'ont confiée et qui va à l'encontre de mes principes d'historien. Et parce que j'en ai assez d'être tributaire de ma famille, un fardeau financier, un pion qu'ils manipulent à leur guise.

Sentant monter la vieille colère, il se redressa.

— Ils me connaissent mal, reprit-il.

Il fit quelques pas en silence avant de se tourner vers Daisy.

— Et peut-être que... j'en suis venu à vous apprécier plus que je ne le devrais.

Le cœur battant, Daisy le regarda bifurquer. Ce n'était pas la première fois qu'il la complimentait, mais là, il admettait avoir des sentiments pour elle. Dans la mesure où elle-même en éprouvait, était-ce une bonne ou une mauvaise chose ? Elle le suivit.

— Pourquoi me dites-vous cela ? Que voulez-vous ?

— La vérité. Pourquoi une jeune femme de vingt ans endosse-t-elle la responsabilité de la réputation de sa famille ?

— Vingt-deux ans, corrigea-t-elle. Vous êtes au courant à présent : je ne suis plus de première jeunesse.

Elle lut dans le regard qu'il lui adressa une incrédulité qui lui parut plus intime que ses mains sur sa peau. Soudain, elle eut envie de tout avouer.

— Je suis venue parce que c'est moi qui ai terni notre réputation.

— Ah, dit-il sans cesser de marcher.

— C'est tout ce que vous avez à dire ? s'exclama-t-elle avant de lui barrer la route.

— Je pense qu'il y a autre chose, répondit-il avec un sérieux qui la mit en rage.

— Vous êtes vraiment futé, vous !

— Qu'avez-vous bien pu faire pour jeter la honte sur votre famille ? s'interrogea-t-il en la dévisageant.

Sans doute avait-il déjà deviné une partie de la vérité.

— Excellente question. Je parie que vous avez la réponse.

— Quelques hypothèses, tout au plus, concéda-t-il.

— Lesquelles ?

— Vous souriez trop. Aux messieurs, probablement.

— Je suis d'une nature affable.

— Vous riez facilement, poursuivit Ashton.

— Le rire est une réaction irrépressible.

— Vous êtes trop bonne cavalière et trop rapide.

— En Amérique, c'est indispensable. Du reste, certaines Anglaises bien nées sont d'excellentes cavalières.

— Vous dansez avec trop d'enthousiasme.

Une lueur espiègle dans le regard, il fit un pas vers elle, puis un autre.

— Et vous avez embrassé trop de garçons.

Elle recula, agacée par sa suffisance.

— Sachez que vous êtes le seul homme que j'aie embrassé depuis cinq ans. Je n'ai séduit ou ensorcelé aucun fils de bonne famille en Amérique. J'ai à peine parlé à l'un d'eux.

— Vraiment ? s'étonna-t-il, sincère. Je n'ose imaginer comment vous embrasseriez si vous ne manquiez pas de pratique.

La voyant bouche bée, il ajouta :

— Je n'ai rien à redire à vos baisers. Il me semble juste que vous seriez capable d'allumer un feu avec de la poudre humide quand vous êtes d'humeur.

— Espèce de...

Elle tourna les talons et s'éloigna au pas de charge. Comment osait-il ? Il l'avait... taquinée, réalisa-t-elle. Elle ralentit le pas, gênée par sa réaction quelque peu excessive.

Elle tourna une ou deux fois et se retrouva au centre du labyrinthe, face à la tonnelle et au banc de pierre, le lieu idéal pour les amoureux. Elle avait voulu amener Arthur ici pour se prouver qu'elle pouvait se concentrer sur lui seul. Et voilà qu'elle s'y retrouvait en compagnie de son frère... le seul homme qu'elle désirait de toute son âme. En l'entendant approcher, elle alla s'asseoir sur le banc, au milieu pour ne pas lui laisser de place.

Elle ferma un instant les yeux. Lorsqu'elle les rouvrit, Ashton se tenait devant elle. Il lui ôta son chapeau et le lui tendit.

— Déplacez-vous, dit-il en essayant de s'asseoir. À moins que vous ne préfériez que je m'installe sur vos genoux ?

19

Furibonde, elle se déplaça, le cœur battant et le corps frémissant.

Ils gardèrent le silence un moment. Daisy ressentait avec acuité la proximité d'Ashton.

— Je me suis comportée comme une traînée, lâcha-t-elle finalement, guettant sa réaction.

Il se tourna vers elle sans mot dire.

— Je portais un pantalon sous ma jupe pour chevaucher à califourchon en compagnie des hommes lors de la partie de chasse de Bellington. Saltimbanque et moi avons négocié chaque haie du comté en menant la meute. Ensuite, j'ai accepté de boire à la flasque que me tendait un gentleman. Un excellent bourbon.

— Cela me paraît sensé, commenta Ashton en réprimant un sourire.

— Vous ne comprenez pas, dit-elle, songeant au gouffre qui séparait les hommes et les femmes, s'agissant des attentes de la société.

— Expliquez-moi.

— Il est évident que vous ne fréquentez guère les débutantes que l'on traîne de bal en bal, parées de leurs plus beaux atours. Le moindre doute sur leur vertu équivaut à la damnation éternelle.

— Et votre comportement laissait planer un doute sur votre vertu, dit-il en lui effleurant la main.

— Ce fut leur excuse. Mme Astor et sa cour de vieilles peaux me cherchent encore.

Elle croisa son regard et n'y lut ni provocation ni taquinerie. Il avait retrouvé son sérieux.

— Mon attitude entêtée et égoïste leur a fourni le prétexte parfait pour nous exclure. On me reproche d'être trop téméraire, trop exubérante, et d'en savoir trop. Comme si « savoir » souillait mon âme.

Au bord des larmes, elle baissa la tête.

— Ma mère était dévastée. Elle avait travaillé si dur pour nous dégrossir et nous introduire dans les cercles huppés. Je n'ai compris les raisons de ses avertissements et de ses règles que trop tard. Je la croyais juste...

La gorge nouée par l'émotion, elle s'interrompit.

— En jugeant les autres, ces gens se sentent importants. Nous sommes arrivés en ville après eux et ils nous ont accordé un statut... inférieur au leur.

— Qu'est-ce qui vous fait croire que c'est différent en Angleterre ?

— Oh, j'ai bien compris que ce n'était pas le cas ! Vous êtes tout aussi guindés que les grandes familles américaines.

Refusant de s'essuyer les yeux pour ne pas trahir son émotion, elle prit une profonde inspiration.

— La société anglaise est toutefois assez ancienne pour avoir appris de ses erreurs, reprit-elle. Elle tolère que, lorsque le besoin d'argent se fait sentir, on fasse une exception. Des Américaines ont épousé des aristocrates anglais, ces derniers temps. Nous ne sommes peut-être pas considérées comme des reproductrices de premier choix, mais lorsque nous possédons l'argent qui vous fait défaut, vous vous pincez le nez et nous acceptez dans vos familles. Je ferai ce qu'il faut. Je suis déterminée à ce que les Bumgarten ne soient plus jamais traînés dans la boue.

— Daisy… seul un abruti de la pire espèce ne vous trouverait pas remarquable.

Lorsqu'il se pencha vers elle, elle crut qu'il allait l'embrasser. Il se contenta d'essuyer une larme sur sa joue avec une telle tendresse qu'elle chercha son regard. Sa main s'attarda et il lui adressa un sourire absolument sincère. Un lien authentique existait entre eux et elle en ressentit un plaisir sans nom. Il lui prit la main et la posa sur sa cuisse.

— Parlez-moi d'elles, dit-il d'une voix un peu rauque. Votre mère, vos sœurs.

Cela semblait la question la plus naturelle du monde.

— J'ai trois sœurs, dit-elle avec un sourire nostalgique. Frances, alias Frankie, est née juste après moi. Une intellectuelle. Il n'existe pas une énigme qu'elle ne puisse résoudre. Elle est douée pour les mathématiques et possède une mémoire d'éléphant. Ensuite, il y a Claire, qui joue du violon et chante comme un ange. Et enfin Sarah, la dernière. En plus d'être mignonne et espiègle, elle est douée avec les chevaux et tous les animaux, même les plus effrayants. Toutes trois sont vives d'esprit et un peu entêtées, même si je suis sans doute la pire de la famille. Notre mère, Elizabeth Strait Bumgarten, inspire le respect. Elle est droite, tenace et dure. Elle lit la Bible et a une opinion sur tout.

— Il faudrait la présenter à ma tante Sylvia, railla Ashton.

— Ce serait intéressant, en effet. En fait, sa dureté n'est qu'une façade. En dépit de sa colère, elle n'a jamais menacé de me renvoyer dans le Nevada ni de me renier. Je sais qu'elle m'aime et qu'elle souhaite juste ce qu'il y a de mieux pour ses filles. Je regrette de ne pas m'en être rendu compte plus tôt.

— C'est ce qu'on appelle la sagesse, je crois, murmura Ashton en lui caressant la main de son pouce. Cela vient avec l'âge. Et l'expérience, parfois.

Une douce chaleur enveloppa Daisy. Quelle sagesse l'expérience lui avait-elle permis d'acquérir ?

— Parlez-moi de votre jeunesse.

Il poussa un long soupir.

— J'ai souvent été privé de dîner. Je n'ai pas connu ma mère, décédée peu après ma naissance. Mon père a vécu un peu plus longtemps. À sept ans, on m'a envoyé en pension où les douches et le porridge étaient aussi froids que les professeurs et où j'ai reçu bien des coups de badine. Sur les terrains de sport, nous étions des petits sauvages. J'excellais au cricket. J'aimais courir pour évacuer mon trop-plein d'énergie.

— Et vous défendiez votre frère.

— Qui vous a dit cela ?

— Votre vieux camarade de classe Reynard Boulton. Nous nous sommes rencontrés lors d'un dîner à Oxford.

— Que vous a-t-il raconté d'autre à mon sujet ? s'enquit Ashton, et sa main se crispa légèrement sur la sienne.

— Vous craignez qu'il ne m'ait révélé votre passé sulfureux ? plaisanta-t-elle.

— Mes erreurs et mes défauts ne sont un secret pour personne, mais le Renard a tendance à tout exagérer. Il a pour vocation de dévoiler les secrets et de créer des scandales.

— Il m'en avait avertie.

Pourquoi Ashton semblait-il si mal à l'aise à l'idée que Boulton lui ait fait des révélations ? s'interrogea-t-elle.

— Il voulait savoir ce que je pensais de vous.

— Que lui avez-vous répondu ?

— Vous allez à la pêche aux compliments ?

— Daisy, cet homme a anéanti des réputations, brisé des couples, privé des gens bien d'un avenir.

— Vous semblez sincèrement inquiet !

— Je ne voudrais pas qu'il vous arrive malheur à cause de moi.

— Vous êtes plus galant que vous ne voulez l'admettre.

— Je n'emploierais pas ce terme.

— Et vous êtes intègre, finalement. Cela doit vous peser, parfois.

— Vous essayez de me troubler l'esprit.

— Les matrones voient en vous celui sur lequel elles auraient aimé mettre le grappin. Les pères de famille vous envient votre charme et votre physique. Pas étonnant qu'ils protègent leurs filles.

— Vous avez dû discuter longuement avec Boulton.

— C'est une vraie commère. Je n'ai eu aucun mal à lui tirer les vers du nez. Cependant, il s'est pas mal vanté. Je suis américaine, pas idiote. J'ai pris soin de ne pas lui confier que je vous trouve intelligent, intègre et attentionné... et drôle, parfois. Et que je vous apprécie bien plus que je ne le devrais.

Il lui étreignit la main et elle se détourna vivement pour éviter son regard. S'il y avait une chose dont elle n'avait pas besoin en ce moment, c'était d'un baiser passionné, et de se retrouver couchée dans l'herbe en moins de temps qu'il n'en faut pour le dire.

— Il y a une question qui me taraude, reprit-elle. Pourquoi êtes-vous toujours là ?

— Parce que le comte m'a invité.

— Je ne pensais pas à Marlton, mais à l'Angleterre. Vous êtes célibataire, sans attaches, et vous touchez sans doute une rente... Pourquoi n'êtes-vous pas parti en quête d'aventures ou pour faire fortune ?

Ashton prit le temps de la réflexion, puis :

— J'y ai songé, je l'avoue. Hélas, mes moyens financiers sont limités et j'ai des obligations familiales.

— Ah oui, les contraintes de l'héritier « de rechange » ! Quelles sont-elles, déjà ? La patience...

— Vous êtes cruelle.

Face à son air surpris, elle ne put s'empêcher de rire.

— Et si vous alliez à New York en quête d'une épouse fortunée et deveniez un pilier de la communauté ? Vous pourriez aussi être professeur à Harvard. Nos grandes universités trouveraient une place pour un diplômé d'Oxford. Le professeur Huxley vous ferait sûrement une lettre de recommandation. Vous pourriez ainsi retrouver le reste de mes ancêtres... ou publier une histoire de vos *anciennes* colonies.

Ashton la dévisagea comme si elle venait de se muer en mante religieuse. Et s'en voulut aussitôt. C'était une pensée digne d'Arthur.

— Arrêtez immédiatement, ordonna-t-il.

— Sinon quoi ? répliqua-t-elle d'un air provocateur.

— Sinon... je devrai m'en aller.

— Allez-y, rétorqua-t-elle d'une voix sensuelle. Si vous en êtes capable.

Il lui lâcha la main mais ne parvint pas à se lever. Quoi qu'il arrive, il voulait partager ces moments avec elle, lui avouer qu'elle hantait ses rêves et qu'il la désirait de plus en plus. Il voulait lui dire...

Lorsqu'elle se lova contre lui et posa la tête sur son épaule, il ferma les yeux pour savourer ce contact divin. Il la revit, dans la grange, radieuse après avoir sorti le veau des entrailles de sa mère. À cet instant, il avait perdu la foi en la mission que lui avait confiée sa famille… il avait su qu'il ne pouvait ruiner l'honneur de cette femme sans détruire également quelque chose de bon et de vital en lui.

Daisy avait du cœur et protégeait les siens, des qualités dont Arthur avait besoin chez une épouse, mais qu'il ne saurait pas reconnaître en elle. En l'épousant, elle renoncerait à bien plus que sa propre vie.

Il l'attira contre lui et ils demeurèrent ainsi enlacés pendant de longues minutes avant qu'il se tourne à demi pour la plaquer contre son torse. Cela, songea-t-il, c'était ce qu'il y avait de plus proche du paradis.

Et il l'embrassa.

— Daisy !

— Daisy, où diable es-tu ? cria Red en entraînant lady Evelyn dans le labyrinthe.

— Daisy Bumgarten, êtes-vous là ? s'écria la comtesse, folle d'angoisse. C'est le cheval de lord Graham, ajouta-t-elle à l'adresse de Red. S'ils sont ici ensemble…

— Elle est plus raisonnable que tout le Congrès réuni, assura son oncle. On va la retrouver.

Au détour d'un virage, il s'époumona :

— Marguerite Bumgarten, réponds-moi ! Sinon, tu vas au-devant de gros ennuis !

Ashton posa une main sur la bouche de la jeune femme qui affichait un regard affolé. À califourchon sur ses genoux, elle avait enroulé les jambes autour de sa taille. Tous deux étaient hors d'haleine et avaient du mal à réagir au danger qui s'annonçait. La jeune femme glissa de ses genoux et, les mains tremblantes, remit un peu d'ordre dans sa tenue. Hélas, ses joues rouges et ses lèvres gonflées la trahiraient.

— Il ne faut pas qu'ils nous trouvent ici, souffla-t-elle.

— Partons, murmura Ashton en cherchant une issue.

Daisy désigna l'autre entrée du labyrinthe. Au moment où ils s'en approchaient, elle se rendit compte qu'elle avait oublié son châle sur le banc.

Ashton se précipita pour le récupérer au moment précis où Red surgissait de derrière une haie. Il fit signe à Daisy de filer et s'assit sur le banc en dissimulant le châle de son mieux.

Le cœur battant, elle se mit en marche en cherchant à se rappeler le parcours pour sortir. Elle entendit des voix derrière elle, qui devinrent plus faibles à mesure qu'elle s'éloignait. Enfin, elle put ralentir le pas et reprendre son souffle, malgré son envie de se précipiter vers la maison.

Pour la troisième fois – ou était-ce la quatrième ? –, Ashton Graham venait de la sauver de la ruine. La comtesse aurait été outrée et aurait sans doute décidé qu'elle ne pouvait encourager son mariage avec le duc.

Daisy elle-même commençait à se demander si elle était digne de l'étrange duc de Meridian. Il méritait peut-être une femme plus douce, moins exigeante, et toujours vierge. Et peut-être méritait-elle sa réputation d'aventurière...

— Je rentrais d'une promenade quand j'ai compris que je n'avais jamais admiré l'impressionnant labyrinthe végétal du comte, avait déclaré Ashton de son ton le plus convaincant. C'est mon cheval qui est attaché à l'entrée.

Face à l'oncle et au chaperon de Daisy, il arborait une expression froide et un peu dédaigneuse.

— Vous êtes sûr de ne pas avoir vu Mlle Bumgarten ? insista la comtesse, méfiante.

— Certain, répondit-il, priant pour qu'elle n'ait pas repéré le châle.

— Donc vous êtes simplement assis sur ce banc ? dit Red, l'air perplexe.

— J'ai eu une semaine difficile. J'avais besoin d'un peu de solitude. Vous devriez essayer, c'est bon pour l'âme.

La comtesse balaya les lieux du regard, peu convaincue, puis finit par se résigner.

— Très bien, poursuivons nos recherches ailleurs, dit-elle en tournant les talons. Venez, monsieur Strait.

Red s'attarda un instant, puis son regard s'arrêta sur un bout de soie bleue qui dépassait de sous le postérieur d'Ashton. Le vieil homme esquissa un sourire tranchant.

— Ma Daisy est une gentille fille, déclara-t-il, et Ashton se sentit rougir. Un peu téméraire, parfois, et têtue comme une bourrique, mais elle a un cœur d'or. Si vous êtes raisonnable, vous garderez vos distances. Elle mérite mieux que vous.

Après le départ de Red, ces paroles résonnèrent longtemps dans la tête d'Ashton.

Elle mérite mieux que vous.

Il avait raison.

20

Ce soir-là, Ashton Graham ne vint pas dîner. Il quitta Marlton le lendemain matin en invoquant un problème familial urgent. La comtesse en fut soulagée et Red reconnaissant. Quant à Daisy, elle fut déçue. Pendant quelques heures.

Le jour d'après, deux comtesses déterminées la traînèrent pratiquement dans Bristol pour lui faire admirer les étoffes et soieries vendues par les négociants qui travaillaient avec le port. Lady Regina lui annonça fièrement que ces marchandises venaient d'être livrées et que les dames de Bristol étaient toujours les premières servies en matière de tissus exotiques. Quand vint l'heure du thé, Daisy avait commandé une multitude de coupons magnifiques dont la plupart seraient envoyés à sa famille, à New York.

Ce fut une journée agréable jusqu'à ce que lady Evelyn exige de savoir ce qu'Ashton allait déclarer à ses oncles et tantes lors du conseil de famille qui aurait lieu quelques jours plus tard. Daisy dut admettre qu'elle n'était pas certaine de ses intentions, mais qu'elle avait de l'espoir dans la mesure où il l'avait aidée dans ses recherches et que leurs découvertes étaient solides. La comtesse ne parut pas se satisfaire de ces explications et déclara qu'elles réagiraient en fonction de la tournure prise par les événements. En attendant, ajouta-t-elle sur le ton de la confidence, Daisy devait veiller à ce que le duc lui-même se montre favorable à ce mariage.

Le cœur de Betancourt était un manoir de style jacobéen ayant subi de nombreux ajouts et rénovations au fil des ans, mais les visiteurs admiraient toujours les hautes fenêtres entourées de briques rouges et de grès gris. Ce n'est que lorsque la voiture pénétra dans la cour que l'âge de la bâtisse apparut clairement. Les fenêtres s'écaillaient et les briques avaient besoin d'être rejointoyées. La grande porte d'entrée était usée par les éléments.

Lorsqu'elle s'ouvrit, une rangée de domestiques en noir et blanc apparut, suivie d'un majordome d'âge canonique. Il était voûté et ses bajoues lui donnaient l'air d'un chien de chasse.

Derrière lui, Daisy reconnut la tante Sylvia, l'oncle Bertram et un autre oncle dont le prénom lui échappait. Enfin, en queue de cortège, elle vit le duc en personne, qui semblait extraordinairement jeune en comparaison. Il se précipita pour accueillir Red et la comtesse, avant d'adresser un sourire radieux à Daisy et de s'emparer de ses mains. Il semblait en bien meilleure forme qu'après sa promenade à cheval de la semaine précédente.

— Très chère Daisy, dit-il, un peu haletant, bienvenue à Betancourt ! Nous sommes ravis de vous recevoir. Entrez vite vous rafraîchir. Le personnel s'occupera de vos bagages.

À l'intérieur du manoir, le temps semblait s'être arrêté. Les meubles, les tableaux paraissaient être là de toute éternité. Le bois du grand escalier avait foncé et les moulures étaient noires de suie. Le sol en marbre était fissuré par endroits, en revanche, la table croulait sous des bouquets de fleurs fraîches.

Des voix provenaient du grand salon, à gauche. Ils entrèrent dans une pièce presque entièrement occupée par des septuagénaires. Les messieurs se levèrent avec difficulté à leur entrée et les dames se tournèrent pour observer Daisy à travers leurs lorgnons. Elle fut présentée à toutes ces douairières et à ces vénérables messieurs, vicomtes ou barons amis de la famille. Certains étaient accompagnés d'un domestique tenant un châle ou un cornet acoustique.

Daisy observa Arthur, qui souriait complaisamment quand ses invités l'appelaient « mon garçon ». Étaient-ce ces vieillards qui allaient mettre la jeune femme à l'épreuve en prétextant une réception mondaine ? Elle jeta un coup d'œil à la comtesse, qui se contenta de hausser les sourcils et poursuivit sa conversation.

D'autres visiteurs arrivèrent avant le dîner et furent introduits dans le grand salon. Ils étaient plus jeunes et, parfois, les descendants des aînés qui lui avaient été présentés. Un seul avait moins de quarante ans : Reynard Boulton.

— Je ne m'attendais pas à vous voir ici, avoua Daisy en lui tendant la main.

— Je suis moi-même surpris d'avoir été convié, admit-il. Les Meridian reçoivent peu. Je me suis interrogé sur les raisons d'une telle agitation. C'est vous, l'attraction.

— Moi ? Ils ne célèbrent pas ma présence, croyez-moi.

Bertram avait les yeux rivés sur eux, nota-t-elle. Ce détail n'échappa pas à Reynard Boulton, qui esquissa un sourire.

— Parler de « célébration » est peut-être un peu excessif. Ils ont battu le rappel des troupes, on dirait.

Reste à savoir s'il s'agit d'une haie d'honneur ou d'un peloton d'exécution.

Daisy ne put s'empêcher de rire, s'attirant des regards curieux. La comtesse se précipita vers elle pour l'entraîner à l'écart de la pire langue de vipère de la capitale. Enfin, le dîner fut annoncé.

Daisy s'efforça de détourner les conversations des problèmes de goutte, de digestion et de rhumatismes qui semblaient passionner les convives. Certains messieurs évoquèrent leurs chevaux depuis longtemps disparus et les banquets de chasseurs. Quelques paroles égrillardes fusèrent mais personne ne cilla. Alors qu'elle commençait à regretter d'avoir abordé le sujet, le duc intervint :

— Mlle Bumgarten se passionne pour la chasse. C'est une excellente cavalière. Elle possède d'ailleurs un superbe étalon d'un noir d'ébène.

Les invités se tournèrent vers Daisy, qui rougit comme une jeune fille à marier. En baissant la tête, elle vit Boulton lever les yeux au ciel. Naturellement, Red dut réitérer ses anecdotes sur le Nevada, si bien que le reste du repas fut relativement détendu. Red savait adapter ses récits à son auditoire.

Contrairement à l'usage, les messieurs ne burent pas de cognac en fumant un cigare, la plupart pour se soumettre aux ordres de leur médecin. Certains refusèrent même du café. Ils se retirèrent pour laisser le salon aux plus jeunes.

— Le repas était délicieux, Votre Grâce, déclara Daisy quand Arthur parvint enfin à s'approcher d'elle.

— Certes. Un peu ennuyeux pour vous, j'imagine. Dieu merci, votre présence a sauvé ma soirée. Vous êtes si gracieuse et charmante.

— Merci, Votre Grâce, répondit-elle avec un sourire qui se voulait sincère. C'est un plaisir d'accepter votre hospitalité. Je m'étonne cependant du grand nombre de personnes âgées dans votre entourage.

— Ah, souffla-t-il en rougissant. Ce sont des amis de mes oncles et tantes. Ils ont organisé cette réception et, ayant moi-même peu de connaissances dans ma...

— Arthur ! s'exclama Boulton en les rejoignant, une tasse de café dans une main, une flasque dans l'autre, tu songes à ouvrir une pension de famille pour personnes âgées ?

— Pourquoi ? Tu cherches un logement ? s'enquit Arthur avec candeur. Tu es le bienvenu, Reynard. Reste aussi longtemps que tu le voudras.

— Nom de Dieu, Artie, je plaisantais !

— Ah oui ? Je n'avais pas saisi. Tu connais Mlle Bumgarten, je crois. Une excellente cavalière. Je compte lui faire visiter Betancourt à cheval demain matin à la première heure. Tu peux te joindre à nous si cela te tente.

— Je ne me lève jamais avant midi, répliqua Reynard. Et je n'apprécie guère les chevaux, désolé.

— Ne le soyez pas, dit Daisy.

— Je n'étais pas très amateur moi-même avant que Mlle Bumgarten m'initie aux plaisirs de l'équitation, avoua Arthur en se tournant vers la jeune femme. Depuis, je m'exerce chaque jour. Vous serez impressionnée par mes progrès.

Daisy était aussi stupéfaite que Boulton.

— J'en suis ravie, Votre Grâce.

— Elle pourrait t'encourager aussi, Reynard. Viens donc avec nous demain.

— C'est très généreux, mais je tiens à mes petites habitudes.

— De mauvaises habitudes, maugréa le duc tandis que Reynard s'éloignait, ce qui étonna Daisy. Il est parfois odieux et surtout très seul. À l'école, déjà, personne ne l'aimait.

— C'est triste, commenta Daisy.

Le duc était plus perspicace qu'on ne l'imaginait.

— J'étais un peu comme lui. Je n'avais guère d'amis. Heureusement, Ashton veillait sur moi et les autres garçons nous laissaient tranquilles.

— Vraiment ?

— Ashton était ainsi, toujours prêt à se battre et à défendre les siens bec et ongles. Beaucoup voient en lui un goujat de la pire espèce, mais il a bon cœur, en réalité. Je me réjouis qu'il revienne à la maison, même en visite. Il me manque.

Ce soir-là, tandis qu'elle se préparait à aller se coucher, ces mots résonnèrent dans sa tête : « Il me manque. »

Le duc n'était pas le seul à qui Ashton Graham manquait.

Elle eut du mal à trouver le sommeil. Tout en se retournant sans cesse dans son lit, elle s'efforça de penser à Arthur. Elle était étonnée qu'il ait fait des efforts pour devenir un meilleur cavalier. Peut-être n'était-il pas aussi inexpérimenté qu'il le semblait, après tout… La façon dont il avait remis Boulton à sa place. Le duc de Meridian s'annonçait prometteur, finalement. Elle priait pour qu'il pense la même chose d'elle.

Le duc avait bel et bien progressé, découvrit Daisy, le lendemain matin. Le duc, Red et quelques invités se mirent en route au lever du soleil. L'herbe était encore humide de rosée et les oiseaux chantaient. Les métayers commençaient à sortir de leurs cottages pour attaquer la journée. Il y avait des champs, des bois et des prés, mais où étaient les bovins, les moutons, les porcs et les chèvres ?

En reconnaissant le duc, les hommes se découvraient et les femmes esquissaient une révérence. Ils semblaient subjugués. Conscient de son rôle, Arthur hochait la tête et se redressait fièrement.

De retour aux écuries, Daisy complimenta le duc sur ses qualités de cavalier et la beauté de son domaine.

— Ces écuries ne sont pas dignes d'un duc, je le crains, dit-il, peiné, en balayant du regard la structure décrépite. Dès que j'en aurai les moyens, j'engagerai un palefrenier en chef pour reprendre les choses en main.

— Les chevaux, les chevaux ! fit une voix. Depuis son retour de Marlton, il n'a que ce mot à la bouche !

Bertram s'approcha et foudroya Daisy du regard.

— C'est une preuve de bon sens, commenta Red. Dans le Nevada, on dit que si on s'occupe bien de ses chevaux, ils s'occuperont bien de nous.

— C'est de l'avoine gaspillée, pour la plupart d'entre eux, maugréa Bertram.

— Parce qu'ils n'ont pas été soignés convenablement, intervint Daisy. Qu'en pensez-vous, Votre Grâce ? Si nous jetions un coup d'œil à vos attelages et voitures ?

— Vous feriez cela ? demanda Arthur avec son air innocent. Votre opinion et vos conseils me seraient précieux, monsieur Strait.

— Appelez-moi oncle Red, mon garçon !

Plus provocateur que jamais, il attendit les réprimandes. Daisy lui donna une tape sur le bras qui le fit rire aux éclats.

Le duc s'esclaffa à son tour, malgré la fureur à peine contenue de Bertram, et invita le groupe à regagner la maison.

Une collation fut servie dans un salon ensoleillé, en compagnie des invités plus âgés, qui apprécièrent d'avoir des nouvelles du domaine et narrèrent quelques souvenirs de jeunesse. Daisy découvrit avec étonnement que les écuries de Betancourt avaient connu leur heure de gloire.

Plus tard, alors qu'ils examinaient diverses montures, ils perçurent une certaine agitation dans une stalle du fond. Inquiète pour Saltimbanque, Daisy alla voir ce qui se passait. Une tête noire et luisante hennissait et renâclait. Face aux ricanements des palefreniers, Red et Arthur retinrent Daisy. Arthur la fit pivoter et l'attira contre lui pour la protéger de ce spectacle.

— Ne regardez pas ! dit-il, horrifié. Je crains que votre bien-aimé étalon ne se soit emporté et n'ait entrepris de...

— Il est en train de saillir une jument, Daisy, déclara Red sans détour. Il a dû en croiser une qui était en chaleur.

— Ah, fit la jeune femme en repoussant le duc. Saltimbanque a coutume d'agir comme bon lui semble. J'espère que cela ne vous ennuie pas.

Arthur en demeura sans voix, puis il se ressaisit.

— Votre cheval sera un bon père, j'imagine, bredouilla-t-il.

Red éclata de rire et les employés s'efforcèrent de masquer leur amusement.

— Je veux dire..., reprit Arthur en s'empourprant, qu'un poulain de votre étalon serait un ajout précieux à mes écuries.

— Et comment ! confirma Daisy. C'est un cheval superbe. J'ignorais qu'il était au contact de vos juments.

L'anecdote ne tarda pas à atteindre la maisonnée. Cela faisait bien longtemps que les écuries n'avaient pas accueilli de poulain. Dans l'après-midi, cependant, quand Daisy se retira dans sa chambre, la comtesse crut bon de lui faire part de ses impressions sur l'incident.

— Il ne manquait plus que cela ! Votre monstre de cheval qui saillit une jument du duc. Sa famille vous trouve déjà rebelle et grossière. Et voilà que votre présence est souillée par cet... accouplement inopportun.

— Cela ne serait pas arrivé s'ils n'avaient pas installé Saltimbanque au milieu de ces juments, répliqua Daisy d'un air de défi. Ce n'est ni sa faute ni la mienne. En outre, Saltimbanque leur a probablement rendu un fier service vu l'état de leurs chevaux.

— Daisy ! Surveillez votre langage !

— Le duc ne s'est pas plaint... quand il a compris ce qui se passait.

— Parce qu'il n'avait pas compris ?

La comtesse réfléchit un instant avant de reprendre :

— Le duc ne connaît certes pas grand-chose à la vie, j'aurais toutefois cru qu'il saurait au moins... enfin, peu importe. Tournons la page et avançons. Sait-on quand ce vaurien d'Ashton Graham est censé arriver ?

21

Ledit vaurien fit son apparition le soir même, peu après que le duc et ses invités se furent retirés pour la nuit. Mal organisé et faute d'instructions, le personnel lui trouva une chambre sous les toits, à côté de l'ancienne salle de classe que le duc avait transformée en laboratoire et en pièce d'exposition pour ses papillons. Une fois qu'il fut couché, les domestiques oublièrent sa présence tant ils étaient débordés par le nombre de bouches à nourrir.

Nul n'aurait su qu'il était là si le duc n'avait pas insisté pour montrer à Daisy son laboratoire et ses collections. Suivis de la comtesse et de quelques messieurs affirmant partager la passion d'Arthur pour la nature, ils empruntèrent l'escalier en bois menant sous le toit.

— C'est la pièce où je prenais mes leçons, autrefois, expliqua Arthur. Attendez de voir comment j'ai présenté mes collections.

Soudain, il s'arrêta net. Daisy leva la tête et se figea. Ashton se tenait au milieu du couloir, torse nu, sa chemise à la main, le pantalon ouvert à la taille. Il semblait aussi abasourdi que les autres.

— Seigneur, que fais-tu là ? s'enquit Arthur.

— C'est… c'est ici qu'on m'a installé hier soir, bredouilla Ashton en rougissant. Je suis arrivé tard et je ne suis pas sûr que ton personnel m'ait reconnu. Le pauvre Edgar n'a plus toute sa tête, apparemment... Il n'a jamais été une lumière, certes... Néanmoins, je suis un membre de cette famille.

Daisy étouffa une exclamation. Aussitôt, la comtesse l'agrippa et la fit se retourner tandis que le duc s'interposait entre elle et Ashton.

— Monsieur, un peu de savoir-vivre ! lança un invité.

— Il y a des dames, renchérit un autre.

— Je le vois bien, rétorqua Ashton.

Au ton de sa voix, Daisy devina qu'il souriait.

— Bonjour, mademoiselle Bumgarten. Ravi de vous revoir.

Il attendit une réponse, mais la comtesse serra le bras de Daisy, façon de lui intimer de ne rien dire.

— Ma foi, je comptais partir à la recherche d'un cabinet de toilette pour me rafraîchir après une longue chevauchée, reprit Ashton en s'éloignant dans le couloir. Arthur, tu devrais vraiment installer des sanitaires, ici. Surtout si tu comptes éduquer tes enfants à cet étage, un jour.

Le duc mit un certain temps à retrouver ses esprits puis il précéda le groupe dans son laboratoire. La réaction de Daisy face à cet homme torse nu avait été conforme à celle qu'on attendait d'une jeune fille dans la même situation. Intérieurement, cependant, elle mourait d'envie de lui emboîter le pas, de l'emmener dans sa chambre et de le jeter sur son lit. Il avait un corps fait pour... Un coup de coude de la comtesse la ramena au présent, en l'occurrence aux explications du duc.

— C'est ici que je naturalise mes spécimens.

Il désigna des tables installées sous les fenêtres et les rangées de flacons et de tubes à essai. Les microscopes fascinèrent les messieurs. Le duc leur fit une démonstration avec un papillon.

La comtesse eut un mouvement de recul en découvrant le spécimen de très près. Daisy, elle, fut intriguée et voulut voir d'autres choses. Bientôt, le groupe se retrouva à examiner des fleurs, des feuilles, tout un monde invisible, selon le duc.

— Quelle superbe collection, Votre Grâce ! dit-elle en redescendant au bras du duc. Je comprends votre passion. Toutes ces couleurs, cette beauté. J'en ignorais tout.

— Comme la plupart des gens, répondit-il un peu tristement. Il est crucial de comprendre et de sauvegarder la diversité du monde naturel, que ce soit dans les parcs et dans les pâturages, les plantations. Certaines parcelles de Betancourt sont laissées à l'abandon. Grâce à vous, Daisy, j'ai fait le tour du domaine et j'en ai pris conscience.

— Votre Grâce, vous m'accordez trop de crédit. Vous faites preuve d'un grand sens des responsabilités, qu'il s'agisse de vos terres ou de vos gens. Vous aviez simplement besoin d'un coup de pouce. Je suis prête à parier que tout sera impeccable d'ici peu de temps.

Ils gagnèrent le jardin des papillons à l'arrière de la demeure. Il faisait pâle figure comparé à celui de Marlton. Pour ne pas le vexer, Daisy fit l'inventaire de ses fleurs. Dans un massif voisin, le sol n'était pas bien drainé. N'étant pas horticulteur, Arthur avait fait confiance à un homme engagé par son oncle Bertram.

— Il n'est pas difficile d'y remédier, assura-t-elle. La plupart des espèces peuvent se replanter ailleurs. Et si nous cherchions le site idéal ? Il faut du soleil et un drainage efficace…

— Pas tout de suite, coupa le duc d'un ton ferme, les yeux rivés sur ses pieds.

À sa mâchoire crispée, Daisy devina son agacement. En cet instant, il ressemblait terriblement à Ashton.

— Il faut que je réfléchisse. Regagnez la maison, chère Daisy, ajouta-t-il avec un sourire peiné, je vous rejoindrai plus tard.

Daisy rentra donc en compagnie de la comtesse, qui lui adressa un regard compatissant.

— Il est contrarié à cause du jardin, déclara lady Evelyn dans l'entrée. C'est la première fois que je le vois de mauvaise humeur.

— Moi aussi. Il exerce de lourdes responsabilités et sa famille ne doit pas lui être d'un grand secours. Sans parler de ses vieux domestiques.

Elle regarda autour d'elle.

— La maison entière aurait besoin d'un grand ménage, souffla-t-elle.

— Mademoiselle Bumgarten ! dit une voix impérieuse.

Elle fit volte-face et reconnut l'oncle Seward.

— Lady Sylvia et le reste de la famille requièrent votre présence dans le petit salon, déclara-t-il.

L'heure était venue. Le cœur de Daisy se mit à lui marteler la poitrine.

— Je... j'arrive, bredouilla-t-elle. Je dois d'abord aller chercher quelque chose dans ma chambre.

Elle se dirigea vers l'escalier, la comtesse sur les talons. Une fois à l'étage, elle se tourna vers elle.

— Allez chercher l'oncle Red et assurez-vous qu'il ne boive rien avant de gagner le petit salon.

La comtesse s'éloigna d'un pas rapide tandis que Daisy allait prendre l'extrait des archives de Temple Church. En proie à un vertige, au bord de la panique, elle s'immobilisa un instant au milieu de la pièce ensoleillée. Son avenir et celui de ses sœurs dépendaient de ce qui allait se passer dans le salon d'ici quelques minutes. Et elle n'avait à montrer qu'un document prouvant le baptême d'une enfant illégitime. Pourvu que ce soit suffisant !

Red et la comtesse patientaient devant la porte du petit salon, le visage pâle. Daisy carra les épaules et tenta de faire bonne figure.

— Quoi qu'il arrive, les choses finiront par s'arranger, dit-elle. Je sais que le duc pense du bien de moi – que j'aie ou pas des ancêtres nobles. Son avis ne peut que peser dans la balance.

Lorsqu'elle ouvrit la porte et découvrit six visages vénérables et hostiles, ses jambes se mirent à trembler. Dieu sait comment, elle réussit à s'approcher de la table pour y déposer son document entouré d'un ruban, tel un sacrifice offert à des dieux anciens.

— De quoi s'agit-il ? s'enquit lady Sylvia d'un air de dégoût.

— Le résultat de mes recherches, du moins de ce côté de l'Atlantique. Le certificat de baptême de Gemma Rose Howard qui, je le crois, était mon arrière-arrière-arrière-arrière-arrière-grand-mère.

— Du côté des Strait, précisa Red.

— Très bien, fit lady Sylvia.

Elle fit signe à Bertram, qui dénoua le ruban et déroula le document. Il entreprit de le lire à voix haute :

— *Le trois octobre de l'an de grâce 1747 fut baptisée Gemma Rose Howard, enfant de sexe féminin, à Temple Church, paroisse de Redcliffe, à Bristol, en présence de Hannah Violet Howard, sa mère, de cette paroisse, du commodore Fitzroy Henry Lee, de la Royal Navy, son père, et de deux témoins : Sadie Marie McLeod et le capitaine Eli Cornwallis, de la Royal Navy.*

Une étincelle vindicative s'alluma dans les yeux de Bertram.

— Viennent ensuite la signature du vicaire et son sceau, qui ne sont peut-être pas...

— Authentiques ? fit une voix grave depuis le seuil.

Daisy en eut la chair de poule. Elle se retourna. Ashton se tenait là, un épais volume sous le bras.

— Je vous garantis, chers oncles et tantes, que tout est authentique.

— Il était temps que tu arrives, bon sang, grommela Bertram.

— Ton langage, Bertram ! aboya Sylvia. Et toi, mon neveu, comment sais-tu que le document est authentique ?

— J'étais présent lorsqu'il a été découvert dans les archives et quand le vicaire a retranscrit le contenu du registre. Le doute n'est pas permis. À présent, vous devriez me demander qui sont ces personnes et quel est leur lien avec la noblesse.

Un silence, puis Sylvia répondit :

— Très bien. Qui sont ces personnes et quel est leur lien avec la noblesse anglaise ? Et cette Américaine ? ajouta-t-elle en indiquant Daisy.

— Le commodore inscrit en tant que père de l'enfant n'est autre que le septième fils de Charlotte Fitzroy Lee, comtesse de Lichfield.

— Je n'ai jamais entendu parler d'elle, prétendit Bertram.

— Heureusement, les *historiens* la connaissent, rétorqua Ashton. Elle était la fille préférée du roi Charles II, de la maison Stuart.

Daisy vit les anciens s'animer peu à peu. Seul Bertram ne semblait guère impressionné. Il était même furieux.

— Donc cette enfant était l'arrière-petite-fille du roi Charles et cette Américaine prétend en être une descendante ? dit-il. Comment savons-nous si cette Charlotte a seulement existé ?

— Le roi lui-même l'a dit, répondit Ashton en posant son livre ouvert sur la table devant Sylvia. Ici.

— Lis à voix haute, ordonna sa tante.

Daisy s'avança et prit l'ouvrage de Huxley avant qu'Ashton lise le passage désormais familier.

— *Charlotte Fitzroy est née le cinq septembre 1664, de Barbara Palmée, née Villiers, comtesse de Castlemaine, maîtresse officielle du roi Charles II d'Angleterre. Le roi reconnut Charlotte à sa naissance et lui fit épouser un fils issu de la riche famille Lee, membre de sa Cour...*

Lorsqu'elle eut achevé sa lecture, les anciens étaient bouche bée et discutaient à voix basse des dix-huit enfants et des quarante-deux ans de mariage. Daisy fit circuler l'ouvrage parmi eux. Seuls Bertram et Seward n'étaient pas convaincus... mais décidés à jouer leur dernière carte.

— Ashton, es-tu prêt à certifier que cette femme descend bien du roi Charles II d'Angleterre ? s'enquit Seward.

Daisy retint son souffle. Bien qu'étant contre son mariage avec Arthur, il avait témoigné en sa faveur. Et elle voulait épouser Arthur et être duchesse. N'est-ce pas ? Ashton avait le regard étrangement voilé. Elle n'aurait su dire ce qui se passait en lui.

Tandis que les secondes s'égrenaient, interminables, il la regarda. Il tenait son destin entre ses mains.

— Oui, répondit-il enfin, avant de prendre une profonde inspiration et de se tourner vers sa famille. En tant qu'historien, je dois dire qu'il manque un peu de documentation provenant d'outre-Atlantique, mais dans la mesure où Redmond Strait s'est vu inculquer les noms des descendants de Charlotte

Fitzroy… je ne vois aucun empêchement au mariage de Mlle Bumgarten avec le duc, si tant est qu'ils le souhaitent tous les deux. Et si un arrangement financier est trouvé.

Il croisa le regard de ses oncles d'un air de défi.

— Je pense avoir accompli ma mission, conclut-il.

Il y eut un brouhaha d'exclamations et de grommellements. Les oncles étaient visiblement consternés à la pensée d'un possible mariage, et ce malgré les retombées financières, et lady Sylvia semblait au bord de l'apoplexie.

Indigné, et sobre, Red tapa du poing sur la table.

— Écoutez-moi bien, bande de serpents à sonnette ! Ma Daisy a accepté de passer votre épreuve par respect pour votre famille et parce que les sentiments du duc lui importent. Elle est aussi noble que vous autres ! Alors fermez vos clapets et fichez-lui la paix ! La situation est entre leurs mains, désormais. S'ils décident de se marier, on parlera gros sous, ajouta-t-il à l'adresse de Bertram. En attendant, restez en dehors de tout ça ! C'est compris ?

La comtesse prit le bras de la jeune femme, qui était sous le choc, et l'entraîna hors de la pièce. C'était fini. Ils avaient accepté sa « preuve » grâce au coup de pouce d'Ashton et aux menaces de Red. Elle allait pouvoir épouser Arthur. Elle faillit en pleurer de soulagement. Après avoir serré la comtesse dans ses bras, elle fila dans sa chambre écrire à sa mère pour lui annoncer son prochain mariage avec le duc de Meridian. Elle serait bientôt duchesse !

22

La satisfaction d'Ashton, tandis qu'il regardait Daisy quitter le salon, fut de courte durée.

— Maudit sois-tu, sale traître ! Malfaisant !

Les injures de Bertram déclenchèrent un orage d'invectives au vitriol qui laissa Ashton sans voix. Jamais il n'aurait cru ces vieux grigous capables d'une réaction aussi violente. Chacun se mit à cracher son venin.

— Dehors ! ordonna Sylvia en désignant la porte d'un index noueux. Quelle ingratitude ! Ne remets plus jamais les pieds ici, tu m'entends ?

Ashton récupéra son livre et sortit en claquant la porte. Il avait bien fait de résister à ces vieux vautours qui avaient gardé son frère et lui en otage la plus grande partie de leur vie. Il pouvait sans doute dire adieu à sa rente et à son avenir, mais il avait remporté une victoire.

Reynard Boulton se matérialisa devant lui. L'expression d'Ashton lui apprit qu'il se passait quelque chose de grave.

— Ashton, mon vieux, pourquoi tant de hâte ? s'enquit-il en lui emboîtant le pas.

— Je vais me saouler et déclencher une bonne bagarre, répondit-il à l'héritier du titre des Tannehill. Tu m'accompagnes ?

— Et comment ! Rien ne vaut une bonne cuite.

Plus tard dans l'après-midi, Daisy se recoiffa et enfila une robe en soie parfaite pour une promenade avec un certain gentleman. Puis elle s'en alla à la recherche d'Arthur.

Tout de marron vêtu, il se tenait au bord d'une mare remplie de nénuphars et de canards, les sourcils froncés.

— Votre Grâce ! lança-t-elle avec un sourire.

Elle se figea dès qu'il leva les yeux.

— Maudits canards... Ils doivent manger, je suppose, mais pourquoi s'attaquer à mes jacinthes d'eau ? Regardez-moi ce massacre !

Daisy ne l'avait jamais vu aussi fâché. Il lui fallut un certain temps pour comprendre ce qui le contrariait. Il ignorait visiblement le résultat de son entretien avec les aînés de la famille et ne savait donc pas qu'il était libre de la courtiser. L'enthousiasme de la jeune femme fit place à de la détermination.

Son instinct lui intima que le moment se prêtait à la compréhension et au soutien.

— Seigneur, Arthur, qu'est-ce qui vous met d'humeur aussi morose ?

Il se tourna vers elle avec un soupir exaspéré.

— D'abord, les écuries, puis le jardin des papillons et maintenant la mare aux canards. Je viens de remarquer des fuites sur la toiture et des vitres cassées ou manquantes. Je ne parle même pas de l'état de la porte d'entrée. Qu'est-il arrivé à Betancourt ? Le domaine est délabré.

— Une grande maison nécessite beaucoup d'entretien, dit Daisy en glissant son bras sous le sien.

Elle l'entraîna à l'écart de ce spectacle qui le perturbait.

— Les intempéries, les outrages du temps. Betancourt existe depuis des siècles ! L'heure est venue d'effectuer quelques travaux...

— Je croyais que mes oncles prenaient soin du domaine. Ce sont mes tuteurs depuis mon enfance. Je pensais qu'ils s'occupaient de tout. Et voilà que je découvre tout ce qui a été négligé ! Je suis fautif car j'ai délaissé mes devoirs. Or je ne suis plus un enfant.

— Vous étiez occupé par vos travaux scientifiques, lui rappela Daisy. Maintenant que vous avez pris conscience de ces négligences, vous allez y remédier. Et si je vous aidais à le faire ? Avec le jardin des papillons, par exemple ?

— Vous ne trouvez pas cela trop ennuyeux ?

Il semblait un peu moins désemparé.

— Je serais ravie de vous assister, assura-t-elle avec un sourire espiègle. Le thé et les bavardages m'ennuient à mourir. J'aime l'action. Qui diable a décidé d'installer votre jardin des papillons sur un terrain marécageux ?

— Je... je ne sais plus.

Après avoir cherché en vain le jardinier, Daisy suggéra qu'ils consultent un plan du domaine. Ils gagnèrent le bureau de l'ancien duc et y trouvèrent les oncles Bertram et Seward penchés sur une lettre qui venait d'arriver. En voyant Arthur, Bertram la dissimula sous sa main.

— De quoi s'agit-il, mon oncle ?

— Rien ! dit-il, alors que Seward répondait : Une lettre.

— De qui ? voulut savoir Arthur, qui se pencha pour déchiffrer le cachet. Elle m'est adressée ?

— C'est un mot de la comtesse de Dorchester, déclara Bertram d'un ton faussement désinvolte.

— À quel sujet ?

Arthur attrapa un coin de la lettre et la tira à lui. La tournant vers la fenêtre, il lut à voix haute :

— *Merci de m'avoir envoyé un homme aussi remarquable et talentueux que le Dr Edmonds. Il m'a été très précieux et fait presque partie de la famille, désormais. Grâce à ses soins dévoués, le comte s'est rétabli et va de mieux en mieux. Il pourra bientôt dîner à table et reprendre ses activités. Votre Grâce, nous ne vous remercierons jamais assez pour votre générosité et votre gentillesse à notre égard. Si vous avez besoin de quoi que ce soit, n'hésitez pas à nous solliciter. Votre obligée, Rosalyn Lytton-Small, comtesse de Dorchester.*

Arthur regarda ses oncles, l'air perdu.

— Elle me remercie ? Je n'ai jamais entendu parler de cette femme, encore moins...

— Nous... euh... nous avons eu vent de la maladie du comte et nous lui avons adressé notre médecin, expliqua Bertram. Un geste charitable que tu ne pouvais qu'approuver. Tu es si généreux...

— Nous avons agi en ton nom, Arthur, renchérit Seward avec un sourire crispé. Tout ce que nous faisons est à mettre à ton crédit.

— Très bien, dit le duc en posant la lettre.

Il balaya du regard le bureau encombré.

— Nous cherchons un plan du domaine. Je me souviens d'en avoir vu un ici.

— Dans mon bureau ? dit Bertram. Que faisais-tu ici ?

Bertram se raidit et jeta un coup d'œil à Seward. Si Arthur n'y fit pas attention, il n'échappa pas à Daisy.

— Il n'y a pas si longtemps, j'ai vu... Là ! s'écria Arthur.

Il s'approcha d'une corbeille en bois posée près d'un fauteuil en cuir. Seward le rejoignit au moment où il commençait à fouiller parmi les rouleaux de documents.

— Laisse-moi faire, dit-il en s'interposant entre son neveu et la corbeille. Je crois savoir ce que tu cherches.

— Et les plans du jardin, aussi, ajouta le duc.

— Quel jardin ? intervint Bertram en contournant le bureau.

— Le jardin des papillons. Les plans du paysagiste, ce type que nous avons engagé pour dessiner le jardin. Que *vous* avez engagé.

— Peut-être disposez-vous d'un plan du jardin lui-même ? risqua Daisy en voyant Seward examiner les différents plans.

— En quoi cela vous regarde-t-il ? aboya Bertram, ce qui lui valut un regard noir d'Arthur.

— Je trouve juste que ce serait une bonne chose de consulter le plan afin de savoir ce qui justifie son emplacement, répliqua Daisy en s'efforçant de maîtriser sa colère grandissante.

— J'ai oublié le nom de cet homme, prétendit Bertram. Je vais devoir regarder dans les registres. Nous avons du travail, Arthur. Nous ne pouvons pas passer notre temps à répondre à tes caprices.

La mine renfrognée, Arthur prit les documents des mains de Seward et escorta Daisy hors de la pièce.

Ils s'installèrent dans la bibliothèque, déroulèrent toutes les feuilles sur une table et entreprirent de les examiner avec soin.

— Sans vouloir critiquer votre famille, je trouve que vos oncles semblaient pressés de vous voir partir.

— Comme toujours. Oncle Bertram n'aime pas que l'on touche à ses affaires.

— Ses affaires ? Mais les documents relatifs au domaine vous appartiennent, non ?

Arthur se voûta légèrement, puis s'appuya à la table.

— Je le suppose, admit-il, les sourcils froncés. J'aurais mieux fait de m'occuper de Betancourt au lieu de...

Il n'eut pas besoin d'achever sa phrase ; son expression était éloquente. Il ressentait soudain le poids de son titre. Les paroles d'Ashton sur les devoirs d'un duc, le don de soi et l'existence qu'elle mènerait si elle épousait Arthur lui revinrent en mémoire.

Il fallait qu'Arthur en vaille la peine.

Sans réfléchir, elle l'embrassa sur la joue.

Étonné, il se redressa. Et lorsqu'elle se rapprocha, il comprit ce qu'elle attendait de lui. Il posa ses lèvres sur les siennes. Leur baiser fut doux, vaguement plaisant, mais il y avait un gouffre entre cette expérience et les sensations qu'Ashton provoquait en elle.

Lorsqu'il s'écarta d'elle, elle baissa les yeux pour masquer sa déception et afficha un sourire forcé.

23

Ce soir-là, il n'y avait guère de convives à la table du dîner. Plusieurs personnes âgées avaient préféré se faire servir un plateau dans leur chambre pour échapper à l'atmosphère guindée de la salle à manger. Le repas lui-même fut frugal : une soupe trop liquide, un turbot trop cuit, du bœuf bouilli avec des légumes trop mous, suivis d'une crème anglaise ratée.

Ashton était absent, de même que Reynard Boulton et lady Sylvia Graham Upshaw. L'oncle Bertram était assis en bout de table, très raide, et ne fit aucune tentative de conversation. Lorsque Daisy demanda au valet davantage de vin, celui-ci la fixa, éberlué, comme si elle avait demandé la tête de saint Jean-Baptiste. Il n'obéit que parce que Bertram discutait avec Seward, puis réalisa que le duc lui-même lui faisait signe de la servir.

Arthur chipotait avec la nourriture et observait avec attention ses couverts en argent ternis. Toutefois, lorsqu'il regarda Daisy, son regard s'éclaira et il parvint à échanger quelques mots avec ses voisins de table.

À un moment du dîner, le baron Kettering en vint à remettre en question les histoires de cow-boy de

Red. Il déclara qu'il était impossible de capturer un bovin au lasso en étant à cheval.

Toujours prêt à relever un défi, Red lui proposa de lui faire une démonstration. Daisy soupira en voyant son oncle sortir sa flasque d'alcool. Très intéressé, Arthur ordonna que l'on dispose des torches autour de l'enclos principal.

— Oncle Red, fit Daisy en lui agrippant la manche tandis que la tablée quittait la pièce, tu n'as pas attrapé de bovins depuis des années.

— C'est comme le cheval, Daisy, ça ne s'oublie pas, assura-t-il avec un sourire satisfait.

— Il te faudra une vraie corde !

— J'en ai une. Je ne me déplace jamais sans ma corde, je pensais que tu le savais.

Il lâcha un rire sonore. Tout en se dirigeant vers les écuries, il ôta sa veste, qu'il confia à un palefrenier. Il sortit peu après des écuries avec le lasso qu'il avait rapporté d'Amérique.

— Il est vraiment capable de capturer un veau en pleine course ? demanda Arthur en rejoignant Daisy près de la barrière du paddock.

— Je l'espère, répondit-elle, honteuse de douter des talents de son oncle. Il était très doué, mais cela remonte à un certain temps...

Red avala quelques gorgées de whisky avant de remettre son flacon à un employé. À la lueur des torches, il avait une certaine prestance, dut-elle admettre. Tous les regards étaient braqués sur lui. Il déroula sa corde, inspecta le nœud, puis s'adressa à cette étrange assemblée d'aristocrates et de domestiques réunis autour du paddock.

— Il faut que la corde soit raide. Celle-ci est fabriquée spécialement.

— Seigneur, il a trop bu, gémit Daisy.

— Il est plus affûté après quelques verres, observa la comtesse, qui avait les yeux rivés sur Red.

— Je suis peut-être un peu rouillé, admit-il.

Il afficha une expression perplexe, comme s'il cherchait à se rappeler quelque chose, puis :

— Ah, oui !

La corde vola dans les airs et forma un cercle au-dessus de lui, suscitant un brouhaha dans l'assistance.

— C'est tout ce que vous savez faire ? protesta Kettering. Vous prétendiez pouvoir capturer un veau !

— Allez m'en chercher un et je le capturerai ! rétorqua Red.

Une seconde plus tard, il fit tournoyer la corde autour de ses épaules, puis de ses genoux, avant de remonter vers sa tête et au-dessus. Les spectateurs s'extasièrent.

Red élargit alors la boucle devant lui et se mit à sauter hors et à l'intérieur du cercle qu'elle formait autour de lui sous les applaudissements nourris. La comtesse semblait particulièrement enthousiaste. Quant au duc, il affichait un sourire juvénile.

— Je connais un autre truc ! lança Red en dessinant des cercles à la verticale.

Son public l'acclama de plus belle. Red fit alors le tour de l'enclos Arrivé à quelques mètres de Daisy, il lança le célèbre cri de ralliement des cow-boys, puis, d'une torsion du poignet, il projeta son lasso autour de la comtesse. Celle-ci étouffa un cri comme la boucle se resserrait et se mit à balbutier tandis que Red s'approchait.

— Ce n'est pas un veau ! s'exclama un spectateur. Ah, ces Américains, incapables de distinguer un veau d'une comtesse !

Les rires fusèrent. Red tira sa proie vers la barrière de l'enclos et déposa un baiser sur sa joue. La comtesse était dans tous ses états. Une fois libérée, elle empoigna ses jupes et regagna le manoir en toute hâte. Daisy voulut la suivre, mais le duc la retint par la main et lui indiqua le portillon du paddock. Un employé fit entrer un veau, qui se mit aussitôt à courir.

Les spectateurs crièrent à Red de l'attraper au lasso. Retenant son souffle, Daisy regarda son oncle faire tourner son lasso, puis le passer autour du cou du veau.

— Le plus compliqué, c'est d'enlever la corde ! expliqua Red à son public enthousiaste avant de relâcher le veau.

Son triomphe ne fut pas du goût de tous. Le baron exigea que Red capture le veau à cheval.

— Jamais de nuit, riposta Red. On risque de briser les jambes du cheval. Il faut la lumière du jour et beaucoup de place.

— Merci pour cette formidable démonstration, monsieur Strait ! déclara le duc. Vos talents ne sont surpassés que par votre générosité. À présent, rentrons boire du champagne !

Sur le chemin de la maison, Bertram rattrapa Arthur et l'attira à l'écart.

— Tu ne vas quand même pas déboucher du champagne après ce spectacle affligeant ? murmura-t-il.

Daisy devina que le vieil homme était en train de réprimander le duc. Se tournant vers Arthur, elle lui sourit d'un air de défi. Il se redressa fièrement.

— Vous voulez que je revienne sur une invitation, mon oncle ? Nous pouvons sûrement nous séparer de quelques bouteilles. Nous ne sommes pas ruinés, que je sache.

Il fit une pause et posa un regard perplexe sur Bertram.

— Le sommes-nous ?

Daisy remontait l'allée en compagnie du duc tandis que Bertram se dirigeait vers la porte de l'office au pas de charge. Ashton, qui rejoignait les écuries en tirant derrière lui le cheval d'un Reynard ivre mort, devina que son oncle était furieux. Il ignorait ce qui venait de se passer dans l'enclos, mais cela avait sans doute un rapport avec Daisy.

En dépit de ses intentions, il ne s'était pas saoulé suffisamment pour chasser de ses pensées l'entrevue avec ses aînés et n'avait pas trouvé un adversaire à sa taille pour en découdre.

Avec l'aide d'un valet, il monta Reynard dans sa chambre en réussissant à ne pas être vu par les invités réunis au salon. Tandis qu'il jetait un regard circulaire dans l'élégante chambre d'amis, Ashton songea à la pièce au confort spartiate dans laquelle il avait été relégué. Il n'était plus le bienvenu dans cette maison depuis des années, et pourrait bien ne plus jamais l'être. Il en eut la confirmation en trouvant Bertram au pied du grand escalier.

— Comment oses-tu te montrer ici ? Tu es banni de cette maison et de cette famille. Si tu remets les pieds ici, je te poursuivrai en justice, tu m'entends ?

— Je n'en doute pas une seconde. Mais Arthur a peut-être son mot à dire.

— Arthur ne compte pas.

— En êtes-vous sûr ? répliqua Ashton. Priez pour qu'il ait une longue et fertile existence, parce que si je devais devenir duc, je vous jetterais à la rue à la première occasion.

Sur ce, il ouvrit brutalement la porte d'entrée, franchit le seuil et laissa le battant grand ouvert.

Bertram le suivit des yeux, puis alla chercher Seward afin de s'entretenir avec lui de toute urgence. Ils montèrent ensuite demander à la cameriste de lady Sylvia de la réveiller.

Elle reçut les deux hommes dans ses appartements – ceux de la duchesse de Meridian, autrefois –, vêtue d'un peignoir et coiffée d'un bonnet de nuit. Après que Seward lui eut exposé la situation, elle décida de mettre son dentier.

— Il va nous poser des problèmes, croyez-moi, déclara Bertram en s'épongeant le front avec son mouchoir. Il risque de révéler à Arthur ce pour quoi nous l'avons payé.

Seward secoua la tête.

— Il trahirait alors ses propres motivations et sa cupidité. Qui accepterait de ruiner la réputation d'une riche Américaine pour quelques pièces d'argent ?

— Comment est-ce arrivé ? s'enquit Sylvia en repoussant sa caméristе qui voulait draper un châle sur ses épaules.

— Nous aurions dû lui verser une somme plus importante, déclara Seward d'un ton de reproche. Je l'avais bien dit.

— Là n'est pas la question, intervint Bertram. Cette fille l'a ensorcelé. Ç'a toujours été son point faible.

— Ce garçon est trop vulnérable à l'appel de la chair, commenta Sylvia avec dégoût. Selon vous, il est allé très loin ?

Les deux hommes échangèrent un regard et en vinrent à la même conclusion.

— Il a couché avec elle, déclara Bertram. Il ne peut en être autrement avec cette traînée ! Elle l'a séduit pour l'inciter à oublier les intérêts de la famille.

— Elle l'a bel et bien ensorcelé, renchérit Seward.

— Elle lui a tourné la tête, oui ! s'écria Sylvia. Avant de l'inciter à l'aider.

— Voilà pourquoi il a soudain une conscience ! Et il cède ses restes à son frère, s'indigna Bertram. S'il croit que nous allons permettre...

Il s'interrompit soudain, l'air pensif, puis un sourire mauvais lui incurva les lèvres.

— Cela pourrait mettre un terme à cette mascarade.

— Qu'est-ce qui pourrait mettre un terme à cette mascarade ? aboya Sylvia.

— Arthur n'imaginerait pas l'épouser s'il la surprenait dans le lit d'Ashton – s'il assistait à la scène de ses propres yeux. Tu avais raison : Reynard Boulton va nous être utile. Nous veillerons à ce qu'il assiste à cette « découverte » et, deux jours plus tard, tout Londres sera au courant. Cette Américaine insolente sera bannie de la bonne société. Quand nous en aurons terminé avec elle, le dernier des pouilleux ne voudra pas d'elle.

Red était dans son élément. Il enchaînait les anecdotes et les plaisanteries douteuses, entouré d'une assemblée avinée réunie autour du piano pour chanter des succès ayant traversé l'Atlantique. Le duc, qui avait une jolie voix de baryton, rougit lorsqu'il lui en fit le compliment.

Il se tourna vers Daisy avec un soupir mélancolique.

— Je regrette qu'Ashton ne soit pas là. Il a une voix magnifique. Au pensionnat, il me chantait des berceuses pour m'aider à m'endormir quand...

Il s'interrompit et afficha un sourire forcé.

— Dommage qu'il ait dû regagner Londres pour une affaire urgente.

Le cœur de Daisy se serra ; Ashton lui manquait, à elle aussi. Elle aurait tout donné pour entendre sa belle voix grave.

Et soudain, elle en eut la certitude : elle était irrévocablement amoureuse d'Ashton Graham.

Quand les invités regagnèrent enfin leurs chambres, Daisy traversa la maison plongée dans la pénombre en compagnie du duc. Alors qu'ils s'approchaient de l'escalier, elle ressentit comme une tension dans tout le corps. Si elle épousait le duc, ce serait ainsi chaque soir. Elle gravirait ces marches en redoutant ce qui allait suivre et en pensant à Ashton – à combien ç'aurait été différent avec lui.

Lorsqu'elle s'immobilisa, le duc se tourna vers elle.

— Je crois que je vais aller chercher un livre dans la bibliothèque, dit-elle en voyant une chandelle posée sur un guéridon à l'intention des invités. Je doute de trouver le sommeil après ces festivités.

Arthur lui adressa un doux sourire et lui prit la main.

— Voulez-vous que je vienne vous aider à choisir ?

— Non, merci. Je ne compte pas m'attarder.

— Dans ce cas, je vous conseille *Les Papillons du sud de l'Angleterre,* de Stanford Jepson. Il m'a souvent aidé à m'endormir.

Daisy rit doucement en se demandant s'il plaisantait ou pas. Lorsqu'il se pencha pour l'embrasser, ses lèvres se posèrent sur sa joue, près de sa bouche. Sa propre maladresse parut le contrarier.

— Faites de beaux rêves, Arthur.

Il grimpa l'escalier tandis qu'elle s'emparait de la chandelle et s'éloignait dans le couloir. En plein désarroi, elle entra dans la bibliothèque et s'arrêta net en sentant une présence.

— Daisy, dit la voix grave d'Ashton.

Elle faillit en lâcher sa chandelle. Il s'approcha et referma sa main sur celle de Daisy qui tenait la chandelle. Il avait ôté sa cravate, ses cheveux étaient en désordre et ses yeux brillaient d'un éclat cuivré. Jamais il ne lui avait paru aussi séduisant. Et sérieux.

— Je vous croyais à Londres, dit-elle, le cœur battant.

— C'est donc la version qu'ils ont choisie ? En vérité, je suis banni de cette demeure et de la famille.

— Banni ? Mais pourquoi seriez... ?

Soudain, elle comprit et se sentit tellement coupable qu'elle en eut les jambes flageolantes.

— C'est à cause de moi. Ils vous punissent parce que vous m'avez aidée.

— Ce n'est pas une grosse perte, dit-il avec une désinvolture peu convaincante. Je ne me suis jamais senti chez moi, ici. Cependant, Arthur me manquera. Et vous aussi.

— Si vous êtes banni, que faites-vous... ?

— Je suis passé chercher mes affaires. Et vous voir. Je n'imaginais pas partir sans vous avoir dit...

Il l'emmena vers un divan près de la fenêtre, la fit asseoir et posa la chandelle sur une table toute proche. Puis il prit place à côté d'elle.

— Sachez que je ne souhaite que votre bonheur... et celui d'Arthur. Il a besoin d'une femme courageuse et indépendante qui l'aidera à résister à la famille et à être lui-même. Il a bon cœur et il est intelligent. Il vous adorera, si ce n'est pas déjà le cas.

— Vous me donnez donc votre bénédiction ? dit-elle, la gorge nouée.

— Je suis un fils cadet, soupira-t-il. Je n'ai rien d'autre à vous offrir.

— Vous ne parlez pas sérieusement ? dit-elle en le dévisageant. Vous pensez vraiment que seules vos « perspectives d'avenir » importent à une femme ? Il ne vous est jamais venu à l'esprit que certaines ne recherchent pas un titre ou la richesse dans le mariage ?

— C'est hélas le cas de la seule femme qui compte à mes yeux.

Daisy en eut le souffle coupé. Il était en droit de penser cela d'elle puisqu'elle n'avait cessé de répéter qu'elle voulait être duchesse. Et en effet, elle devait penser à son avenir et à celui de ses sœurs. Elle avait travaillé si dur, était allée si loin pour se rendre finalement compte que le prix à payer était plus élevé que prévu.

Elle plongea son regard dans le sien et lui caressa la joue. Il avait des sentiments pour elle, il la désirait. Et il refusait de l'admettre.

Mais s'il prononçait les mots qu'elle brûlait d'entendre, que se passerait-il ensuite ? Cela influerait-il sur sa détermination à être duchesse ? Même si elle regrettait ses actions passées, elle n'en demeurait pas moins têtue et égoïste. Elle attendait de lui qu'il lui donne son cœur, son amour, alors qu'elle refusait d'en faire autant. Savoir qu'il l'aimait la rendrait-il heureuse ?

C'était la première fois de sa vie qu'elle se trouvait confrontée à ses propres défauts.

— Je tiens à vous, Ashton, dit-elle prudemment. Je vous suis redevable et je passerai sans doute le reste de ma vie à essayer de vous rendre la pareille. Vous êtes généreux, bienveillant et bien plus honorable que je ne le suis.

— Je n'ai rien d'un saint, Daisy. Si je vous ai aidée, c'est parce que j'étais incapable de faire autrement. Je ne pouvais trahir mes valeurs profondes. Au départ, je voulais protéger Arthur. Et puis j'ai appris à vous connaître et j'ai eu envie de vous protéger, vous aussi.

Daisy baissa les yeux ; la tendresse dans le regard d'Ashton lui était insupportable.

— Vous aviez raison de protéger votre frère. Je ne suis pas une vierge effarouchée, je suis têtue, déterminée, indépendante. Je dis ce que je pense, je monte à califourchon, aussi bien sur les chevaux que sur les... Bref, je ne suis pas une pure jeune fille.

Les mains d'Ashton se crispèrent sur les siennes.

— Ah, dit-il, et sa voix ne trahissait ni jugement, ni indignation, ni émotion.

24

Levant les yeux, elle vit une étincelle dans le regard d'Ashton.

— C'est tout ? Je viens de vous révéler la seule chose susceptible de me rendre indigne d'épouser un simple employé, sans parler d'un duc, et tout ce que vous trouvez à dire, c'est « ah » ?

— Cela n'a rien d'une surprise pour moi.

Lorsqu'elle voulut libérer ses mains des siennes, il les retint.

— Daisy, vous n'avez rien des délurées que j'ai connues, sachez-le. Vous flirtez avec vos yeux, vous embrassez divinement et, quand une pensée agréable vous vient, vous vous humectez les lèvres. Ce sont des détails qui ne trompent pas un homme ayant fréquenté des femmes d'expérience.

— Vous saviez que je n'étais pas vierge ? Et vous m'avez permis d'essayer de prouver ma valeur. Pourquoi n'avez-vous rien dit ?

— Je n'étais pas certain que cela ait de l'importance. Vous n'êtes pas dans la norme, alors pourquoi attendre de vous une absence d'expérience en matière sexuelle ?

— La virginité n'est pas seulement une absence d'expérience, c'est un gage de pureté et d'innocence.

— Et de peur d'affronter le contact d'un homme, de réveiller la « bête » qui sommeille en lui. Pourquoi les femmes devraient-elles fermer les yeux et penser à l'Angleterre lors de l'acte ? Quelle tristesse, quel ennui ! Deux mots auxquels je ne vous associerai jamais.

Daisy n'en croyait pas ses oreilles.

— Comment qualifieriez-vous une fille de seize ans qui se croit amoureuse d'un beau cow-boy et qui le voit en secret… jusqu'à ce que la mère de cette fille les surprenne et renvoie le cow-boy.

— Je dirais qu'elle est déterminée, curieuse, aventureuse, téméraire.

— Et pas immorale ? Souillée, corrompue, sale ?

— Vous êtes sérieuse ? Vous trouvez que ce que vous avez fait est vil et impardonnable ?

— Peut-être pas vil mais mal, oui.

— Cela a-t-il fait de vous une bête lubrique qui arpente les rues en quête de partenaires pour satisfaire ses appétits ?

— Non ! Je ne suis pas ainsi et je ne le serai jamais ! s'exclama-t-elle, au bord des larmes.

— Depuis cet épisode, combien avez-vous eu de partenaires ?

— Aucun ! Je n'ai connu qu'un seul homme de toute ma vie.

— Et à cause de lui vous vous êtes sentie sale et compromise ?

— Non ! protesta-t-elle. Il n'était pas ainsi. Il était doux et gentil, et très attentionné. Mais les conséquences ont été si terribles que je n'ai pas voulu renouveler l'expérience.

— Jamais ?

Il fixa sur elle son regard irrésistible, comme pour la défier de s'entêter dans ce petit mensonge.

— Je pensais avoir surmonté ces désirs et oublié ces sensations. Tant de personnes, qu'elles soient médecins, pasteurs ou même ma mère, affirment que les femmes ne sont pas censées éprouver cela. Et que celles à qui cela arrive sont légères et immorales.

Elle se trouva incapable de soutenir le regard d'Ashton.

— Et vous les croyez ?

Il semblait attristé que ce puisse être le cas.

— Je ne sais que croire. Pourquoi le Tout-Puissant aurait-il rendu les relations entre hommes et femmes agréables si nous sommes censées ne rien ressentir ? J'ai ces désirs, ces besoins.

Elle poussa un long soupir et ôta ses mains des siennes.

— C'est du passé, déclara-t-il. Cela vous a permis de devenir la femme passionnée et généreuse que vous êtes aujourd'hui. Tout ce qui compte, pour moi, c'est que vous soyez honorable et fidèle à Arthur. Promettez-moi que…

Il croisa son regard pour établir ce lien qu'elle en venait à trouver plus précieux que n'importe quel plaisir physique, cette complicité, cet engagement.

C'était de l'amour.

Daisy eut l'impression de s'effondrer intérieurement, de se démanteler puis de se reconstruire lentement, de se métamorphoser tel l'un des papillons si chers à Arthur. Elle priait pour être une personne meilleure. Ces changements, se rendait-elle compte, étaient le fruit des moments passés avec Ashton, de leurs conversations, de leur tendresse, de leur franchise. Son cœur avait choisi Ashton et elle sentait au plus profond d'elle-même que cet amour était réciproque.

— Promettez-moi de lui être fidèle, même quand il se montrera pénible et ennuyeux avec ses maudits insectes. Rappelez-vous qu'il est plus que cela et sachez qu'il peut être plus que cela.

Elle se leva, le souffle court. Il l'imita, le regard plein d'amour.

— Promettez-moi que, quand un séduisant jeune homme vous flattera et vous entraînera sur la piste de danse, vous n'oublierez pas le cœur d'Arthur et votre engagement, que vous ne céderez pas à la tentation qui enflammera vos sens, que vos désirs ne l'emporteront pas. Je ne supporterais pas de voir l'un de vous deux déshonoré ou désespéré.

Elle le regarda sans ciller, mettant tout son amour dans ce regard.

— Un seul homme saurait me détourner d'Arthur.

La tension entre eux était palpable.

C'était le moment ou jamais. Il fallait qu'il lui déclare son amour, qu'il la prenne dans ses bras, la demande en mariage et affronte son destin.

Elle vit la lumière s'éteindre dans son regard mais elle ne perdit pas espoir. Et puis il se voûta et recula d'un pas, puis d'un autre.

Il ne le dirait pas.

Il s'effaçait pour laisser la place à son frère titré. C'était son devoir.

Il esquissa un sourire si douloureux qu'elle en eut le cœur serré.

— Je vous souhaite le meilleur, Daisy Bumgarten. Je serai le premier à dire : lady Marguerite, Votre Grâce.

Sur ces mots, il tourna les talons et sortit.

Daisy n'arrivait plus à respirer. Elle avait l'impression d'être tombée au fond d'un puits et d'être brisée. Incrédule, elle se laissa tomber sur le divan. La pièce devint floue tandis que ses yeux s'emplissaient de larmes.

Le lendemain matin, la comtesse tarda à se lever. À 10 h 30, Daisy décida de prendre son petit déjeuner sans elle. Deux messieurs étaient présents dans la salle à manger. Ils étaient habillés pour partir en promenade : veste en tweed, jumelles, calepins – des ornithologues amateurs. Alors qu'elle venait de s'asseoir devant ses œufs au bacon, Arthur entra. Lui aussi était vêtu de tweed et avait des jumelles autour du cou.

— Daisy, dit-il avec un grand sourire, j'espérais vous voir avant de partir.

Il fit mine d'avoir soudain une idée.

— Pourquoi ne viendriez-vous pas avec nous ? J'ai promis à mon cousin Ralph et au baron Kettering d'observer les oiseaux du parc. J'ai repéré quelques merveilleux chanteurs.

— Oh, merci, mais je ne ferais que vous ralentir ! dit-elle, au grand soulagement des deux invités.

— Très bien, mais j'aimerais avoir une leçon d'équitation, tout à l'heure.

— Avec plaisir, répondit-elle.

Quelques minutes plus tard, ces messieurs s'en allèrent et elle se retrouva seule, ce dont elle se réjouit. Elle avait mal dormi et craignait d'avoir les yeux rougis et gonflés par les larmes. Alors qu'elle s'était levée pour se servir une autre tasse de café, Reynard Boulton apparut. Ébloui par le soleil, il plissa les yeux.

— Du café, gémit-il, la mine blême. Par pitié…

Elle le servit tandis qu'il titubait en direction de la table.

— Asseyez-vous. Tenez…

— Vous êtes divine, mademoiselle Bumgarten.

— Pas vraiment, répondit-elle en s'attablant en face de lui. Cependant, je compatis à votre gueule de bois. Cela fait des années que je veille sur mon oncle Red.

— Le comportement d'une femme le lendemain matin en dit long sur elle, déclara Reynard en buvant une gorgée de café, les yeux clos. Seigneur, je suis une épave ! Comment diable suis-je arrivé ici ? Je me rappelle être allé au Sou d'or, avec Ashton.

— Au Sou d'or ? s'enquit Daisy d'un air désinvolte.

— C'est la taverne du coin. Un relais de poste, en réalité. Nous y sommes allés pour… boire quelques verres. Ashton était déterminé à s'oublier dans l'alcool et à se battre à la première provocation. Il était fou de rage.

— Il vous a dit pourquoi ?

— Pas vraiment. Quand il boit, il est plutôt morose. Cela vous ennuierait de me servir des œufs brouillés s'ils sont encore chauds ? Vous seriez un ange.

Elle étrécit les yeux, mais il l'implora du regard.

De mauvaise grâce, elle se leva et garnit une assiette. Puis elle sonna les domestiques pour demander du café frais et des scones.

— Vous avez ma gratitude éternelle, soupira Reynard. J'ai l'impression qu'Ashton était en colère contre sa famille.

— Cela n'a rien d'étonnant, répondit Daisy, qui regrettait de ne pas pouvoir dire ce qu'elle en pensait vraiment. Ils ne sont pas très bienveillants, tous autant qu'ils sont. Arthur excepté, qui est un peu trop accommodant avec ses aînés.

Si Reynard ne se sentait pas bien, son appétit pour les potins était intact.

— Vous n'appréciez guère les Meridian, n'est-ce pas ?

— Pas particulièrement, en effet. Et je suis certaine qu'ils m'arroseraient d'eau si j'étais en train de me noyer.

Reynard s'esclaffa et grimaça aussitôt de douleur.

— Ne me faites pas rire, ma tête va exploser.

Un valet entra avec une cafetière et il lui fit signe d'approcher.

Après avoir dévoré un scone et bu quelques gorgées de café, il parut se concentrer de nouveau sur Daisy.

— Ne prenez pas personnellement l'hostilité des anciens de la famille à votre égard. Ils n'aiment personne, à commencer par eux-mêmes. Et tout le monde les déteste aussi.

— Vraiment ? Pourquoi ?

— Ils ont vendu ce qui pouvait l'être, détourné les revenus de leurs fermes et chassé les métayers qui ne pouvaient plus payer leur loyer. Ils n'achètent plus chez les producteurs locaux et ont ainsi ruiné des familles entières.

— Ils peinent à entretenir le domaine, apparemment, commenta Daisy en balayant du regard les rideaux décolorés et la peinture jaunie des murs.

— À moins qu'ils ne mettent l'argent ailleurs. Le pauvre Ashton touche une rente de misère depuis des années.

— Il ne dispose pas d'argent personnel ?

— Uniquement ce qu'il gagne au jeu. Il bénéficie parfois de la générosité de ses amis et partage une maison à Mayfair avec d'autres vauriens de son espèce grâce aux largesses du marquis de Kirkland… qui réside désormais en France avec son épouse fortunée.

— Comment savez-vous tout cela ?

— Savoir des choses est mon métier.

— Je l'ai entendu dire, en effet. Et le duc n'est pas informé de ces malversations ?

— Arthur ? J'en doute. Ils ont veillé à ce qu'il s'intéresse à autre chose.

— Ils…

Daisy se rappela l'attitude des oncles du duc, dans le bureau. Arthur commençait à se rendre compte des manipulations dont il était l'objet. Aurait-il le courage et la force de remettre de l'ordre dans le duché et de reprendre Betancourt en main ?

— Je suis certaine que le duc trouvera le moyen de remédier à ces problèmes.

— Peut-être…

Reynard se remit à manger avec appétit.

— À condition qu'il trouve l'épouse qui lui conviendra.

Daisy leva les yeux. Il la dévisageait en haussant les sourcils.

— Veuillez m'excuser, je vais voir si la comtesse est levée, dit-elle.

Le Renard la regarda quitter la table et sourit. Mlle Bumgarten était un sacré lot : brillante, originale, les pieds sur terre et fort bien tournée. S'il n'avait eu la certitude qu'elle avait déjà jeté son dévolu sur le duc, il aurait volontiers tenté sa chance. Mais comment rivaliser avec un duc sur le marché du mariage ?

Daisy arpentait la chambre de la comtesse en attendant qu'elle émerge de derrière le paravent où elle savourait un bain à l'eau de rose. Ce n'était en rien dans ses habitudes et Daisy s'en serait alarmée si elle n'avait eu d'autres sujets d'inquiétude en tête, à savoir Ashton, Arthur et les malversations des Meridian.

— Voilà qui explique les rumeurs sur les difficultés financières du duc, lança la comtesse. Reynard Boulton les a sans doute lancées lui-même.

— Peut-être. Cela dit, la maison est bel et bien en piteux état, et le domaine est presque désert. Le premier jour, les paysans semblaient étonnés de découvrir qu'il y avait encore un duc.

— Hum, fit la comtesse, distraite. Ma foi, il vous reste encore quelques jours pour convaincre le duc de vous épouser.

25

Convaincre le duc de l'épouser ne serait pas une mince affaire. Tandis qu'elle l'observait en train d'identifier des oiseaux avec son cousin Ralph et le baron Kettering, elle se dit qu'il lui faudrait l'attraper au lasso et le ficeler à un poteau pour obtenir son attention.

En fin de journée, toutefois, elle parvint à l'emmener se promener à cheval dans le domaine. Elle en profita pour lui poser des questions innocentes sur les cottages inhabités qu'ils croisaient sur leur route et sur les familles qui avaient été contraintes de les abandonner. Les champs étaient mal entretenus et envahis de mauvaises herbes. L'humeur du duc s'assombrit tandis qu'il prenait conscience du triste état de Betancourt. Ce qui était censé être une promenade agréable se mua en un nouveau motif d'insatisfaction et de culpabilité.

Daisy l'incita à s'arrêter près d'un ruisseau et lui fit part des rumeurs qui circulaient sur le domaine et sur sa famille.

— J'ignore ce qui est vrai dans tout cela, mais les faits sont là. Vos oncles vous cachent des choses et je ne pense pas que ce soit parce qu'ils ont vos intérêts à cœur. À vous de décider de la suite à donner à ces découvertes. Quoi qu'il arrive, je serai à vos côtés.

Elle eut soudain envie de le protéger et s'empara de ses mains. Elle comprenait maintenant ce qu'Ashton ressentait pour Arthur et l'ajouta aux autres raisons qui l'avaient poussé à s'effacer à son profit. Quand Arthur se pencha pour déposer un baiser sur ses lèvres, elle s'efforça de l'apprécier.

Ils dînèrent assez tard. Le duc insista pour que Daisy soit assise à côté de lui, au haut bout de la table, près de Bertram, qui semblait désemparé par leur proximité. Daisy surprit les regards sombres qu'il échangeait avec Seward et la moue méprisante de lady Sylvia.

Il y eut des lectures à voix haute dans le grand salon, des textes philosophiques et politiques grandiloquents pour la défense des valeurs anglaises d'antan. Daisy grommela intérieurement et crut voir la comtesse lever les yeux au ciel. Arthur, lui, semblait captivé. Ensuite, certains lurent des poèmes. Reynard Boulton eut l'outrecuidance de ronfler dans son fauteuil et lorsque les invités se retirèrent pour la nuit, ils l'abandonnèrent dans le noir.

Arthur escorta Daisy à l'étage, s'arrêta sur le palier et lui sourit.

— Vous avez rendu cette soirée supportable, Daisy. Sachez que je vous suis très reconnaissant.

Il se pencha pour l'embrasser, mais elle ne s'attendait pas qu'il l'enlace un peu maladroitement. Leur baiser fut bref. Le duc tourna les talons et remonta le couloir d'un pas plus alerte.

Elle faisait des progrès.

Dans sa chambre, elle trouva Colette assoupie dans le fauteuil près de la cheminée éteinte. La camériste se réveilla en sursaut.

— Oh, mademoiselle, dit-elle en se frottant les yeux, je suis désolée ! Je vous attendais pour vous aider à vous déshabiller et pour vous donner ceci.

Elle lui tendit un message et s'empressa d'aller verser de l'eau dans la cuvette.

— D'où cela vient-il ? s'enquit Daisy, qui augmenta l'intensité de la lampe posée sur la table.

— Je l'ai trouvé glissé sous la porte après le dîner. Je n'ai pas osé l'ouvrir.

Daisy ne connaissait pas cette écriture, mais son cœur s'emballa lorsqu'elle vit la signature d'Ashton.

Daisy, il faut absolument que je vous voie. Venez au Sou d'or ce soir, à minuit. Bien à vous pour toujours, Ashton.

Elle était stupéfaite. Ashton séjournait dans cette auberge et cette convocation semblait urgente. *Bien à vous pour toujours.* Il avait changé d'avis !

Elle se prépara pour la nuit tout en se demandant comment elle allait se faufiler hors de la maison sans se faire remarquer. Elle vibrait d'impatience, était incapable de penser à autre chose qu'à lui.

Dans le noir, elle écouta l'horloge du couloir sonner la demi-heure. Elle voyait déjà le beau visage d'Ashton, ses épaules larges et son sourire sensuel. Voici ce qu'elle voulait : se réveiller chaque matin avec lui et s'endormir à ses côtés chaque soir. Elle voulait retourner dans le Nevada et fonder une famille avec lui… dans un pays où les possibilités étaient infinies, où le devoir et les sacrifices passaient après l'amour.

À 11 h 30, elle repoussa les couvertures.

Elle n'avait jamais vraiment eu envie d'être duchesse, de toute façon.

Les cheveux lâchés, vêtue de sa tenue d'équitation, Daisy alla chercher Saltimbanque. Elle ne mit guère de temps à gagner l'allée. « Le long de la route, lui avait dit Reynard Boulton. En bordure du domaine. » Cela ne devait pas être bien difficile à trouver.

Assis près de sa fenêtre, dans le noir, Seward vit la jeune femme grimper en selle. Un sourire mauvais aux lèvres, il enfila ses gants, coiffa son chapeau et alla frapper à la porte de Bertram.

— Elle a mordu à l'hameçon, annonça-t-il. Elle vient de partir à cheval.

— Parfait, dit Bertram en se frottant le visage. Accordons-leur quelques minutes pour... passer à l'action. Après quoi, nous jouerons les justiciers. N'oublie pas d'aller chercher Boulton. Aux dernières nouvelles, il ronflait comme un sonneur dans le grand salon. Mieux vaut qu'il soit bien réveillé pour être témoin du scandale.

La lune éclairait la route et Saltimbanque était heureux de se dégourdir les jambes. En moins d'un quart d'heure, Daisy atteignit le village de Betany. Elle repéra une bâtisse de deux étages dont les fenêtres du rez-de-chaussée étaient éclairées. Alors qu'elle mettait pied à terre et attachait son cheval, la lumière à l'une des fenêtres s'éteignit.

Daisy se rua vers la porte et frappa à plusieurs reprises. Une voix masculine l'informa que l'établissement était fermé.

— Je vous en prie, ouvrez-moi ! C'est important ! Je dois parler à l'un de vos clients.

Un homme aux cheveux clairsemés entrouvrit la porte et jeta un coup d'œil par-dessus l'épaule de Daisy pour s'assurer qu'elle était seule.

— Je viens voir Ashton Graham. Il réside chez vous, je crois.

— On n'a personne de ce nom, ici, grommela l'aubergiste. C'est une maison respectable. Allez-vous-en !

Il fit mine de fermer la porte, mais elle l'en empêcha.

— Il faut absolument que je lui parle. Il m'a envoyé un message pour me donner rendez-vous.

Daisy lui montra ledit message.

— Désolé, revenez demain ! dit-il avant d'ajouter dans un murmure : Amenez votre cheval devant l'entrée de derrière.

Elle obéit. L'aubergiste lui fit signe d'attacher sa monture sous un appentis, puis elle le suivit dans la cuisine. La vaste salle était plongée dans la pénombre. L'homme indiqua l'escalier et précisa qu'elle devait se rendre dans la deuxième chambre à droite.

Le cœur battant, elle gravit les marches. Elle s'arrêta dans le couloir, le temps de passer la main dans ses cheveux décoiffés. Elle tremblait à la perspective de revoir Ashton.

Elle frappa doucement, recommença, et vit un rai de lumière sous la porte. Elle l'entendit se déplacer, s'habiller, peut-être. Elle sourit en songeant que c'était superflu.

Puis la clé tourna dans la serrure et la porte s'ouvrit.

Il se tenait devant elle, la chemise déboutonnée, de même que le pantalon, les cheveux en bataille. Visiblement, elle l'avait réveillé. Il émanait de lui une légère odeur de whisky, mais à l'instant où il la reconnut, son regard se fit tranchant.

— Qu'est-ce que vous... ?

Ashton l'attira à l'intérieur et scruta le couloir sombre pour s'assurer que personne ne l'avait vue. Il referma la porte et tourna la clé.

Lorsqu'il pivota, il crut que ses jambes allaient le lâcher. Sa chevelure cascadant sur ses épaules, le regard lumineux, Daisy se mordillait la lèvre. Elle avait déboutonné le haut de son corsage et de sa veste. Sa tenue d'équitation moulait ses formes. Était-elle vraiment là, devant lui, ou était-ce encore un de ses rêves érotiques ?

— J'ai reçu votre message, déclara-t-elle, tendue. Me voici.

— Bon sang, Daisy ! je vous ai dit que je n'étais pas un saint. Ne me tentez pas...

— Je me moque de ce que vous n'êtes pas. Ce qui m'intéresse, c'est ce que vous êtes. Je suis venue parce que je suis folle de vous. Je n'en dors plus la nuit. Le souvenir de nos baisers me hante. J'en veux davantage, Ashton. Je vous veux tout entier et je sais que ce désir est réciproque.

En deux pas, il franchit la distance qui les séparait et la prit dans ses bras pour la plaquer contre lui. Il n'arrivait plus à parler tant son désir était violent, presque douloureux. Lui soulevant le menton, il captura ces lèvres dont il rêvait jour et nuit. Elle répondit à son baiser comme s'ils ne formaient plus qu'un seul corps, sachant d'instinct ce qui lui procurerait du plaisir. Lorsqu'il s'écarta enfin, elle lui sourit et prononça des paroles qui le prirent au dépourvu.

— Tu m'as dit que tu étais à moi à jamais et je suis là pour que tu honores ta promesse.

— À jamais ? répéta-t-il, déconcerté. Quand ai-je dit cela ?

— Dans ton message. Celui qui me donnait rendez-vous ici.

— Attends... je ne t'ai envoyé aucun message.

— Si, affirma-t-elle en sortant un papier de sa poche.

Il la lâcha, déplia le papier et le lut, en proie à un désarroi grandissant.

— Ce n'est pas mon écriture. Comment t'est-il parvenu ?

— Colette m'a dit qu'on l'avait glissé sous ma porte pendant le dîner.

Quelque chose clochait.

— Je regrette, mon ange, on dirait bien que quelqu'un t'a fait venir ici.

Et soudain, il comprit. Quelqu'un voulait qu'on les surprenne ensemble dans une auberge au milieu de la nuit.

— Maudits soient-ils !

Ashton s'écarta, ivre de colère.

— Qu'ils brûlent en enfer !

Incrédule, Daisy pâlit.

— Que ces ordures me fassent cela à moi est déjà assez abject, mais qu'ils s'en prennent à toi... et à Arthur. Viens !

Ashton lui agrippa le bras et la tira vers la porte.

— Où ça ? Qu'est-ce que tu fais ?

— Ils ne vont pas tarder.

— Qui ? Mais de quoi parles-tu ?

— Tu verras.

Ils gagnèrent la salle de la taverne. L'aubergiste et son fils étaient en train de faire le ménage.

— Nous attendons de la visite, Bascom, dit Ashton en installant Daisy à une table près de la cheminée.

— C'est fermé, protesta l'aubergiste.

— Ouvre la porte et reste ici en tant que témoin. Ce ne sera pas très long. Ta femme aurait-elle des épingles à cheveux pour cette dame ?

Daisy protesta, mais Ashton insista pour qu'elle relève ses cheveux en chignon. Pendant ce temps, il alla mettre une cravate et enfiler une veste pour se rendre présentable.

Une fois qu'elle fut recoiffée, il la trouva si belle qu'il faillit revenir sur sa décision d'arrêter le cours des choses. Elle avait payé ses passions de jeunesse au prix d'années de pénitence et méritait mieux qu'un mariage avec son frère ; elle avait aussi traversé un océan et dépensé une petite fortune pour se faire accepter par la bonne société. Quoi qu'elle en dise dans l'élan de l'instant, elle ne serait jamais heureuse ni en paix si elle renonçait à son projet.

Le moins qu'il puisse faire était de la protéger contre les manipulations de ses oncles et de lui permettre de faire le mariage dont elle rêvait.

— Tu es très élégante, dit-il. À un détail près.

Il reboutonna son corsage et sa veste, un geste intime et doux-amer.

— Voilà, c'est parfait.

— Que fait-on, maintenant ? demanda-t-elle d'une petite voix.

— On attend.

26

Bientôt, ils entendirent les chevaux ainsi que des voix devant l'auberge. Le cœur de Daisy se mit à battre à tout rompre. Quelqu'un voulait la piéger en compagnie d'Ashton afin de les déshonorer tous les deux.

Bascom sortit son fusil et le posa sur le comptoir, au cas où. Ashton écarta un pan de sa veste pour lui montrer le revolver dans le holster à sa ceinture.

— Ashton, tu ne peux pas..., souffla Daisy. Il s'agit de ta famille !

Ils frappèrent à la porte, essayèrent la poignée et, se rendant compte que ce n'était pas fermé à clé, firent irruption dans l'auberge.

Bertram et Seward entrèrent les premiers, suivis d'un agent de police en uniforme, matraque à la main, d'Arthur, de Reynard Boulton et du baron de Kettering, qui tenait le duc par le bras. L'espace d'un instant, les nouveaux venus semblèrent pris de court. Ils ne s'attendaient manifestement pas à voir leurs victimes attablées dans la salle commune.

— Les voilà, comme prévu, déclara Bertram, se ressaisissant. Elle est venue pour un rendez-vous galant, cette traînée, et avec le propre frère du duc !

— Tu vois, Arthur ? fit Seward, sortant de derrière Bertram. Elle est immorale et infidèle. Une catin prête à te tromper dans les bras de ton méprisable frère !

— Bonsoir à tous, les salua Ashton, affichant un calme insolent. Oh, vous avez amené le Renard ! Bonsoir, Reynard. Et ce bon baron Kettering, toujours complice. En revanche, je m'étonne de la présence d'un représentant de la loi. Vous pensiez qu'il y aurait des raisons de...

— Il est là pour fermer cet établissement accueillant des fornicateurs et des adultères, le coupa Bertram en se tournant vers l'agent.

Ce dernier ne paraissait plus certain du rôle qu'il avait à jouer, soudain.

— Combien de fois l'avez-vous rejoint ici ? demanda Seward à Daisy.

— Il n'y a jamais eu la moindre tromperie ici, intervint Ashton. M. Bascom ici présent peut en attester. Mlle Bumgarten est arrivée il y a quelques minutes, en réponse à un message portant ma signature.

— Vous voyez ! Il admet l'avoir invitée !

— Un message que je n'ai pas envoyé, précisa Ashton en se levant, les poings serrés.

Avec effroi, Daisy sentit l'histoire se répéter – à une échelle autrement plus dévastatrice. Une fois de plus, elle se faisait prendre en flagrant délit et couvrir de honte. Qu'avait-elle fait pour mériter une telle humiliation ? Était-elle si pervertie que ses sentiments et ses désirs étaient vus comme un péché ?

— Cette histoire est plausible, fit remarquer Kettering. Vous avez pu l'inventer de toutes pièces pour couvrir vos agissements.

Bertram semblait pressé d'en finir.

— Faites votre devoir, monsieur l'agent, aboya-t-il. Arrêtez-les tous les deux !

— Ne bougez pas, ordonna Ashton qui souleva sa veste pour révéler son arme. Attendez d'avoir entendu toute l'histoire. L'écriture du message n'est pas la mienne. Voyez vous-même.

Il tendit le papier à l'agent, mais Arthur se libéra de l'emprise du baron et s'en empara.

Après avoir lu le message, il regarda Daisy, puis Ashton.

— Ce n'est pas l'écriture de mon frère. Regarde, Reynard. Tu la connais, toi aussi.

Le Renard s'approcha, saisit le papier et esquissa un sourire narquois.

— Je confirme, ce n'est pas l'écriture d'Ashton. La sienne est illisible.

Arthur réexamina le document d'un air soupçonneux.

— À peu de chose près, ce pourrait être de la main de tante Sylvia ! C'est d'elle, n'est-ce pas, oncle Bertram ?

— Tu n'es pas raisonnable, Arthur, maugréa Bertram en se dirigeant vers son neveu.

Ashton s'approcha de son frère en foudroyant son oncle du regard.

— Tu as toujours eu une cervelle de moineau, poursuivit ce dernier. Cette fille t'a ensorcelé. Regarde-la ! Cette catin a couché avec Ashton et tu écoutes encore ses mensonges !

— Non ! gronda Ashton. Elle ne s'est jamais déshonorée de cette manière... et n'a pas déshonoré Arthur.

Il se tourna vers son frère.

— Sache qu'elle a le plus grand respect pour toi.

— C'est une prostituée ! hurla Seward, tremblant de la tête aux pieds. Comment peux-tu envisager de laisser une prostituée dans le lit où ta mère t'a mis au monde ?

— Ce lit est déjà occupé par une traînée, rugit Ashton. Sylvia s'est installée dans les appartements de notre mère le lendemain de sa mort ! Demandez à Edgar si vous ne me croyez pas ! Notre tante et nos oncles nous ont menti, nous ont manipulés et nous ont spoliés toute notre vie. Maintenant qu'ils sont sur le point d'être démasqués, ils tendent un piège à Daisy pour la déshonorer et te garder sous leur coupe, Arthur.

— Mensonges ! cria Bertram. Ce ne sont que les mensonges d'un hypocrite qui a trahi son propre frère.

— C'est faux, intervint Daisy, retrouvant enfin l'usage de la parole. Ni Ashton ni moi ne sommes amants.

La douleur d'Arthur lui fit de la peine.

— Je suis tellement désolée, Arthur. J'avais beau savoir qu'ils me détestaient, jamais je n'aurais imaginé qu'ils iraient aussi loin et qu'ils vous entraîneraient dans cette mascarade ignoble. Je ne suis peut-être pas l'épouse idéale à leurs yeux, mais j'ai satisfait à leur épreuve avec honneur et j'espérais qu'un jour...

— Quelle épreuve ? demanda Arthur en se tournant vers ses oncles.

— Elle ment ! Ne l'écoute pas, mon garçon, dit Bertram en le prenant par le bras.

Ashton voulut défendre son frère, qui se libéra pour l'empêcher d'avancer.

— Non ! dit-il, s'adressant à Ashton comme à ses oncles d'une voix grave et vibrante d'émotion. Vous croyez que je ne vois pas ce qui se passe ? demanda-t-il, les poings serrés. Vous me croyez à ce point ignorant de la vie et du monde ? C'était peut-être le cas avant que Daisy entre dans ma vie, mais elle m'a ouvert les yeux et j'ai constaté par moi-même les malversations et les manipulations dont je suis l'objet depuis des années. J'aurais pu vous pardonner votre négligence... mais je réalise à présent à quel point il faut être cruel et malfaisant pour accuser de tous les maux une jeune femme dont le seul crime est de vouloir se marier avec moi.

Daisy en eut le souffle coupé.

— Eh bien, voici ma réponse à vos trahisons. J'ai l'intention d'épouser Daisy Bumgarten et rien ne pourra m'en empêcher. C'est une femme honorable et de grande valeur.

Il se tourna vers Daisy, qui chancela car son univers s'écroulait. Arthur était déterminé et, pour la première fois de sa vie, il se sentait fort du pouvoir dont il était investi.

— Vous quitterez tous Betancourt d'ici demain soir ! Vous êtes bannis du domaine et vous n'emporterez que les vêtements que vous portez. Les documents, les actes de vente, les traités ayant servi à chasser les métayers seront réexaminés et serviront comme preuves contre toute revendication de votre part pour obtenir une compensation.

— Tu ne peux pas faire cela ! s'insurgea Seward. N'est-ce pas, Bertram ?

— Oh que si ! rétorqua Arthur. Et je le ferai. Betancourt m'appartient. Le titre m'appartient. Je ne tolérerai plus vos manigances et vos insultes. Seward et vous êtes bannis. Tante Sylvia pourra finir ses jours dans l'un des cottages du domaine, ceux dont vous avez chassé les occupants.

— Sale petit ingrat ! siffla Bertram. Sans nous, tu n'es rien. Nous avons veillé sur toi, nous t'avons élevé...

— Je crois que vous avez déjà prélevé votre récompense au détriment de Betancourt. Monsieur l'agent, veuillez conduire ces messieurs à la gare la plus proche. Qu'ils prennent le prochain train pour Londres. Je suis certain qu'ils ont des relations qui les hébergeront.

Stupéfaite, Daisy se laissa tomber sur sa chaise.

— N'oublie pas que Boulton est là, dit Bertram tandis que l'agent les poussait, Seward et lui, vers la porte. Il racontera à tout le monde la façon ignoble dont tu nous as traités. Je te ferai clouer au pilori dans la presse pour tes crimes contre nous !

— Moi ? fit Reynard, les bras croisés. Je n'ai rien vu. Je faisais une petite promenade et je me suis arrêté pour prendre un verre.

— Sale traître ! Vous êtes tous de mèche !

L'agent brandit sa matraque, prêt à frapper les rebelles, dont les insultes finirent par se muer en plaintes.

— C'est un scandale ! gronda Kettering. Je ne tolérerai pas de voir mes vieux amis traités de la sorte.

Un sourire glacial aux lèvres, Ashton répliqua :

— Dans ce cas, partez avec eux, baron, et offrez-leur l'hospitalité.

Kettering grommela et sortit au pas de charge. Il grimpa sur son cheval qu'il éperonna, abandonnant Seward et Bertram à leur triste sort.

Le rire de Reynard rompit le silence.

— Bien joué, mon vieux ! lança-t-il en donnant une tape sur l'épaule d'Ashton. J'ai bien cru que tu étais fichu.

Il se tourna vers le duc, qui s'approchait déjà de Daisy. Incrédule, la jeune femme le regarda poser un genou en terre et lui prendre la main.

— Daisy, ma chère Daisy, je me rends compte que je ne suis pas le plus averti des hommes. Il aura fallu cette terrible épreuve pour que je découvre ce qui se trouvait pourtant sous mon nez. Je vous respecte et je vous aime beaucoup. Je ne saurais imaginer meilleure épouse. Le moment est sans doute mal choisi, je sais, et vous n'êtes probablement pas en état de répondre – mais j'ai le sentiment que vous êtes mieux préparée pour cela que je ne l'ai été. Daisy, voulez-vous m'épouser et devenir ma duchesse, ma confidente, mon alter ego, ma moitié ? En m'épousant, vous ferez de moi un duc digne de ce nom. Et un mari.

Ce n'était pas la demande en mariage dont rêvait toute jeune fille. Pas de déclaration enflammée ni de promesse d'un amour éternel. Mais c'était tellement Arthur.

Sa sincérité lui serra le cœur et lui fit venir les larmes aux yeux.

Depuis deux longues années, elle espérait ce moment. C'était une victoire, le début d'une rédemption pour sa famille. Pourquoi se sentait-elle si affreusement triste ?

Il lui suffit de lever les yeux pour le savoir.

Ashton observait la scène. Dès qu'elle croisa son regard empli d'amour, elle ressentit ce lien unique entre eux.

Puis il tourna le dos, s'appuya au bar et demanda à Bascom de lui servir un whisky.

Elle cligna des yeux et les larmes roulèrent sur ses joues. Le cœur brisé, elle parvint à sourire.

— Oui, Arthur. Je serai heureuse de vous épouser.

Tous deux se levèrent et Arthur l'enlaça et la garda un instant dans ses bras. Ce fut presque insupportable. Elle empoigna les revers de son manteau, en larmes. Au bout d'un moment, il se tourna vers la porte et l'entraîna dehors.

Reynard rejoignit Ashton au bar.

— Vous allez avoir besoin d'un verre, vous aussi, je parie, dit Bascom.

— Vous êtes perspicace, répondit Boulton avec un sourire sardonique.

Il donna une tape dans le dos d'Ashton et vida son verre.

— Ashton, ton frère est un imbécile. Cela saute aux yeux que Daisy et toi êtes follement amoureux.

— Reynard ! gronda Ashton en l'empoignant par sa chemise.

— Épargne-moi tes menaces, mon vieux. Je ne suis pas assez cruel ou stupide pour ruiner l'avenir de la dame. Je dis juste que tout le monde n'est pas aussi aveugle que ce bon vieil Arthur.

Ashton le lâcha et se concentra sur son verre. Trois whiskys plus tard, il regagna sa chambre en titubant, laissant Reynard en compagnie de l'aubergiste.

— D'ordinaire, je suis une ordure. Je me demande quelle mouche m'a piqué, bredouilla le Renard. Vous croyez que je suis amoureux d'elle, moi aussi ?

Le ricanement de Bascom répondit à sa question.

— Ouais, moi non plus, je ne le pensais pas.

27

Daisy avala le somnifère que la comtesse lui avait préparé et pria pour trouver le sommeil. Hélas, ce ne fut pas le cas et elle dut faire semblant de s'endormir pour que la comtesse quitte son chevet.

Elle allait épouser un duc. Arthur avait choisi le moment le plus honteux qu'elle ait jamais vécu pour lui faire sa demande. Et, par gratitude ou désespoir, elle avait accepté.

Seigneur, qu'avait-elle fait ?

Elle était hantée par la tristesse d'Ashton qui sacrifiait son amour sur l'autel de son ambition d'épouser un duc. Elle sortit de son lit et se mit à arpenter la chambre, l'esprit en émoi, se répétant encore et encore que l'homme qu'elle allait épouser n'était pas le bon.

Le lendemain matin, le chaos régnait à Betancourt. Les domestiques murmuraient que le jeune duc avait perdu l'esprit. Il avait chargé le personnel de vider les chambres occupées par ses oncles et sa tante, et il ordonnait à présent à la camériste de Sylvia de faire ses malles car elle allait changer de domicile. Il annonça à sa tante que ses affaires seraient transportées jusqu'à un cottage. Le personnel, qui ne la regretterait pas, avait du mal à y croire.

Lady Evelyn et Daisy assistèrent au grand départ depuis la fenêtre de la chambre de cette dernière. La comtesse refusait de laisser la jeune femme seule. Elle l'obligea à se coucher et à boire des décoctions dont elle se débarrassait à la première occasion.

Daisy lui raconta les événements de la nuit, à l'auberge. La comtesse fut horrifiée par les malversations des oncles et de la tante du duc et sincèrement étonnée par la réaction de ce dernier. En apprenant qu'il avait fait sa demande, elle faillit s'évanouir.

— Vraiment ? Dieu du ciel ! Répétez-moi ce qu'il a dit !

La comtesse se laissa tomber sur une méridienne.

— Vous avez réussi, Daisy ! Vous serez duchesse de Meridian. J'avoue que j'ai parfois douté, mais vous avez persévéré. Je suis fière de vous !

Red se montra un peu moins enthousiaste. Colette lui ayant appris les événements de la nuit, il se précipita dans la chambre de sa nièce.

— Bon sang, Daisy, j'ai failli avoir une crise cardiaque ! Quelle idée de te rendre dans cette taverne en pleine nuit ? Et cette histoire avec les oncles... Bref, l'essentiel, c'est que tu ailles bien.

— Oncle Red, le duc m'a demandée en mariage.

— Vraiment ? fit-il en la dévisageant, perplexe. Pas possible ! Ce garçon a plus de cran que je ne pensais. C'est bien pour ça que tu es venue ici, non ? Pour épouser un duc. Tu es bien sûre que c'est ce que tu veux ? ajouta-t-il après une pause. Épouser Arthur ?

— Certaine, oncle Red.

Son sourire était aussi fragile que sa volonté de résister au destin.

— Je suis folle de joie.

Red l'étudia un moment, puis :

— Tu as toujours été têtue comme une mule. Dépêche-toi de te remettre, mon petit. Il faut fêter ça !

Il prit lady Evelyn dans ses bras et la fit tournoyer dans la pièce malgré ses protestations.

— Vous avez réussi, ma belle. Vous lui avez obtenu un duc !

— Du calme, espèce de vieux grigou ! lança-t-elle d'un air taquin.

Red adressa un clin d'œil à ce parangon de bienséance qui le dédaignait depuis deux ans. Était-il possible que lady Evelyn...

— À présent, dit la comtesse en remontant les couvertures sur Daisy, reposez-vous. Nous allons être très occupées. Il y a tant de choses à organiser.

Elle s'arrêta sur le seuil et afficha un air nostalgique.

— Préparer un mariage ducal, soupira-t-elle. Je n'aurais jamais pensé avoir un tel privilège.

Une fois seule, Daisy songea, inquiète, que sa vie était sur le point de devenir bien plus compliquée.

Elle allait découvrir à quel point plus tard, ce soir-là, quand elle se leva et insista pour aller prendre l'air dans le parc. Elle portait une robe de coton toute simple et un châle, et ses cheveux retombaient sur ses épaules. Le parc de Betancourt n'avait rien de remarquable, pourtant cette sortie lui fit du bien.

Elle se rappela sa douleur lorsque Ashton lui avait tourné le dos à la taverne alors qu'elle s'était pratiquement jetée à ses pieds un peu plus tôt. Avec détermination, elle se força à penser à ce qui allait être et non plus à ce qui aurait pu être. Son futur mari était noble, gentil et courageux à l'occasion. Un jour, elle l'emmènerait à New York et assouvirait à la fois l'envie de voyages d'Arthur et son propre désir d'intégrer la bonne société.

Mais d'abord, elle devait diriger ses passions vers leur nouvelle cible, à savoir, son futur mari. Autant commencer tout de suite, décida-t-elle en regagnant le manoir.

Les domestiques avaient passé l'après-midi à descendre tapis, rideaux et tentures, en toussant à cause de la poussière. N'étant pas habitués à déployer une telle énergie, ils étaient épuisés, affamés et grommelaient que le duc n'était pas obligé de leur imposer ce grand ménage en une seule fois. Quand Daisy apparut, ils se remirent en hâte au travail, sachant qu'elle serait bientôt leur nouvelle duchesse.

Lorsqu'elle leur demanda où se trouvait Sa Grâce, ils lui indiquèrent l'arrière de la maison.

En entendant le son de sa voix, elle se dirigea vers le bureau du père d'Arthur. Sans doute était-il occupé, mais elle était déterminée à le détourner de ses occupations pour passer du temps avec lui.

En entrant dans la pièce, elle découvrit les deux frères penchés sur des documents étalés sur le bureau. Ashton se redressa, vite imité par Arthur.

— Daisy ! s'exclama le duc en venant vers elle pour lui prendre les mains. Vous vous sentez mieux ?

Il lui désigna une chaise, mais elle resta debout.

— Je suis robuste, Votre Grâce. Je me remets vite.

— Quelle heure est-il ? demanda-t-il. Aurions-nous manqué le dîner ?

— Le dîner, non. Le thé, plutôt, répondit-elle, sentant le regard d'Ashton sur elle. Tout le monde l'a oublié, même la cuisinière. Je venais juste voir ce que vous faisiez.

— Ashton et moi étudions ces documents officiels, expliqua-t-il en désignant lesdits documents. C'est à devenir fou. Il y en a tellement !

Mme Ketchum, la gouvernante, s'encadra soudain sur le seuil.

— Votre Grâce ! C'est Edgar. Il s'est assis et n'arrive pas à se relever.

— Je vous accompagne, Votre Grâce, proposa Daisy en se dirigeant vers la porte.

Il l'arrêta et la prit par les épaules. Elle le regarda, surprise.

— Je peux me rendre utile.

— Vous venez à peine de quitter le lit, dit Arthur d'un ton condescendant. J'irai seul. Promettez-moi de m'attendre sagement ici.

Comme il ne semblait pas d'humeur à être contredit, Daisy soupira et obéit à contrecœur. Le duc suivit Mme Ketchum, la laissant avec le seul homme au monde avec qui elle ne supportait pas de rester en tête à tête. Un silence pesant tomba entre eux.

— Je suppose que je devrais te remercier pour hier soir, dit-elle sans croiser son regard. Je n'aurais jamais imaginé que c'était un piège.

— Tu es venue.

Elle serra les poings malgré elle.

— En effet.

Aucun des deux ne semblait vouloir s'engager sur cette voie. La passion qui avait incité Daisy à se rendre dans une auberge au milieu de la nuit semblait bien loin. Sa décision était prise. Elle devrait trouver le moyen de vivre sans amour. Elle en était capable, elle qui avait déjà survécu à un chagrin d'amour.

— Que fais-tu à Betancourt ?

— Arthur m'a prié de rester pour l'aider à remettre de l'ordre dans ses affaires. Qui aurait cru qu'il mettrait ces vieux escrocs à la porte ?

Visiblement mal à l'aise, il balaya la pièce du regard.

— Il a fallu qu'ils te menacent pour que mon frère sorte de sa coquille.

— J'espère me rendre utile autrement dans les jours à venir.

— Je suis certain que tu le seras.

Il s'éloigna d'elle et s'arrêta près de la fenêtre.

— Il doit y avoir trente ans d'archives dans ce bureau.

— Quand tout sera rentré dans l'ordre, que feras-tu ?

Le simple fait d'imaginer Ashton vivant sous son toit tandis qu'elle s'efforcerait de faire son devoir et de donner un héritier au duc lui était insupportable.

— Je pense aller en Amérique, déclara-t-il en ouvrant un registre. Je crois savoir que les gens sont très impressionnés par les titres, là-bas.

— Tu n'en possèdes pas, objecta-t-elle en rougissant.

— Je suis néanmoins lord Ashton Graham, ce qui devrait suffire à me procurer une ou deux invitations. Qui sait, je trouverai peut-être une… mais j'ai du pain sur la planche en attendant. Nous ne sommes même pas sûrs que les impôts dus à la mort de notre père aient été entièrement réglés.

Daisy imaginait Ashton en train de courtiser, d'épouser et de déflorer quelque jeune débutante new-yorkaise. Dans la lumière du soleil couchant, il avait les cheveux presque dorés et une flamme semblait vaciller au fond de ses yeux. Elle retint son souffle.

Et le dévisagea avec une avidité qui n'avait d'égale que la sienne à lui.

28

— Tout va bien, annonça Arthur en surgissant dans le bureau. Il est vieux et se fatigue facilement.

Il s'arrêta près de Daisy et les observa tour à tour, Ashton et elle.

— Je crois que je vais devoir engager un nouveau majordome.

Soulagée, Daisy glissa son bras sous celui d'Arthur.

— En fait, Votre Grâce, nous en avons un dans notre résidence londonienne. Il est très efficace…

— Vous vous sentez bien ? s'enquit Arthur en entraînant la jeune femme vers un banc, près de la mare aux canards.

— Absolument, assura-t-elle avec un sourire si doux qu'il ne lui posa pas les questions qui lui brûlaient les lèvres. Arthur, je vous serai reconnaissante à vie pour ce que vous avez fait hier soir. Me défendre face à vos oncles était courageux, héroïque même.

— J'étais… furieux, avoua-t-il. Ces trois dernières semaines, j'ai appris beaucoup de choses sur ma vie et sur ma famille. J'ai découvert qui avait été sincère et qui s'était servi de moi. Et je me rends compte qu'il s'est passé des choses dont j'ignorais tout. Daisy… êtes-vous vraiment allée rejoindre Ashton dans cette auberge ?

— Le message disait…

— Je sais. *Bien à vous pour toujours*. Que voulait-il dire par là ? Pourquoi vous aurait-il donné rendez-vous au milieu de la nuit ?

— Ce n'était pas le cas, finalement.

— Pourquoi y êtes-vous allée ?

En la voyant se voûter et rougir, il se prépara au pire.

— Je vais vous expliquer, mais ne me jugez pas mal et ne me croyez pas indigne de vous et de votre affection. Si tel était le cas, je comprendrais que vous retiriez votre demande en mariage. Voyez-vous, je suis venue en Angleterre dans le but de trouver un mari. Titré, de surcroît. En Amérique, ma famille est considérée comme parvenue et trop grossière pour être admise au sein de la bonne société new-yorkaise. Je suis allée à Paris pour peaufiner mes manières et à Londres pour chercher un époux titré qui aiderait ma famille à gravir les échelons de la société. L'avenir de mes trois sœurs en dépend.

— Et vous avez jeté votre dévolu sur moi ?

— À Londres, la rumeur affirmait que votre famille avait besoin d'argent. J'ai de l'argent et rien d'autre. La comtesse s'est chargée de nous présenter.

— Je l'ignorais.

Il songea à ce séjour à Londres durant lequel ses oncles l'avaient incité à sortir, à faire des rencontres dans les milieux financiers.

— Votre famille a eu vent de mon intérêt pour vous et a voulu nous empêcher de nous fréquenter. Ils ont exigé des preuves de mes origines nobles, preuves qu'Ashton était chargé de valider en tant qu'historien. C'est ainsi que je l'ai rencontré.

« En vérité, il n'était pas très aimable, au départ, car il nous trouvait mal assortis. Au fil du temps, il a appris à me connaître et a changé d'avis. Devant le conseil de famille, il a déclaré que rien n'empêchait notre mariage. Furieux, vos oncles l'ont banni de Betancourt, d'où sa présence à l'auberge. En recevant le fameux message, j'ai cru au pire ou à une forme de mise en garde.

Elle se tut puis le regarda, et ses yeux étaient si bleus, si lumineux qu'il en eut le souffle coupé. Elle disait la vérité.

— Pourquoi ne m'en avez-vous jamais parlé ? s'enquit-il en s'emparant de sa main qui tremblait légèrement.

— Je ne voulais pas avouer que j'étais une chasseuse de mari déterminée à vous passer la corde au cou.

— Tout le monde semblait au courant. Pourquoi pas moi ?

Il ne plaisantait pas le moins du monde, pourtant Daisy esquissa un sourire. Pourquoi était-il toujours le dernier informé ? Il rougit. Parce qu'il avait des œillères et était égocentrique, il n'aurait de toute façon pas compris ce que cela signifiait.

— Je tenais à ce que vous m'épousiez parce que vous me vouliez et pas uniquement pour mon argent. De même que vous tenez sans doute à ce que je vous épouse parce que je vous veux et pas seulement pour votre titre.

— C'est le cas ?

Daisy se redressa, l'air bouleversée.

— Vous êtes l'homme le plus gentil, le plus charmant que je connaisse. Vous savez faire preuve de courage et de force. Comment ne pas vouloir de vous ?

C'était tout ce qu'il avait besoin d'entendre. Il l'entoura de ses bras et l'attira contre lui, le cœur en joie.

— Merci, ma chère Daisy. De m'avoir parlé, d'avoir de l'affection pour moi, de m'épouser.

— Vous voulez toujours m'épouser ?

— Bien sûr ! Vous m'avez ouvert sur le monde... fait comprendre qui je suis, donné le courage de résister à ma famille. Avant de vous connaître, enchaîna-t-il après lui avoir donné un doux baiser, je n'avais jamais imaginé embrasser quiconque. Surtout, n'hésitez pas à me le dire si je ne m'y prends pas bien.

Il guetta sa réaction de peur d'avoir été trop franc.

— Vous vous y prenez bien, Arthur, s'esclaffa-t-elle en lui caressant la joue. Très bien, même.

Dans l'après-midi, il rédigea un faire-part à paraître dans le *Times*, puis il se rendit au village pour rencontrer le vicaire et faire publier les bans. Ils se marieraient dans l'église où cinq ducs avant lui avaient convolé, ainsi que de nombreux Meridian.

Ce soir-là, ils dînèrent tard. Les mets étaient fades et Norton, le premier valet, occupait les fonctions de majordome pour la première fois.

La comtesse et Red se livrèrent à une joute verbale amicale tandis que Daisy et Arthur bavardaient tranquillement. Agacé par la présence de Reynard Boulton et son humour acerbe, Ashton but plus que de raison. Il prit congé dès que possible pour se rendre au Sou d'or.

Ce fut ainsi durant toute la semaine. Daisy et la comtesse engagèrent des servantes et firent des achats pour la maison.

Dans les appartements de la duchesse, dépouillés par lady Sylvia lors de son départ, il ne restait que la structure du lit à baldaquin. La comtesse dressa la liste de ce dont la duchesse aurait besoin : une coiffeuse, des miroirs, deux armoires, un matelas, une méridienne, un secrétaire et une commode, entre autres.

Daisy ignorait si elle devait s'enthousiasmer ou se sentir dépassée. Les appartements du duc libérés par Bertram empestaient le cigare. Là encore, il manquait des meubles.

La comtesse déclara qu'ils avaient besoin d'un décorateur et d'un grand ménage. Il fallait aussi des salles de bains et des toilettes.

Chaque jour, Red inspectait le bétail – du moins ce qu'il en restait – en compagnie de Banks. Le soir, il faisait part de ses découvertes à Arthur et l'interrogeait sur le passé agricole du domaine.

Red s'absenta une journée entière et revint en compagnie de Banks, de quelques employés et d'une centaine de têtes de bétail, dont des vaches laitières, sous les yeux effarés des métayers. Ils laissèrent quelques bêtes dans chaque ferme. Mis au courant, Daisy et Arthur s'en allèrent voir ce qui se passait.

— Vous aviez besoin de bétail, dit Red en guise d'explication. Hé, regardez ça !

Il prit un veau au lasso puis le relâcha.

— Je n'ai pas perdu la main !

Les métayers s'inclinèrent devant leur duc ou firent la révérence et ce dernier en profita pour leur présenter Daisy avant de remercier Red pour sa générosité. Red déclara qu'il s'agissait d'un cadeau de mariage.

Par chance pour Daisy, Ashton restait cloîtré dans le bureau avec Arthur et se faisait rare en soirée. C'était à la fois un soulagement et un grand vide, car elle pensait sans cesse à lui. Si seulement elle pouvait le ramener au sein de sa famille ! Elle ne supportait pas de le voir partir chaque soir, sachant que c'était elle qui le chassait de chez lui.

Au bout d'une semaine, elle décida de suivre le conseil de la comtesse et de se rendre à Londres pour préparer son mariage et son entrée dans la bonne société en tant que duchesse de Meridian. Elles auraient des achats à faire, des rendez-vous, des invitations à honorer lors de l'annonce des fiançailles.

— Vous devrez commencer par rendre visite à lady Prudence Granville, déclara la comtesse. Une vieille connaissance, qui vous présentera plusieurs aristos. Enfin, je veux dire, des aristocrates, se reprit-elle en pâlissant.

C'était la première fois que Daisy l'entendait employer un terme familier. L'influence de Red, visiblement.

La comtesse précisa qu'un mariage en blanc était de rigueur chez les fortunés. Du reste, le blanc lui irait à merveille, assura-t-elle. Il fallait qu'elle fasse bonne impression et qu'elle rende sa vertu manifeste. Chagrinée par cet aspect, Daisy gagna les écuries sans attendre. Une bonne chevauchée devrait l'aider à retrouver le sens des priorités.

Les bagages étaient presque prêts pour leur départ pour Londres. La comtesse et Colette dressaient l'inventaire des malles et valises alignées dans la chambre.

— Mademoiselle Bumgarten, s'écria Colette qui jetait un coup d'œil par la fenêtre ouverte, une voiture arrive à toute vitesse !

Daisy s'approcha et vit bel et bien un véhicule remonter l'allée. Lorsque la comtesse les rejoignit, elle se rendit compte qu'elles partageaient les mêmes craintes.

Les vieux oncles étaient de retour !

29

Daisy se précipita dans la bibliothèque où Ashton et Arthur travaillaient sur les registres comptables.

— Une voiture arrive ! les prévint-elle. Ce pourrait être vos oncles.

Tous trois se précipitèrent dans l'entrée et sortirent sur le perron.

Le véhicule, visiblement coûteux, était de toute évidence loué par une personne fortunée. Comme la portière s'ouvrait et qu'un valet aidait une dame à en descendre, Daisy se figea.

— Maman ? dit-elle d'une voix étranglée.

La femme élancée qui se tenait devant elle dans son ensemble en soie redressa son chapeau et leva la tête. Trois autres personnes sortirent de la voiture et regardèrent, bouche bée, la maison et les hommes venus les accueillir.

— Frankie ? Claire ? Sarah ?

Le cœur de Daisy s'emballa.

— C'est vraiment vous ?

Sa mère s'approcha d'un pas rapide, les bras tendus.

— Ma Marguerite !

Les deux femmes s'étreignirent, puis ses sœurs les rejoignirent en poussant des cris de joie. Daisy mit un certain temps à s'extirper de leurs bras. Red sortit de la maison en courant. Il souleva ses nièces l'une après l'autre et les fit tournoyer dans les airs, leur arrachant des cris ravis.

— Dieu que vous avez grandi ! s'exclama Daisy. Surtout toi, Sarah. Vous êtes magnifiques ! Vous m'avez tellement manqué ! Je veux tout savoir de votre vie.

— Daisy, tu es radieuse, la complimenta sa mère en se tamponnant les yeux. Si élégante !

— Toi aussi, maman. Je n'arrive pas à croire que vous soyez là toutes les quatre. Comment m'as-tu retrouvée ?

— Nous avons débarqué à Portsmouth et pris le train pour Londres. Nous sommes allées chez toi où on nous a expliqué que Red et toi étiez dans une ville du nom d'Oxford. On nous a aussi proposé de nous héberger. Nous nous sommes renseignées sur le duc et avons découvert qu'il était très connu. Le personnel ignorait la date de votre retour et nous étions si pressées de te voir que nous avons décidé de venir ! Alors ? Lequel de ces séduisants messieurs est mon futur gendre ?

— Votre Grâce, dit Daisy en tendant la main à Arthur. Je vous présente ma mère, Elizabeth Bumgarten.

— Arthur, duc de Meridian, dit-il en s'inclinant sur sa main tendue. Pour vous servir.

— Votre Grâce, souffla Elizabeth, visiblement impressionnée.

Les sœurs de Daisy furent plus spontanées et exprimèrent leur admiration pour le duc, qui rougit.

— Et ce monsieur ? s'enquit Elizabeth en se tournant vers Ashton, appuyé au portique, les bras croisés.

— Lord Ashton Graham, le frère du duc.

Si ses sœurs ne masquèrent pas leur intérêt, Ashton se contenta de leur adresser un sourire poli.

— Et voici la comtesse, lady Evelyn Hargrave, comtesse de Kew... mon guide et ma conseillère.

— Je vous suis redevable, lady Evelyn, déclara Elizabeth. Vous avez beaucoup aidé ma fille et, à travers elle, toute ma famille.

— Vous devez être épuisées, déclara la comtesse, les présentations terminées. Votre Grâce, il doit y avoir quelques chambres d'amis disponibles.

— Bien sûr ! Daisy, installez nos invitées dans la même aile que vous. Edgar, occupez-vous des bagages, je vous prie, ajouta-t-il à l'adresse du vieux majordome.

Le duc fit entrer tout ce petit monde dans la maison. Les jeunes filles furent fascinées par les tableaux, les dorures, les meubles anciens. Daisy se rengorgea. Sept générations de Meridian avaient vécu en ces lieux.

Les chambres voisines de la sienne avaient été nettoyées après le départ des invités. Daisy y installa ses sœurs et mit sa mère dans la pièce adjacente à la sienne. Peu après, elles se retrouvèrent toutes chez Daisy. Ses sœurs testèrent le lit, admirèrent la vue depuis la fenêtre, examinèrent le contenu de sa garde-robe avant de humer les parfums sur sa coiffeuse.

— Jeunes filles, où sont passées vos bonnes manières ? gronda Elizabeth. Asseyez-vous, je vous prie. Daisy, raconte-nous tout. Comment as-tu rencontré le duc et réussi... ceci ? ajouta-t-elle en indiquant la pièce d'un grand geste.

— Les présentations ont eu lieu en bonne et due forme grâce à une connaissance de la comtesse. Arthur était à Londres avec ses oncles. C'est un naturaliste et il n'est pas très sociable. Au départ, je le trouvais un peu terne, mais j'ai appris à le connaître. Nous nous sommes revus chez le comte d'Albemarle.

Les jeunes filles manifestèrent bruyamment leur admiration à l'évocation de ce titre prestigieux.

— Comme nous nous entendions bien, il m'a invitée ici. Ses oncles et sa tante ne se sont pas montrés particulièrement accueillants, et durant notre séjour, Arthur a découvert qu'ils s'étaient rendus coupables de malversations et avaient vidé les comptes de Betancourt. Il les a renvoyés et m'a demandée en mariage. Il a prié son frère de rester pour remettre de l'ordre dans les comptes du domaine.

Elizabeth l'étudia avec attention, sentant visiblement qu'elle ne disait pas tout. Elle se garda toutefois de l'interroger pour ne pas gâcher l'enthousiasme romantique de ses filles.

— Il s'est agenouillé pour faire sa demande ?

— Il t'a offert une bague ? Un duc est censé offrir une bague somptueuse.

— Il t'a embrassée ? gloussa Sarah. Il embrasse bien ?

— Oh oui ! s'exclama Frankie. Raconte-nous le baiser !

— Tu entends une douce musique quand tu es dans ses bras ? s'enquit Claire d'un air rêveur.

Daisy sourit et se tourna vers sa mère, qui avait rougi.

— Elles lisent des romans à l'eau de rose, n'est-ce pas ?

Au dîner ce soir-là, les sœurs Bumgarten rivalisèrent d'élégance. Elles portaient des robes dont la couleur mettait en valeur leur teint et arboraient des chignons simples mais distingués – Sarah exceptée qui, à quinze ans, devait garder ses cheveux lâchés et ornés de rubans.

Arthur, Ashton, Red et Reynard Boulton patientaient dans le grand salon en compagnie du notaire de la famille, William Drexel, un homme digne à la tignasse blanche et au teint rougeaud. L'entrée des invitées fut accueillie par un silence stupéfait.

— Regardez-les ! s'exclama Red avec fierté. Elles sont belles comme des cœurs !

Leur fraîcheur juvénile n'échappa à aucun des hommes présents. Seul Arthur parut conserver toutes ses facultés pour saluer ces dames. Avec un naturel désarmant, Elizabeth entreprit de bavarder avec ces messieurs.

À table, Ashton se débrouilla pour faire savoir que l'une des sœurs était musicienne et qu'une autre adorait les animaux, surtout les chevaux. Quant à la troisième, elle avait une mémoire d'éléphant. Lorsqu'il croisa le regard de Daisy, elle lui sourit avec douceur, révélant bien plus que de la simple gratitude.

Arthur était en alerte, étonné qu'Ashton en sache autant sur les sœurs de Daisy. Il se rappela d'autres regards échangés.

À l'issue du repas, les esprits étaient un peu échauffés par le vin et les rires. Quand Daisy pria Claire de jouer du violon, les autres se joignirent à elle. La jeune fille alla chercher son instrument pendant que l'assistance s'installait au salon.

Si personne ne s'attendait vraiment à entendre une virtuose, dès les premières notes, tous furent captivés. Elle interpréta un morceau enjoué, puis un autre plus mélancolique, et ensorcela littéralement son auditoire. Après quoi, elle joua un morceau plein d'allant qui leur fit marquer la mesure du pied et taper dans les mains.

Red se leva et entraîna la comtesse dans une danse frénétique.

Claire conclut son récital par un air de sa composition qui toucha Daisy en plein cœur. Elle jeta un coup d'œil à Arthur, qui lui sourit avant de se concentrer de nouveau sur Claire, puis à Ashton, dont elle soutint le regard un instant. Un courant passa entre eux, au point qu'elle dut se détourner.

Les applaudissements crépitèrent. Arthur s'inclina sur la main de Claire avec respect. Quand les dames se retirèrent pour la nuit, les hommes échangèrent des regards, visiblement soulagés de ne plus être soumis à une telle pression.

— J'ai besoin d'un verre, décréta Reynard.

— Je connais l'endroit idéal, répondit Ashton. Tu viens avec nous, Arthur ?

— Vraiment ? Vous voulez que je vous accompagne ?

— Bien sûr, mon gars, renchérit Red en lui donnant une tape sur l'épaule. Après une soirée avec mes nièces, un homme a besoin de se rincer le gosier.

30

Le lendemain fut une journée d'exploration et de découverte du domaine pour les Bumgarten. Après une promenade à cheval, le dîner se révéla meilleur que de coutume. Elizabeth avait pris l'initiative d'investir la cuisine pour faire quelques suggestions qu'Arthur chargea Daisy de mettre en œuvre. La cuisinière était ravie de rencontrer quelqu'un qui comprenait la nécessité d'utiliser des produits frais et des épices.

Lady Evelyn entreprit d'inculquer aux jeunes filles les manières et les coutumes de la bonne société anglaise. Si Arthur n'hésitait pas à lui prêter main-forte quand un gentleman était requis, Reynard Boulton restait en retrait. Nul ne s'étonna de l'entendre annoncer qu'il devait regagner Londres pour une affaire urgente.

Les sœurs de Daisy vinrent le saluer au moment de son départ, l'une avec un pique-nique, l'autre avec un recueil de poésie et la troisième avec quelques énigmes et devinettes pour le distraire durant le voyage. Il les remercia d'un signe de tête un peu raide et fila sans demander son reste.

Ashton ne put s'empêcher de rire en voyant le Renard fuir la menace que constituaient ces jeunes filles respectables.

Dans l'après-midi, le *Times* fut livré. L'annonce du mariage du duc figurait dans la rubrique mondaine. Arthur l'étudia d'un air pensif avant de demander à son frère :

— Tu crois qu'une femme se rend compte de... euh... l'inexpérience de son partenaire... au lit ?

— Certaines, peut-être, répondit Ashton après réflexion. Pour ce qui est de la femme à laquelle tu penses, cela n'aura aucune importance, selon moi. Autrefois, les gens se mariaient à treize ou quatorze ans, tu sais. Et ils se débrouillaient très bien.

— Vraiment ? Quelle coutume barbare !

— Certes. Cela dit, certaines de ces unions ont duré dans le temps. L'ancêtre de Daisy, par exemple, s'est mariée à douze ans et a eu son premier enfant à treize ans. Elle en a eu dix-huit en tout avec le même homme.

— Son ancêtre ? Comment le sais-tu ?

— Nos oncles et leur sœur ont exigé qu'elle apporte la preuve de ses origines nobles. Ils m'ont payé pour valider les documents. J'ai constaté de mes propres yeux qu'elle descend de Charles II, quoique de façon illégitime. La reine ne lui a pas donné d'enfants.

— C'est donc vrai ! Ils ont bel et bien exigé des preuves de sa filiation.

— Oh que oui ! Ils étaient furieux quand j'ai confirmé le résultat de ces recherches. J'imagine qu'elle t'en a parlé. Voilà pourquoi ils ont tenté de la piéger dans cette auberge, soupira Ashton. Ils auraient fait d'une pierre deux coups. Je ne suis pas fier de les avoir aidés mais, au départ, je vous trouvais mal assortis, Daisy et toi.

— Tu voulais me protéger, une fois de plus.

— J'en ai peur.

— Que penses-tu de ce mariage, à présent ?

Ashton répondit sans la moindre hésitation :

— Vous serez bien ensemble. Daisy sera une bonne épouse.

Ashton lui tapota le bras et le laissa à ses réflexions. Le duc avait surpris des regards enamourés entre Daisy et son frère. Jamais elle ne le regardait ainsi, lui.

— Une bonne épouse, maugréa-t-il. Reste à savoir celle de qui.

Cet après-midi-là, Elizabeth tomba sur des documents au fond de sa valise et les apporta à Daisy.

— J'ai failli oublier… J'ai reçu ta lettre à propos de notre lien éventuel avec les Howard et une amie de Boston a fait des recherches. Ceci est arrivé la veille de notre départ. Il semble qu'une jeune Anglaise et sa fille soient venues en Amérique. Elles figurent parmi les passagers d'un bateau.

Elle indiqua les noms du doigt.

— Hannah Howard et sa fille Gemma Rose. En grandissant, celle-ci a eu un enfant hors mariage, je crois, car il porte son nom de famille : Henry Fitzroy Howard. Mon arrière-arrière-grand-père du côté des Strait.

— Donc Gemma Rose était vraiment notre ancêtre ? s'exclama Daisy avant de se lever d'un bond. Maman, tu viens de confirmer que, non seulement nous avons du sang noble, mais du sang *royal* !

Elle se précipita dans le bureau et brandit le document sous le nez d'Ashton.

— C'était vrai ! Ma mère a une amie à Boston qui a consulté les archives maritimes. Gemma Rose a eu un fils hors mariage auquel elle a donné son nom, Henry Fitzroy Howard, l'arrière-arrière-grand-père de ma mère !

Elle posa le document sur le registre devant lui.

— Je… Nous avons du sang royal !

Ashton examina les différents cachets des archives du Massachusetts et de la compagnie maritime Nord-Atlantique. Son ancêtre avait traversé l'Atlantique. Il se leva alors, prit Daisy dans ses bras et la fit tournoyer.

— C'est merveilleux ! s'écria-t-il. Nous avons résolu une énigme historique dont la solution avait échappé au professeur Huxley !

Il s'immobilisa, mais ne lâcha pas Daisy pour autant. Elle savait qu'elle devait s'écarter de lui, mais la tentation était trop forte. Elle avait pourtant presque réussi à se convaincre que son attirance pour lui n'était que l'attrait du fruit défendu. À tort, elle s'en rendait compte maintenant.

Il s'inclina sur elle et…

Un bruit lui parvint du couloir, qui lui fit tourner la tête, de sorte que ses lèvres lui effleurèrent la joue.

Sur le seuil, Arthur les regardait, l'air perdu, comme s'il ne comprenait pas… puis il écarquilla les yeux, à la fois incrédule et blessé, et tourna les talons.

Daisy recula et se précipita à sa poursuite.

— Arthur !

Dans l'entrée, elle regarda en direction du grand escalier. Arthur était invisible. Elle monta l'escalier en courant, suivit la direction de l'aile ouest et, prenant son courage à deux mains, frappa à la porte de ses appartements. Le cœur battant, elle entra… Personne.

Elle demeura un instant immobile, observa les papillons exposés sur les murs, le lit à baldaquin, la simplicité des lieux, puis se sentant comme une intruse, elle ressortit.

Elle gagna sa chambre et s'aspergea le visage d'eau fraîche, luttant pour se ressaisir. Elle regarda son reflet dans le miroir et entendit les paroles de sa mère, autrefois – égoïste, insensible – et les insultes des oncles – traînée, catin, prostituée.

Il ne fallait pas que cela se reproduise. Il fallait qu'elle s'explique avec Arthur, coûte que coûte.

Arthur avait rebroussé chemin en direction de l'entrée. Il s'arrêta devant la bibliothèque mais Red fumait un cigare tandis que lady Evelyn lui lisait le journal en essayant de chasser la fumée par la fenêtre ouverte. Il essaya le grand salon, mais les sœurs de Daisy apprenaient des pas de danse en riant.

Frustré, il sortit dans le parc où il se mit à arracher les mauvaises herbes en jurant comme un charretier. Le souffle court, il aperçut la gouttière dont il se servait pour grimper sur le toit quand la vie à Betancourt devenait insupportable.

Sans se soucier d'abîmer son costume et ses chaussures, il escalada la façade et se mit à déambuler sur le toit en évitant les ardoises cassées ou manquantes. Le mauvais état de la toiture était désespérant. Lorsqu'il parvint au parapet surplombant l'entrée, il avait réussi à évacuer une partie de sa colère. Il s'assit, les pieds dans le vide, et savoura la caresse de la brise en admirant le paysage.

Peu après, il vit Ashton se diriger vers les écuries, une valise à la main. Quelques minutes plus tard, son frère apparut sur son cheval et s'engagea dans l'allée centrale. Mieux valait qu'il s'en aille ! Ce malotru avait essayé d'embrasser Daisy et elle n'avait pas semblé lui résister. En vérité, c'était ce qui le faisait le plus souffrir.

Il y avait quelque chose entre eux… Il l'avait deviné, mais avait refusé de l'admettre. L'image de leur étreinte le hantait. Il aurait dû se sentir trahi, éprouver de la haine, de la rage, or il n'y avait qu'un grand vide en lui.

Environ une heure plus tard, il entendit un bruit de pas et, levant les yeux, découvrit Daisy, qui semblait un peu mal à l'aise d'être ainsi perchée.

— Je me doutais que je vous trouverais ici, déclara-t-elle, se sentant coupable de le voir si triste.

— Comment êtes-vous montée ?

— Edgar m'a conseillé d'utiliser l'échelle du grenier qui mène sur le toit.

Elle avait une toile d'araignée dans les cheveux et sa robe était pleine de poussière. Elle s'assit à côté de lui et regarda autour d'elle.

— Quelle vue !

Ils demeurèrent silencieux un long moment.

— Il vous embrassait, souffla-t-il finalement, les sourcils froncés.

— En quelque sorte...

— Ne tournez pas autour du pot, dit-il, peiné.

— Je ne voulais pas que cela se produise, Arthur. Je croyais vous trouver tous les deux dans le bureau, comme souvent. Je lui montrais les documents que ma mère m'a apportés. L'enfant illégitime née à Bristol autrefois est bien mon ancêtre. Le mystère est résolu et, tout à sa joie, Ashton m'a fait tournoyer et...

Mieux valait qu'elle se taise pour ne pas envenimer une situation déjà délicate. Elle guetta sa réaction, qui ne fut pas celle qu'elle attendait.

— Il connaissait vos sœurs.

— Je vous ai dit que je l'avais vu plusieurs fois pendant mes recherches généalogiques. Je lui ai expliqué pourquoi je voulais me marier... pourquoi je voulais aider mes sœurs… que je me sentais responsable des railleries et du mépris que nous subissions.

— Vous vous êtes beaucoup confiée à lui, semble-t-il.

— Sans doute, admit-elle.

Saisie d'un terrible pressentiment, elle murmura :

— On dirait que je suis toujours aussi têtue et égoïste.

Le silence pesant fut rompu par une question encore plus difficile :

— Avez-vous… Ashton et vous… êtes-vous amants ?

— Non ! s'exclama-t-elle. Je n'aurais pas pu faire une chose pareille. Je vous respecte, jamais je ne vous aurais déshonoré. Et Ashton est votre frère. Il ne vous ferait jamais cela.

Arthur se détourna, l'air de se demander s'il devait la croire.

— J'ai vu la façon dont vous vous regardiez quand vous pensez que nul ne vous observe. Il vous désire.

— Je suis sûre qu'il a désiré beaucoup de femmes, dit-elle, et elle n'était pas fière d'utiliser cet argument pour justifier ce qui se passait entre eux.

— Et vous le désirez aussi.

« Voilà », songea-t-elle, les larmes aux yeux. À quoi bon faire semblant ? Il connaissait déjà la vérité. Pourquoi nier l'évidence ?

— Avez-vous vraiment des sentiments pour lui ? s'enquit-il en la dévisageant. Ou n'est-il qu'une étape sur le chemin de votre ambition ?

Ces paroles la blessèrent. S'il voyait en elle une ambitieuse, une manipulatrice, elle n'y pouvait rien, mais il saurait au moins la vérité.

— Je ne voulais pas l'apprécier. Il était suffisant, trop sûr de lui et il avait des préjugés à mon endroit.

J'ai vite compris qu'il n'était pas le débauché que tout le monde voit en lui. En travaillant avec lui sur des archives, j'en suis venue à le respecter et à comprendre pourquoi il ne voulait pas vous voir marié. Il s'est montré honnête tout comme je l'ai été sur ma quête d'un époux titré. Je ne voulais pas m'attacher à lui.

— Mais c'est arrivé.

— Oui, avoua-t-elle, les joues inondées de larmes. Et je le regrette ! Je ne voulais pas vous blesser ou vous décevoir. Je voulais me marier avec vous, être une bonne épouse, fidèle. J'espère que vous pourrez me pardon...

Il se leva, le visage fermé, et lui tendit la main pour l'aider à faire de même.

— Je vous en prie, Arthur, discutons-en...

— J'ai entendu tout ce que je voulais entendre.

Ils descendirent l'échelle qui menait au grenier, puis gagnèrent le couloir. Sans un mot, il la planta là et quitta la maison.

C'était fini. Comment allait-elle annoncer à sa mère et à ses sœurs que son fabuleux mariage et leurs chances de gravir les échelons de la haute société venaient de s'évanouir ?

31

Lors du dîner, que Daisy fit servir à contrecœur malgré l'absence du duc, elle annonça qu'ils regagnaient tous la capitale pour poursuivre les préparatifs du mariage. Si lady Evelyn et Elizabeth s'étonnèrent de voir la chaise d'Arthur vide, les jeunes filles se réjouirent à la perspective de faire des emplettes dans une ville telle que Londres. Red, lui, semblait contrarié.

— Je peux rester ici avec Arthur ? risqua-t-il. J'en ai assez des essayages et des boutiques.

Daisy sourit malgré son sentiment de panique. Et si Arthur revenait avec un agent pour les mettre à la porte ?

— Nous aurons besoin de toi à Londres, mon oncle. Du reste, il faut que quelqu'un veille sur la comtesse… tu connais ses tendances à la dépense dès qu'elle entre dans une boutique.

Lady Evelyn parut un peu vexée, mais les gloussements des jeunes filles affaiblirent son indignation. Ils se retirèrent tôt pour préparer leurs bagages.

Tandis qu'elles gravissaient l'escalier, Daisy perçut une lueur inquiétante dans le regard de sa mère. Quand elle la suivit dans sa chambre, Daisy comprit qu'elle était démasquée.

— Que s'est-il passé avec Arthur ? demanda-t-elle, la porte à peine fermée.

— Il avait des choses à faire au...

— Je ne suis pas idiote, Daisy Bumgarten, riposta-t-elle d'une voix plutôt douce. Un duc n'a rien à faire dans un village perdu à la tombée de la nuit.

— Je ne surveille pas ses allées et venues. Il m'a juste dit qu'il sortait.

— Parce qu'il avait des choses à faire ?

— Je suppose.

Sentant l'angoisse monter, Daisy croisa les bras.

— Vous vous êtes querellés ? voulut savoir Elizabeth.

— Qu'est-ce qui te fait penser cela ?

— Je ne vois pas d'autre explication. Ce matin, il ne te quittait pas d'une semelle et voilà qu'il s'absente sans raison. Cela ne lui ressemble pas. Il est arrivé quelque chose.

Elizabeth pressa son mouchoir sur son front et sur ses lèvres.

— Autant me l'avouer. Je le saurai tôt ou tard.

Daisy avait l'impression d'avoir de nouveau seize ans et, une fois de plus, de décevoir sa mère, dont l'expression était éloquente.

— Ce qui s'est passé entre le duc et moi ne te regarde...

— Tu es ma fille ! J'ai traversé l'Atlantique pour assister à ton mariage. J'ai le droit de savoir si quelque chose...

Elle s'interrompit, les yeux écarquillés, et se laissa tomber sur la chaise la plus proche.

— C'est *lui*, n'est-ce pas ?

Daisy recula d'un pas. Sa mère partait du principe que si elle avait des ennuis, un homme devait être impliqué. L'espace d'un instant, l'adolescente en elle faillit plier sous le poids de la culpabilité et de la réprobation maternelle. Un moment après, la femme de vingt-deux ans se rappela le chemin parcouru et les épreuves qu'elle avait dû surmonter pour en arriver là – sans parler de son caractère si téméraire et de son obstination.

Avec bienveillance, conscient de la souffrance qui la rongeait depuis trop longtemps, Ashton l'avait aidée à surmonter sa culpabilité, se rappela-t-elle. Il lui avait permis de retrouver son estime de soi et s'était interdit de profiter d'elle, quand bien même il savait qu'elle avait un faible pour lui.

Oui, quelqu'un s'était interposé entre Arthur et elle.

L'homme qu'elle aimait.

— Oui, c'est lui, avoua-t-elle à sa propre surprise.

Elle avait un problème et elle était déterminée à le résoudre.

— Je tiens à Arthur, qui est bon et honnête, mais j'aime Ashton. Il me fait vibrer corps et âme.

L'émotion lui fit venir les larmes aux yeux.

— Oh, Daisy, tu ne vois pas...

— Je vois beaucoup de choses. Je ne suis plus une enfant. Et avant que tu me fasses un sermon sur la cruauté des hommes, qui ne cherchent à obtenir qu'une chose des femmes, sache qu'il aurait pu m'avoir dix fois s'il me l'avait demandé. Mais il ne l'a pas demandé.

Ce fut une nuit difficile.

Arthur n'avait pas l'habitude de boire de l'alcool. Au Sou d'or, Bascom veilla sur lui jusqu'à ce qu'il remonte en selle. Il ne voulait plus penser à Daisy, ni à son frère ni à ce titre qu'il portait comme un fardeau. Il aurait voulu vendre le domaine et ne plus jamais remettre les pieds à Betancourt. Qu'Ashton épouse cette fille – la seule qu'il ait jamais embrassée ! – et que tous deux oublient jusqu'à son existence.

À mi-chemin de Betancourt, alors qu'il mettait pied à terre pour satisfaire un besoin naturel, son cheval en profita pour s'enfuir.

— Maudit cheval, je n'ai pas besoin de toi ! Les chevaux me font penser à elle. J'ai appris à monter pour elle. J'étais son héros. J'ai résisté à Bertram et à ses acolytes. Je suis plus fort qu'ils ne le pensent tous.

Il avança d'un pas chancelant, moins ivre qu'il ne l'aurait voulu.

— J'allais l'épouser, mais elle est amooooureuse !

Il s'immobilisa au milieu de la route et se demanda s'il était amoureux, lui. Il ignorait ce qu'on ressentait quand on était amoureux, alors comment le saurait-il ? Après moult ruminations, il décida qu'il n'aimait pas Daisy, qu'il ressentirait quelque chose s'il l'aimait. Son cœur battrait plus vite, sans doute. Et cette douleur dans son crâne, c'était uniquement parce que sa fierté était blessée.

— Elle est amoureuse de lui ! Je n'avais pas la moindre chance. Qu'il la garde ! Bien fait pour lui. Il épousera une mégère. Ils se méritent l'un l'autre !

Il se répéta cette phrase encore et encore jusqu'à ce qu'elle lui entre dans la tête. Le temps qu'il rejoigne Betancourt et entre dans la cuisine, il était prêt à boire un bon café pour chasser les effets de l'alcool.

Il fallait qu'il réfléchisse.

32

Le lendemain matin, Daisy retarda le plus possible le moment de descendre. Tandis qu'elle se préparait pour la journée la plus importante de sa vie, Colette appliqua un cataplasme de thé noir censé atténuer le gonflement de ses yeux.

Lorsqu'elle pénétra dans la salle du petit déjeuner, Daisy découvrit, sous le choc, Arthur qui devisait aimablement avec sa famille. Il avait à peine plus mauvaise mine qu'elle.

— Daisy, ma chère !

Il se leva pour lui servir du café, puis la fit asseoir.

— J'ai décidé de vous accompagner à Londres, annonça-t-il. Je sais que vous serez très occupée, mais vous trouverez bien un peu de temps à consacrer à votre futur mari.

Il posa la main sur la sienne avec un sourire étrangement déterminé.

— Bien sûr, Votre Grâce, souffla-t-elle.

— Je dois m'entretenir avec mon notaire à propos d'un contrat de mariage, mais j'aurai une soirée à consacrer aux mondanités. De plus, votre oncle Red souhaitera sûrement avoir un peu de compagnie masculine. Hier, les filles ont transformé le malheureux en bobine pour leurs écheveaux de laine.

Il n'y eut ni scène ni discussion. Son avenir qui, la veille encore, semblait compromis, s'annonçait sous les meilleurs auspices. L'harmonie régnait sans qu'elle comprenne comment ni pourquoi.

Un peu plus tard, dans la voiture qui les emmenait à la gare avec armes et bagages, elle sentit le regard perçant de sa mère rivé sur elle. Le duc, lui, ne montrait aucune hostilité, bien au contraire.

Daisy se sentait presque plus mal que s'il avait fait une scène, l'avait dénoncée à sa famille avant de les mettre tous à la porte. Presque.

Ce soir-là, tandis qu'ils s'installaient dans leur résidence londonienne, une partie de son angoisse et de ses soupçons avait reflué. Après le récital de violon de Claire, elle invita Arthur à l'accompagner sur la terrasse. Il lui prit la main avec un sourire.

— Vous vous interrogez, dit-il en la dévisageant pensivement.

— En effet. Hier, vous sembliez prêt à me dénoncer au monde entier.

— Je ne l'aurais jamais fait, Daisy. J'étais agacé et blessé dans mon orgueil, mais j'ai retrouvé mes esprits à temps.

— Vous voulez vraiment que ce mariage ait lieu ? Sachant... ce que vous savez ?

— Je suis convaincu que nous pouvons être de véritables partenaires et que l'amour grandira entre nous avec le temps. Ashton ne restera pas à Betancourt éternellement. Je fais inscrire dans le contrat de mariage qu'il perçoive des fonds pour commencer une nouvelle vie en Amérique.

Il étudia sa réaction sans rien trahir de ses sentiments.

— Cela vous rassure ?

— Oui, souffla-t-elle, impressionnée par la noblesse d'âme d'Arthur. Beaucoup.

Il l'accompagna au pied de l'escalier et déposa un baiser sur son front.

M. Pirouette, le couturier en vogue dans la bonne société londonienne, mit toutes ses commandes de côté pour satisfaire Mlle Daisy Bumgarten qui sollicitait une robe de mariage et un trousseau. Rien n'était assez somptueux pour la future duchesse et ses sœurs. Son atelier était une véritable caverne d'Ali Baba remplie de machines à coudre, de mannequins et de rouleaux de tissu, et les miroirs créaient un effet de labyrinthe. Les jeunes filles furent mesurées et divers modèles parisiens leur furent proposés.

Il fut facile de demander à M. Pirouette de consulter son réseau de connaissances pour localiser Reynard Boulton, alias le Renard. En milieu d'après-midi, le Renard en personne se présenta à l'entrée de service de la maison de couture et fut conduit dans le salon où Daisy essayait une robe derrière un paravent.

— Ah, c'est vous ! s'exclama le Renard quand la tête de la jeune femme apparut au-dessus dudit paravent. Je partirais bien sur-le-champ, mais j'ai le goût du châtiment.

— Ravie de vous revoir, Reynard, dit-elle en s'extrayant avec soin d'une robe pleine d'épingles et de traces de craie. Vous êtes sans doute le plus à même de savoir qui fait quoi dans la capitale.

— Petite tentatrice, vous essayez de me tourner la tête !

— Juste de vous persuader de m'aider à trouver… quelqu'un.

Elle enfila un autre modèle, une véritable arme de séduction.

— Laissez-moi deviner qui…

Il ramassa une culotte de soie et inclina la tête de côté, l'air de réfléchir.

— Vous le savez très bien. J'ai besoin de le voir et j'ignore où commencer mes recherches. Il n'est pas là où il réside d'ordinaire – Severin House, je crois.

— Il est de nouveau fauché, voilà pourquoi. Il passe ses nuits dans les tripots dans l'espoir de se renflouer. Il y en a des dizaines.

— Il... il va bien ?

— Ashton est solide. Il s'en remettra.

— Pouvez-vous découvrir où il sera demain soir et m'en informer ?

— Je suppose que c'est possible. À condition d'avoir une motivation suffisante.

Il réfléchissait déjà à la façon d'exploiter au mieux cette information.

— Et si je vous promettais de ne jamais vous enfermer dans une pièce avec mes trois sœurs ?

— Inutile de vous montrer aussi cruelle, railla-t-il. Je me contenterai d'un simple « S'il vous plaît, milord ».

Une heure plus tard, Reynard pénétrait dans le bar du Savoy et repérait Redmond Strait accoudé au comptoir, un verre de whisky à la main. Le vieux prospecteur lui avait adressé un message urgent en lui donnant rendez-vous dans cet élégant hôtel... à peu près à l'heure où lui parvenait le message de Daisy sollicitant un entretien. Red lui fit signe et lui offrit un verre.

— Un scotch, dit-il au barman, et ils se dirigèrent vers une table de la salle.

— Que se passe-t-il ? s'enquit le Renard en ôtant ses gants et son chapeau.

— Vous connaissez du monde, pas vrai ?

— On peut l'affirmer sans crainte, en effet.

— Je cherche quelqu'un, déclara Red avant d'avaler son verre d'une traite.

— De qui s'agit-il ?

Il dévisagea l'Américain, certain que l'oncle et la nièce visaient la même cible, ce qui lui permettrait de gagner du temps.

— Ashton Graham. Il a disparu.

— Hmm. Et que lui voulez-vous ?

— Je veux l'étrangler, rétorqua Red en se frottant le menton.

— Oh, vous n'êtes pas le seul, mon vieux !

Reynard fit signe au barman qui servit un autre whisky à Red.

— Il traîne dans les cercles de jeu dans les quartiers mal famés et ne se fait pas que des amis. Il est doué aux cartes et aux dés, mais bien des gens veulent sa peau.

— Nom de Dieu, je n'ai plus qu'à le trouver le premier.

Il se pencha vers le Renard, qui eut un mouvement de recul.

— Où est-il ?

La Chancellerie était une salle de jeu fréquentée par des hommes fortunés de Mayfair aussi bien que par des malfrats des bas-fonds – dans certains milieux, les messieurs aimaient se frotter aux voyous. Ce cercle était installé dans une maison proche de la Tamise ayant appartenu à un marchand et était géré d'une main de fer par une maîtresse femme.

Beulah MacNeal était installée dans la mezzanine qui surplombait la salle en pleine effervescence. Elle les repéra dès leur arrivée, avec leur costume froissé, leurs cheveux clairsemés et leur regard fuyant. Ils n'étaient pas à leur place et s'en rendaient compte. Le plus petit sursautait au moindre bruit. Le plus grand cherchait manifestement quelqu'un et entraîna son compagnon vers le bar, d'où ils voyaient entrer les clients. Tout en patientant, ils subtilisaient des petits fours sur les plateaux qui sortaient des cuisines et en glissaient dans leurs poches.

Deux colosses apparurent bientôt et se dirigèrent vers eux. Elle reconnut ces hommes de main qui se chargeaient des sales besognes. Les quatre hommes discutèrent et conclurent un accord.

— Il ne va pas tarder, assura Bertram, baron Beesock, aux deux malfrats. Je vous ferai signe en portant la main à mon oreille.

— N'oubliez pas, renchérit Seward. C'est un bagarreur. Ne le laissez pas frapper le premier.

— Allez droit au but. Un coup sur la tête est aussi efficace qu'une bonne droite, recommanda Bertram. Quand il sera à terre, prenez le temps de lui briser les côtes. Je veux qu'il paie ! Avant qu'il perde conscience, dites-lui que ses oncles l'envoient au diable.

— Et l'argent ? s'enquit l'un des colosses.

Bertram lui remit une bourse en cuir.

— C'est un peu léger, observa l'homme en vérifiant son contenu. Le patron veut qu'on soit payés d'abord.

— On vous surveillera depuis le toit. Vous toucherez le reste de la somme après, promit Bertram.

Tandis que les colosses se mettaient en retrait pour guetter leur proie, il déclara en ricanant :

— Ashton gagne souvent au jeu. Il aura de l'argent sur lui. Il paiera lui-même ses assaillants et ce ne sera que justice.

— Pourvu qu'il ait une grosse somme sur lui... parce qu'on est fauchés.

Beulah MacNeal fit signe à l'un de ses vigiles d'approcher et lui remit un message afin qu'il le porte à l'homme qui voulait des renseignements sur ces deux types : le Renard.

Ashton s'arrêta un instant devant la porte de la Chancellerie. Il se sentait un peu trop sobre pour le genre d'action à laquelle il allait assister dans ce tripot infâme. Y poser un pied, c'était chercher les ennuis et il avait assez d'ennuis comme ça. Il palpa sa joue endolorie. Les mauvais perdants étaient légion dans les bas-fonds de la capitale. Mais encore quelques jours et il aurait de quoi financer son billet pour New York et une nouvelle vie.

Carrant les épaules, il entra dans le tripot. Le jeu lui permettait d'oublier tout ce à quoi il renonçait en partant. Il parcourut la salle pour choisir ses partenaires. Il venait juste de prendre un cognac au bar et se dirigeait vers une table quand un colosse se dressa devant lui. Avant qu'il ait compris ce qui se passait, l'homme le poussa derrière une colonne où l'attendait un autre malfrat qui lui coinça les bras dans le dos avant de l'entraîner vers la porte du fond.

Il résista, mais il ne lui vint pas à l'esprit d'appeler au secours. Ce genre de mésaventure n'était pas rare dans le milieu du jeu. Ayant régulièrement affaire à des hommes de main, il ne s'alarma pas outre mesure lorsqu'il se retrouva dans une ruelle sombre. Il trébucha, se redressa et fit volte-face, prêt à négocier son salut.

— Messieurs, il s'agit d'un malentendu, assura-t-il avec un sourire.

L'un des hommes se rapprocha, et Ashton eut beau pivoter lentement, il perdit l'autre de vue.

— J'ignore qui vous envoie, reprit-il, mais je ne suis pas celui que vous cherchez, c'est certain.

— Oh si, milord !

Ashton reçut alors un coup derrière la tête. Il vit trente-six chandelles et se plia en deux. Alors qu'il se redressait péniblement, il vit arriver un poing droit sur son nez. D'instinct, il se pencha pour esquiver le coup et fut touché à la tempe. À demi assommé, il chancela et tenta de riposter.

Il se jeta sur le premier colosse, le plaqua contre le mur et le martela de ses poings. Sous la graisse, l'homme avait des muscles qui ne l'empêchèrent toutefois pas de sentir les coups. Il se mit à jurer et à grogner. Attaqué par-derrière, Ashton reçut un coup violent dans les côtes qui lui coupa le souffle.

Il tomba et roula sur lui-même pour esquiver les coups de pied et de matraque de ses assaillants. Ces hommes voulaient bel et bien le démolir. En une fraction de seconde, il comprit que sa vie était en jeu.

Arthur arriva à la Chancellerie dans un fiacre qui refusa de l'attendre. Le duc se retrouva sur le trottoir, à contempler la façade mal éclairée. Il perçut un brouhaha derrière les fenêtres condamnées. Si seulement il avait réussi à convaincre le Renard de l'accompagner ! Hélas, ce dernier avait un rendez-vous et lui avait simplement souhaité « bonne chasse ».

Un homme corpulent au visage grêlé et au regard perçant ouvrit la lourde porte. Arthur lui indiqua le nom de Boulton en précisant qu'il devait parler à Mme MacNeal, la tenancière. Le vigile passa le message aux serveurs du bar, qui l'emmenèrent vers un escalier, à l'arrière de l'établissement. S'il avait remarqué la mezzanine au-dessus de la salle de jeu, il n'avait en revanche pas repéré la femme imposante qui surveillait les tables.

— C'est le Renard qui vous envoie ? demanda-t-elle en le balayant du regard.

Interloqué, il se contenta de hocher la tête.

Elle lui désigna une chaise. Il se percha au bord en s'efforçant de ne pas loucher sur les courbes voluptueuses de la patronne des lieux. Elle avait le regard perçant, dans la semi-pénombre, et une voix mélodieuse, presque ensorcelante.

— Vous cherchez quelqu'un ? Qui ?

— Ashton Graham, répondit Arthur, qui ne se sentait décidément pas à sa place. Mon frère. On m'a dit qu'il serait ici ce soir.

Elle se tourna vers son homme de main tout de noir vêtu. Il lui parla à l'oreille et elle hocha la tête.

— Il est venu, en effet. Je crois qu'il a rencontré deux messieurs qui l'ont emmené dehors… dans la ruelle. Ce qui se passe hors de ces murs ne me regarde pas. Allez voir s'il est toujours là-bas.

Elle fit signe à l'homme en noir, qui escorta Arthur jusqu'à une porte au fond de la salle de jeu.

Le lourd battant se referma derrière Arthur à l'instant où il posa le pied dans la ruelle sombre et il lui fallut un certain temps pour comprendre que la forme gisant à terre était Ashton et qu'un homme était en train de le massacrer. Choqué, le duc vit un autre malfrat se relever en titubant, un sourire mauvais aux lèvres. Son frère… Ils étaient en train de frapper son frère !

Sans réfléchir, il s'empara d'un morceau de bois provenant d'une barrique brisée et le brandit à deux mains. Se ruant sur le colosse qui venait de se relever, il abattit sur lui le bout de bois, en proie à une rage comme il n'en avait encore jamais ressenti.

La force du coup se répercuta dans tout son corps avec une violence inouïe, pourtant il frappa de nouveau. Le voyou s'affala sur le sol, assommé.

Le second homme fit volte-face.

— Tu veux y goûter, mon mignon ? gronda-t-il en agitant sa matraque.

Il voulut plonger en avant, trébucha et se prit l'arme improvisée d'Arthur en pleine tête.

Arthur se précipitait vers son frère lorsque le malfrat se releva. Ashton lui agrippa la cheville, le fit chuter et se jeta sur lui, ivre de rage.

Le duc fut le premier à reprendre ses esprits.

— Arrête, Ashton ! cria-t-il en le tirant en arrière. Il est hors de combat.

Le cœur cognant dans la poitrine, il aida son frère à se relever. Seuls leurs souffles rauques venaient rompre le silence qui était retombé dans la ruelle. Arthur incita Ashton à s'asseoir sur une caisse et examina son visage.

— Tu es mal en point, commenta-t-il en sortant un mouchoir.

— Je ne me sens pas très frais, je l'admets.

Ashton tapota sa bouche et son front ensanglantés avec le mouchoir.

— Bon sang, j'ai bien cru y rester, avoua-t-il. Ces brutes sont des professionnels. Ils ont des matraques et des poings américains. Quelqu'un les a payés pour me frapper.

— Qui peut te détester à ce point ? À part nos oncles, bien sûr.

— Ne me fais pas rire, grimaça Ashton en se tenant les côtes.

— Il n'y a pas de quoi rire ! Tu es bel et bien un vaurien. Les oncles n'avaient pas tout à fait tort à ton sujet.

— Quoi ? Tu viens de me sauver la vie et maintenant tu m'insultes ? Qu'est-ce qui te prend ? Du reste, qu'est-ce que tu fiches là ?

— Je suis venu m'expliquer avec toi.

— À quel sujet ? s'étonna Ashton.

Arthur se redressa, un peu chancelant, et Ashton l'imita.

— Tu le sais très bien ! rugit-il et, sans crier gare, il flanqua son poing dans le visage de son cadet.

Ashton laissa échapper une bordée de jurons et tituba en arrière en se tenant le nez, qui saignait abondamment.

— Qu'est-ce qui me vaut ça, nom de Dieu ? cria-t-il.

— Tu m'as volé ma fiancée avant même que j'aie la moindre chance avec elle ! beugla Arthur.

Il leva le poing de nouveau, mais Ashton para l'attaque. Il avait beau souffrir le martyre, les vieux réflexes demeuraient, ce qui lui permit de riposter.

Touché à la mâchoire, Arthur essuya un filet de sang et le regarda, incrédule.

— Tu m'as *frappé* ! s'exclama-t-il.

— Tu l'as bien mérité, abruti !

— Bon sang, je viens de te sauver la vie !

— Et j'ai sauvé la tienne des centaines de fois ! À Eton, tu n'as survécu que parce que je me battais pour toi chaque foutu jour.

Il comprit soudain que la colère d'Arthur était liée à Daisy.

— Je n'ai rien fait à Daisy, ni avec elle. Elle t'était promise dès le départ et cela n'a pas changé. Elle était déterminée à t'épouser et elle le mérite.

L'espace d'un instant, Ashton oublia sa souffrance physique tandis que la peur le submergeait.

— Il s'est passé quelque chose, dit-il, affolé. Qu'as-tu fait ?

— Ce que j'ai fait ? Je l'ai demandée en mariage de façon honorable et elle a accepté, puis j'ai découvert qu'elle était amoureuse de toi, mon propre frère. Tu lui as volé son cœur avant même que je puisse le gagner.

— Qu'est-ce qui te fait croire qu'elle est amoureuse de moi ? demanda Ashton, le cœur battant.

— Elle me l'a dit. Je lui ai posé la question et elle me l'a dit.

— Quel fichu imbécile pose ce genre de question ?

— J'ai bien vu comment vous vous regardiez. Quand elle te parle, elle s'illumine, et toi, tu t'adoucis. J'ai compris quand je t'ai surpris en train de l'embrasser !

Sur ces mots, il lui assena un autre coup de poing.

— Nom de Dieu, Arthur, ne m'oblige pas à...

Il le fit toutefois. Ils se battirent comme des chiffonniers jusqu'à épuisement.

Sur le toit, Seward tira le bras de son frère, qui contemplait le spectacle dans la ruelle.

— Viens, Bertram. Il faut filer.

— Et rater ça ? C'est encore mieux que je ne l'espérais. Ces deux salauds sont en train de s'entre-tuer.

Il jubilait.

— Quand les malfrats se réveilleront, ils seront furieux, l'avertit Seward.

— Nous serons partis depuis longtemps et ils ignorent qui nous sommes et où nous trouver, railla Bertram. Si seulement nous entendions ce qu'ils se racontent...

— C'est une mauvaise idée, Daisy, déclara Red tandis qu'un fiacre les déposait devant la Chancellerie. S'il est là, que comptes-tu lui dire ?

— Ça ne sert à rien de lui parler, lança Reynard Boulton en payant le cocher. Elle est amoureuse.

— Je n'ai jamais dit cela, protesta Daisy en le fusillant du regard.

— C'était inutile.

Il actionna le heurtoir. En reconnaissant Reynard, le portier sourit.

— Milord, déclara-t-il en s'effaçant pour les laisser entrer.

— Elle est là ? s'enquit Reynard.

— Elle est toujours là.

D'un claquement de doigts, l'homme fit signe à deux employés de prendre les chapeaux et les gants. Puis il leur fit traverser la salle pour gagner l'escalier au fond.

Daisy n'avait jamais mis les pieds dans un tel endroit. La musique était très forte, les hommes en tenue de soirée et les femmes vêtues de robes scandaleuses. La salle était éclairée par des lustres en cristal et le champagne coulait à flots. En dépit de la gaieté ambiante, elle perçut une tension qui la mit mal à l'aise. Lorsqu'elle demanda à Reynard qui ils allaient voir, il se contenta de sourire.

Quelques instants plus tard, ils furent introduits auprès d'une femme entre deux âges au physique particulièrement… pulpeux. Mme MacNeal possédait cet établissement, ce qui attestait de son talent ou de son expérience. Daisy ne se sentait pas le droit de la juger, mais lorsqu'elle lui tendit la main et lui sourit, Mme MacNeal parut surprise et en fit autant.

— Il y a du monde, ce soir, déclara Reynard.

— Deux frères, dit-elle en sirotant son champagne. Deux brutes et deux vieillards qui semblaient mourir de faim. Ils sont tous liés. À toi, à présent, Reynard, ainsi qu'à cette dame et à ce gentleman qui n'en est pas un.

Elle désigna Red, qui rougit et sourit.

— À quoi ressemblaient les deux vieillards ? s'enquit Reynard.

— L'un avait un cou de taureau et du ventre, l'autre était une fouine apeurée. Je crois qu'ils sont sur le toit.

— Tu peux les faire descendre ?

— Pour toi, oui, répondit-elle aimablement.

— Où sont les deux autres, madame MacNeal ? intervint Daisy. Il faut que nous leur parlions, c'est important.

— Montre-leur la porte arrière, ordonna la tenancière à son employé.

— Je te suis redevable, ma chère, comme toujours, conclut Reynard en lui baisant la main.

Quelques instants plus tard, ils ouvraient la porte qui donnait dans la ruelle et regardaient, bouche bée, Ashton et Arthur, ensanglantés, appuyés l'un sur l'autre.

— Dis-moi que tu vas l'épouser, siffla Ashton en secouant son frère. Elle veut être duchesse et a travaillé dur pour en arriver là. Tu ne peux pas la laisser tomber maintenant, tu m'entends ?

— Puisque tu tiens tant à ce qu'elle se marie, épouse-la toi-même ! rétorqua Arthur en se retenant aux épaules d'Ashton.

— C'est toi qui possèdes ce maudit titre ! C'est toi qui peux faire d'elle une duchesse. Donc c'est *toi* qui vas l'épouser !

— Qui a dit ça ? fit Arthur d'une voix pâteuse.

— Moi ! haleta Ashton.

— Ah oui ? Eh bien, j'ai décidé de ne pas me marier. Tu savais qu'il y a des femmes partout ? Moi, je l'ignorais. Toutes sortes des femmes. À l'image de ses sœurs, par exemple. Tu les as vues ?

Il tenta de siffler, sans succès.

— Belles comme des cœurs… non, comme des papillons. Le monde regorge de femmes et je n'en ai jamais séduit une seule. Et voilà que je me retrouve coincé avec la seule qui est amoureuse de toi. C'est injuste !

— Tu n'es pas coincé avec elle, imbécile. Tu as la chance de l'avoir. C'est un ange, une merveille. Elle sait un tas de choses dont tu n'as pas idée. Je l'ai vue aider une vache à vêler et faire danser un cheval. Elle n'a pas peur des coyotes et de toutes ces bêtes sauvages, demande à Red. Elle a passé deux ans à essayer d'attraper un duc dans ses filets et tu vas l'épouser, sinon…

Daisy n'en revenait pas. Son futur mari et l'homme qu'elle aimait se menaçaient, chacun cherchant à convaincre l'autre de l'épouser. C'était absurde et humiliant !

Elle agrippa la main de Red pour l'empêcher de se ruer sur les deux frères. Il l'enlaça pour la rassurer.

Puis vint le coup de grâce :

— Donc elle t'aime, mais tu ne veux pas l'épouser, dit Arthur qui faiblissait à vue d'œil. Soit tu ne l'aimes pas, soit tu refuses de l'épouser. Choisis.

Daisy se figea, ravalant ses larmes.

Le silence s'éternisa, puis Ashton s'écarta d'Arthur.

— Je l'aime, reconnut-il. Maudit sois-tu ! Je l'aime de toute mon âme ! Mais tu ne vois donc pas que je n'ai rien à lui offrir ? *Rien !* Ni manoir, ni titre, ni revenus, ni avenir. Et elle mérite tout cela et bien plus.

Daisy eut envie de lui dire que rien de tout cela n'avait plus d'importance, mais Ashton était trop orgueilleux – ce satané orgueil masculin ! – pour se rendre compte qu'il pouvait avoir tout cela, à condition qu'il ouvre son cœur et tourne la page du passé pour embrasser l'avenir.

La colère commença à monter en elle. Comment ces deux goujats osaient-ils se la renvoyer telle une balle de cricket ?

Repoussant Red, elle se précipita dans la ruelle et s'arrêta à quelques pas des deux frères, les poings sur les hanches.

— Espèce de misérable lâche ! lança-t-elle à Arthur. Je pensais que la question de notre mariage était réglée et voilà que vous vous plaignez de devoir vous contenter de moi alors qu'il y a tant d'autres femmes ? Vous regrettez de ne pas avoir butiné dans votre jeunesse alors qu'il y a deux mois, vous étiez incapable d'inviter une jeune fille à danser ! Vous ne voulez plus m'épouser parce que j'aime un autre homme ? Ma foi, je ne suis pas sûre que ce sera un problème très longtemps.

Elle se tourna vers Ashton.

— Et vous ! Vous m'aimez si tendrement, vous me donneriez tout ce que *vous* désirez. Il ne vous est jamais venu à l'esprit de me donner ce que *je* désire ? Je vous ai dit que je vous aimais et vous êtes resté là, muet, refusant d'avouer ce qui se voyait comme le nez au milieu de la figure !

— Je ne voulais pas vous accabler. Je pensais que ce serait plus facile si…

— Si vous ne disiez rien, ce serait plus facile de me remettre à quelqu'un d'autre, c'est cela ?

— Vous étiez déterminée à épouser un duc, à offrir un avenir à vos sœurs. J'essayais de vous donner ce que vous vouliez.

Les yeux étrécis, elle se rapprocha des deux hommes.

— Comme c'est gentil ! Voilà ce que je veux : un mari, samedi en huit, à l'église de Betany. J'y serai, vêtue de ma robe blanche, avec un bouquet de fleurs. L'un de vous deux a intérêt à se présenter devant l'autel avec une bague et des excuses.

Elle examina les blessures d'Ashton et l'attrapa par la chemise pour l'attirer à elle.

— Et pour vous aider à faire votre choix…

Elle l'embrassa à pleine bouche sans se soucier de ses blessures.

Elle fit ensuite face à Arthur.

— Je ne crois pas avoir eu l'occasion de montrer certains avantages d'une épouse affectueuse…

Elle l'embrassa à son tour avec fougue, le laissant tout étourdi.

Après quoi, elle rejoignit Red et Reynard, qui affichaient une expression stupéfaite. Le portier du tripot apparut dans la ruelle, accompagné d'un employé. Ils tenaient Bertram et Seward par le col.

Ils étaient mal rasés, leurs vêtements étaient fripés et la haine dans leur regard était palpable.

— Vous ne serez jamais duchesse ! aboya Bertram. Même cet imbécile d'Arthur ne mêlerait pas son sang noble à celui d'une fille comme vous.

Ashton bondit et lui assena une bonne droite. Si le portier ne l'avait pas tenu, il se serait effondré. Seward implora pitié en joignant les mains.

— On ne voulait pas… on pensait… que tu avais besoin de…

— De quelques côtes cassées ? railla Ashton.

La tête haute, Daisy tourna les talons. Red et Reynard hésitèrent à la suivre, histoire d'assister à la suite du spectacle. Puis ils échangèrent un regard et lui emboîtèrent le pas.

Tandis qu'ils attendaient un fiacre, elle foudroya le Renard du regard.

— Je ne veux pas entendre un mot de tout cela, ni maintenant ni jamais, l'avertit-elle. Sinon, et si je ne suis pas mariée dans neuf jours, il se pourrait que je décide de *vous* épouser !

Reynard cilla, visiblement inquiet.

— Je resterai bouche cousue.

Dans la ruelle, Bertram et Seward gisaient aux côtés des hommes de main qu'ils avaient engagés.

— Vous avez besoin d'autre chose, milord ? s'enquit le portier.

— La police, répondit Ashton en s'efforçant de ne pas sourire à cause de ses lèvres tuméfiées.

Les quatre hommes furent arrêtés et conduits au poste.

— Ils sont amis, précisa Ashton. Si j'étais vous, je les mettrais dans la même cellule.

— Excellente idée, répondit l'un des agents.

— Quoi ? s'insurgea Bertram. Vous ne pouvez pas ! J'exige une cellule particulière ! Je suis le baron Beesock...

— Connais pas.

— Vous serez renvoyé !

Ashton prit son frère par les épaules et le fit pivoter vers la porte ouverte de la Chancellerie.

— Si elle t'embrasse encore une fois comme ça, tu es un homme mort, le prévint-il.

Arthur s'esclaffa malgré la douleur.

Le portier leur apporta un verre d'alcool.

— Mme MacNeal pense que vous avez besoin d'un petit remontant, mais elle préfère que vous restiez là où vous êtes. Faudrait pas effrayer la clientèle.

33

— C'est une belle journée pour épouser un duc, déclara la comtesse en tirant les rideaux de la chambre de Daisy pour laisser entrer la lumière du soleil levant. Enfin, nous y sommes ! Nous avons tellement attendu ce moment.

Daisy grommela intérieurement. Elle aurait préféré rester terrée au fond de son lit. Sa mère entra sans frapper, portant un plateau garni de café, de scones et de fruits.

— Bonjour, future duchesse ! lança-t-elle en posant son plateau sur la table. Quelle belle journée pour épouser un duc !

Sur ces mots, elle rabattit les couvertures et secoua Daisy.

— Debout, ma fille ! Tu as un tas de choses à faire et tu dois être à l'église à 10 h 30.

Daisy ferma les yeux et grommela de plus belle.

— Ah non ! s'exclama la comtesse. Il ne faut pas faire attendre le duc !

Elizabeth avait laissé la porte de la chambre ouverte. Les sœurs de la mariée surgirent, s'extasièrent devant la robe blanche, puis grimpèrent sur le lit de leur aînée, qui finit par se redresser en position assise en les fusillant du regard.

— J'ai besoin d'un café, dit-elle.

— Tu as surtout besoin d'un mari, rétorqua Elizabeth en lui tendant une tasse. Et dans quelques heures, ce sera le cas. Tu seras une épouse et une duchesse.

Daisy se força à sourire. Elle n'avait revu ni Ashton ni Arthur depuis la soirée à la Chancellerie. Elle avait reçu quelques messages ambigus d'Arthur et un bouquet de roses blanches qu'elle avait rapporté de Londres sur ses genoux, ce que ses sœurs avaient trouvé très romantique. Daisy pensait qu'ils avaient pris son ultimatum au sérieux, mais elle redoutait une catastrophe.

Elle fut pomponnée, maquillée, coiffée par une comtesse au bord des larmes et une mère qui lui soufflait quelques conseils pour la nuit de noces. Ses sœurs gloussaient et la taquinaient à propos de la virilité du duc. Lorsqu'elle enfila enfin sa robe, elle était folle d'appréhension.

Pourvu qu'Ashton ait fait le bon choix. Il ne pouvait se sacrifier de nouveau alors qu'il l'aimait.

Elle eut du mal à savourer les compliments de sa famille et du personnel de Betancourt lorsqu'elle descendit le grand escalier, avec traîne et voile. Les entrailles nouées par l'angoisse, elle monta dans la voiture avec Red, sa mère et la comtesse.

Le vicaire les attendait devant l'église, l'air visiblement nerveux. Quelques retardataires tendirent le cou pour apercevoir la mariée avant d'entrer en hâte. Les membres de la noblesse étaient rares car le duc ne s'était pas encore lié d'amitié avec les jeunes aristocrates de la région.

— Il est arrivé ? demanda-t-elle au vicaire tandis que sa mère et la comtesse déployaient la traîne.

— Oh oui ! répondit le vicaire, qui ajouta, un peu perturbé : Ils sont là tous les deux.

Tous les deux ?

La famille entra et s'installa au premier rang. Elizabeth embrassa sa fille et fit son entrée au bras de... Reynard Boulton. Daisy n'aurait su dire si elle devait s'inquiéter ou se réjouir de sa présence.

Au bras de Red, la mariée se plaça à l'orée de l'allée centrale, les jambes flageolantes. Sur le parvis, elle avait refusé la gorgée de whisky que lui proposait son oncle.

Devant l'autel, à la gauche du pasteur, se tenaient Ashton et Arthur, très élégants, quoique le visage encore un peu tuméfié. La plupart des personnes présentes semblaient décontenancées par leur apparence. L'organiste avait beau jouer, les murmures étaient audibles. Même la comtesse et Elizabeth étaient perplexes. Elle sentait Red se retenir de rire. Bon sang, il trouvait cela drôle ?

Les deux frères étaient à égale distance de l'emplacement où elle était censée se tenir. Lequel était le marié ?

La musique changea, et Daisy et son oncle s'avancèrent lentement sous les regards de l'assemblée. Au passage, elle entendit des commentaires élogieux sur son physique et sur sa robe, mais elle avait les yeux rivés sur le visage d'Ashton, qui lui sourit.

Hélas, Arthur sourit également.

Enfin, elle s'arrêta devant l'autel et Red l'abandonna pour aller s'asseoir à côté de la comtesse. Au bord de la panique, Daisy se trouva face aux deux frères. Lorsque Arthur s'avança pour lui prendre la main, elle vacilla, au bord de l'évanouissement.

Puis il se tourna vers Ashton avec un grand sourire et plaça la main de la jeune femme dans celle de son frère.

« Tu vas me le payer », songea-t-elle.

— Daisy Bumgarten, je me présente à toi pour te déclarer mon amour éternel. Tu es mon cœur, mon âme, ma joie et mon avenir.

Il posa un genou en terre et sortit de sa poche une bague ornée d'un diamant.

— Veux-tu m'épouser ?

L'assemblée entière parut retenir son souffle.

— Il t'en a fallu du temps... Bien sûr que je veux t'épouser, dit-elle, en larmes.

Ils s'étreignirent longuement sans se soucier des réactions autour d'eux.

Arthur leva la main pour demander le silence.

— Depuis des années, mon bien-aimé frère Ashton est mon roc et mon ancre. Ce changement de marié peut sembler étrange, mais c'est avec un profond amour et un immense plaisir que je salue son choix. Sa future épouse est une femme extraordinaire ; ils sont faits l'un pour l'autre, conclut-il avec un sourire. Nous y allons, révérend ?

— Et... et les bans ?

— J'ai obtenu une dispense, répondit Arthur en sortant un document de sa poche. Tout est en ordre.

Le vicaire bégaya un peu au début. Il y eut quelques prières, les vœux furent prononcés, Claire Bumgarten joua un morceau de violon, puis Ashton glissa une alliance au doigt de Daisy.

L'assemblée entière ou presque avait les yeux humides, y compris Reynard Boulton.

L'orgue escorta les jeunes mariés tandis qu'ils descendaient la nef. Sur le parvis, ils échangèrent un baiser sous une pluie de pétales de roses et reçurent les félicitations de tous.

Sur le chemin du retour, Daisy admira sa bague.

— Tu es sûr d'avoir pris la bonne décision ? demanda-t-elle.

— Tu plaisantes ? dit-il en l'enlaçant. Je veux t'épouser depuis... depuis que je t'ai vue sortir ce veau, je crois. Ensuite, je n'ai eu de cesse de te faire changer d'avis à propos d'Arthur. J'aurais mieux fait de te demander ta main, tout simplement.

— En effet. L'altruisme et le sacrifice sont respectables... mais ils ne me tiendront pas chaud durant les nuits d'hiver.

— Je tâcherai de ne pas l'oublier, s'esclaffa-t-il avant de l'embrasser – promesse des plaisirs à venir.

Betancourt n'avait pas connu de telles réjouissances depuis plusieurs générations. Les portes furent ouvertes à tous, invités, métayers et villageois. Le repas fut servi sur de longues tables donnant sur le parc. Claire se joignit à l'orchestre local pour faire danser les convives.

— Tu es vraiment heureuse ? voulut savoir Elizabeth tandis qu'elle aidait sa fille à ôter son voile.

— Oh oui, répondit Daisy, consciente de la tristesse de sa mère. Il n'est pas duc, mais c'est un lord anglais !

— Je ne suis pas déçue, tu sais. J'ai été surprise, oui, voire choquée, mais pas déçue. Je redoutais tellement de t'avoir poussée à épouser quelqu'un que tu n'aimais pas pour te racheter. Je regrette le mal que je t'ai fait dans le Nevada. Je voulais faire au mieux et j'ai blessé de nombreuses personnes. Si seulement ton père avait été là pour me guider...

— Tout est bien qui finit bien, maman. Je suis mariée avec un homme merveilleux. Ne sois pas triste, je t'en supplie.

— Je regrette simplement que ton père ne soit pas là pour voir la femme que tu es devenue, soupira Elizabeth. Il a toujours cru en toi, j'aurais dû m'en souvenir. Il serait si fier ! Et je le suis aussi.

Les larmes aux yeux, elle étreignit sa fille avec force.

Plus tard, Daisy montra à ses sœurs la bague que lui avait offerte Ashton.

— Sa mère la portait pour son mariage. Ashton et Arthur l'ont sortie d'un coffre-fort à Londres, la semaine dernière.

— Oh ! Et il n'est même pas duc ! s'extasia Sarah.

Ses sœurs et elle se joignirent à un groupe qui dansait près de l'étang, puis participèrent à une farandole endiablée qui les laissa hors d'haleine.

Lorsque la musique cessa, Ashton entraîna la mariée dans la maison où des invités flânaient et admiraient les tableaux. L'attirant dans une alcôve, il la gratifia d'un baiser fougueux.

— Je t'ai vue danser, souffla-t-il avant de l'embrasser dans le cou.

— Je t'ai vu me regarder, avoua-t-elle. Je dansais pour toi.

— Seigneur, souffla-t-il.

Tandis qu'elle essayait de remettre de l'ordre dans sa coiffure, il lui prit la main et se dirigea vers l'escalier de service qui menait aux étages supérieurs.

Daisy devinait où il l'emmenait et brûlait d'impatience.

— Laquelle est ta chambre ? demanda-t-il.

Une fois à l'intérieur, il ferma la porte à clé et ils se retrouvèrent seuls au monde.

— Je t'aime, Ashton, souffla-t-elle entre deux baisers ardents.

— Je t'aime aussi, lady Daisy, ma tentatrice de femme. Et si je ne retire pas ce manteau, je vais me consumer sur place.

Il ôta son manteau et déboutonna son gilet pendant qu'elle se débattait avec sa traîne et les innombrables boutons de sa robe.

— Tu as besoin d'aide, on dirait, commenta Ashton avec un rire rauque.

Il la fit pivoter et dégrafa un à un les petits boutons de nacre en déposant chaque fois un baiser sur son dos qu'il dévoilait peu à peu. Elle en eut la chair de poule et frémit de la tête aux pieds.

— C'est ainsi que tout a commencé, dit-il en s'attaquant à ses sous-vêtements.

— Quoi donc ?

— Les boutons... dans la bibliothèque des Mountjoy. Qui aurait deviné que nous en arriverions là ?

Elle se débarrassa de son corset, puis de ses jupons et de sa culotte. Quand sa robe fut entièrement déboutonnée, elle était nue dessous.

Les mains tremblantes, Ashton tira lentement sur la robe jusqu'à ce qu'elle forme un cercle soyeux à ses pieds. Il caressa ses épaules nues, ses seins frémissants, sa taille fine.

— Tu es si belle, Daisy. Je n'arrive pas à croire que tu sois à moi.

Les yeux humides, elle lui sourit.

— À toi de te dévêtir, cher mari ! dit-elle en s'attaquant à ses vêtements.

En moins de temps qu'il n'en faut pour le dire, il se retrouva nu devant elle, l'air un peu embarrassé. Ses ecchymoses et ses contusions arrachèrent un cri à Daisy.

— Oh, mon Dieu, Ashton, j'ignorais que c'était si grave !

— Notre nuit de noces n'en pâtira pas, je te le promets.

Pour le lui prouver, il la plaqua contre lui.

— Dieu merci, car j'attends ce moment depuis... toujours.

Leurs bouches affamées se trouvèrent, puis leurs langues se livrèrent à une danse érotique tandis qu'ils se dirigeaient vers le lit sur lequel ils se laissèrent tomber.

Ashton traça un chemin de baisers brûlants sur son corps, léchant et suçant les pointes de ses seins, faisant courir sa langue sur son ventre, puis plus bas, entre les pétales humides de sa féminité.

N'y tenant plus, Daisy le fit rouler sur le dos et embrassa son corps avec un mélange de douceur et d'avidité. Lorsqu'elle dessina des cercles de la langue autour d'un mamelon, il gémit.

En réponse, elle ondula sensuellement contre lui et murmura :

— Regarde ce que tu me fai...

En une fraction de seconde, il la fit basculer sur le dos, se positionna entre ses cuisses et commença à entrer lentement en elle, ses yeux rivés aux siens. Ses coups de reins lui arrachèrent un cri rauque, et quand la vague de la jouissance les emporta, ils ne formaient plus qu'une seule chair.

Lorsque Ashton roula sur le dos, pantelant, elle se lova contre lui, un sourire rêveur aux lèvres.

— On dirait une petite chatte repue, murmura-t-il en lui caressant la joue.

— Je n'ai jamais été aussi heureuse, avoua-t-elle. J'aimerais que tout le monde puisse connaître ce bonheur. Surtout Arthur...

— Cela pourrait bien lui arriver un jour.

Se hissant sur son avant-bras, il lui effleura le creux de la taille.

— J'ai quelque chose à te dire.

— Cela a l'air sérieux.

— Nous n'allons pas partir tout de suite pour New York.

— Ah bon ?

— Je sais que tu es pressée de me présenter à ces grandes familles américaines, mais il faudra patienter un peu.

— Pourquoi ? Que se passe-t-il ?

— Arthur… ne sera pas là… et j'ai accepté de m'occuper de Betancourt en son absence.

— Nous le ferons ensemble. Où sera Arthur ?

— Il veut voyager. Il a besoin de voir le monde avant de s'installer vraiment… Il a signé des documents pour faire de moi son héritier et me léguer son titre s'il lui arrivait quelque chose ou s'il ne rentrait pas en Angleterre avant cinq ans. Tout va bien ? ajouta-t-il, inquiet, en voyant son expression changer. Je sais que c'est une surprise.

— Vous avez manigancé cela ensemble ? Sans m'en parler ?

— Tu en avais déjà discuté avec Arthur. Tu l'as encouragé à voyager, m'a-t-il dit. Tu seras duchesse dans les faits.

— Et toi duc, ajouta-t-elle, consciente de l'ironie de la chose. Tu es sûr que c'est ce que tu souhaites ? Tu ne dois plus rien à ton frère, tu sais. Tu n'as pas envie de voyager ? D'aller dans le Nevada ? Ou à New York ?

— J'ai déjà voyagé. Et j'ai l'impression que je n'en ai pas terminé ici. Cela ne t'ennuie pas de m'aider à redonner à Betancourt sa splendeur d'antan ?

La lueur d'espoir dans ses yeux, l'amour dans son regard… Comment refuser ?

— À une condition. Dès que je serai enceinte, nous irons à New York. Je veux que mes enfants naissent aux États-Unis.

Il rit et l'attira à lui.

— Cela devrait pouvoir s'arranger.

34

Les festivités se poursuivirent jusqu'à la nuit. Certains invités s'enquirent des mariés, quoique pas au point de partir à leur recherche. Plus tard, Colette alla frapper discrètement à la porte de Daisy, qu'elle trouva fermée à clé. Elle informa la famille que la lune de miel avait commencé.

Étrangement, personne ne chercha Arthur jusqu'au dîner. Quand Daisy et Ashton rejoignirent la famille, celui-ci sortit une lettre de sa poche et la lut à voix haute. Arthur cédait le contrôle de Betancourt à son frère durant son absence. Si Red s'en réjouit, la comtesse et Elizabeth en demeurèrent sans voix. Les sœurs de Daisy, quant à elles, s'avouèrent contrariées d'être privées de la compagnie d'Arthur, un si beau parti.

Ç'avait été une belle journée pour épouser… le frère d'un duc. Elle marqua aussi le début d'une nouvelle ère à Betancourt. Au cours des mois qui suivirent, les invités se succédèrent et d'anciens métayers revinrent occuper les cottages du domaine. Moutons, volailles, cochons et canards réapparurent. Les toitures furent réparées, une plomberie moderne installée et toutes les chambres redécorées. À la fin de l'année, ils envisageaient d'installer l'électricité et, comble du luxe, le téléphone.

Elizabeth et ses filles prirent leurs quartiers dans la résidence londonienne, engagèrent de nouveaux domestiques et furent introduites dans la haute société par la comtesse.

Après dix-huit mois de mariage, Daisy entra un jour dans le bureau de son mari, le visage pâle, les mains crispées sur son estomac.

— Chéri, il est temps de préparer notre voyage à New York.

— Vraiment ? s'exclama-t-il en se levant d'un bond.

Il contourna le bureau et la prit dans ses bras.

— Il était temps ! Je commençais à me demander si j'aurais un jour l'occasion de charmer cette vieille gorgone de Mme Vanderbilt.

Note de l'auteure

J'espère que vous avez apprécié l'histoire de Daisy et Ashton. J'ai adoré créer la famille Bumgarten.

Sur le plan historique, je précise que si les Meridian déploraient cette vague d'Américaines fortunées venues chercher un mari titré à la fin de l'époque victorienne, tout le monde n'était pas aussi sévère. Pas moins de deux cents de ces mariages auraient eu lieu, si bien qu'une bonne dose de sang américain fut injectée dans les lignées de l'aristocratie britannique. S'ils ne firent pas toujours l'unanimité, l'argent et l'influence vinrent à bout de bien des tensions.

Ces mariages n'étaient cependant pas forcément heureux. Les réflexions d'Ashton sur les exigences liées à un titre et les difficultés rencontrées par ces jeunes Américaines ne sont pas une légende. L'un des meilleurs exemples en est Jennie Jerome Churchill, la mère de Winston Churchill, dont la famille fut rejetée par la bonne société new-yorkaise car ils étaient considérés comme des « nouveaux riches ». La mère de Jennie l'emmena à Londres, lui offrit pour 450 000 dollars de robes signées Worth et obtint vite un résultat. Jennie épousa le sémillant lord Randolph Churchill et, très vite, les liaisons s'enchaînèrent. Jennie n'en continua pas moins d'aimer son mari et le soigna tandis qu'il se mourait de la syphilis, mais ils ne partagèrent pas grand-chose à part un nom et une grande maison déserte.

Autre exemple : Consuelo Yznaga, duchesse de Manchester. Elle rencontra le vicomte de Mandeville alors qu'il était aux États-Unis pour une expédition « de chasse ». En réalité, il cherchait une épouse fortunée susceptible d'éponger ses dettes de jeu. C'était un coureur de jupons et un joueur qui fréquentait les prostituées. Inutile de dire que Consuelo ne fut pas heureuse en ménage, même si elle appréciait le titre de son mari... et les autres maris nobles qui ajoutèrent à son statut au fil des années.

Cet inventaire des principales Américaines en quête d'un mari titré ne serait pas complet sans Frances Ellen Work, héritière américaine qui épousa le scandaleux James Roche, troisième baron Fermoy. Roche était aussi un joueur et un tel débauché que le père de Frances dut traverser l'Atlantique pour tirer sa fille et ses enfants des griffes de son mari. Ses petits-fils prirent le nom de Work. Ils finirent par regagner l'Angleterre pour assumer les responsabilités liées au titre de leur père, dont le patrimoine avait fondu comme neige au soleil. L'arrière-petite-fille de leur sœur ne fut autre que lady Diana Spencer, princesse de Galles. Les descendants de la malheureuse Frances, les princes William et George, sont donc les héritiers du trône. Pas si mal, non ?

Ainsi, la détermination de Daisy à faire un beau mariage était une réalité. Le combat d'Ashton en tant que fils cadet est hélas celui de nombreux cadets de la haute société anglaise. La rivalité entre frères étant fréquente, on peut se demander combien de fils cadets de la noblesse se montrèrent aussi dévoués à leur aîné qu'Ashton.

AVENTURES & PASSIONS

1er juin

Suzanne Enoch

La famille Griffin - Une vision de rêve

Inédit

Dès que lady Sarala Carlisle apparaît dans la salle de bal, au premier coup d'œil Charlemagne la désire. Elle n'est pas particulièrement futée, comme il ne tarde pas à le découvrir, mais elle possède des atours bien plus intéressants à ses yeux. Et lorsqu'il réalise, à ses dépens, que sa singulière beauté dissimule une vive intelligence et qu'elle vient de le doubler, il risque de perdre son cœur car lady Sarala est passée maître dans l'art de la séduction.

✦

Caroline Linden

L'héritage Carlyle - Le prétendant anglais

Inédit

La duchesse de Carlyle vient de perdre son dernier fils. Sans descendants, qui pourrait succéder au duc ? Elle décide de choisir entre deux cousins éloignés, Maximilian et Andrew, celui qui sera le plus à même d'assumer la charge du duché. Max, le mauvais garçon, accepte le défi et se lance à la conquête du titre. Il commence par s'intéresser à l'entreprise de faïencerie de Samuel Tate qu'il a rencontré lors d'un dîner, sans se douter que les deux filles de ce dernier, la douce Cathy et l'indocile Bianca pourraient bien mettre en péril ses projets et ceux de sa tante.

Cathy Maxwell

Le club de Maidenshop - Aux bons soins de Gemma

Inédit

Pour fuir un mari détestable, Gemma Estep est venue s'installer à Maidenshop où elle entend vivre en femme indépendante. Elle a trouvé du travail au pub du village, *Le Garland*, qu'elle entend bien rénover. Or, son projet se heurte au Dr Ned Thurlow, séduisant célibataire et fervent animateur des soirées du *Garland*. Qui est donc cette Écossaise qui veut transformer le pub en salon de thé ? Une aventurière au passé trouble qu'il faut renvoyer et tout de suite ! Mais, la flamboyante Gemma inspire au médecin des désirs inavouables...

✦

Renee Ann Miller

Les fripouilles - Le bourreau des cœurs

Inédit

Depuis que le vicomte Adler, Simon Marlton s'est installé en face de chez Emma Trafford, le nombre de femmes que ce don Juan reçoit est impressionnant. La jeune portraitiste n'est pas la seule à observer les allées et venues de son séduisant voisin. Sa jeune sœur, Lily, également. D'ailleurs, cette dernière est persuadée qu'elle a vu le vicomte commettre un crime et déclare à Emma qu'elle va s'introduire chez cette crapule. Sur place, alors que les deux curieuses sont sur le point d'être découvertes par le vicomte, Emma se jette au cou de Simon, afin de permettre à sa sœur de s'enfuir, sans soupçonner les conséquences de ce simple baiser...

Julia Quinn

Les Lyndon - Je t'offrirai la lune

Inédit

Victoria Lyndon est gouvernante dans une famille de la petite baronnie de province, les Hollingwood. Fille de vicaire, elle a vécu dans l'ombre d'un père sévère qui lui a donné une éducation solide mais stricte. Un jour, elle apprend que la famille où elle travaille s'apprête à recevoir le comte de Macclesfield, Robert Kemble. La jeune femme prend peur. Elle connaît Robert Kemble avec lequel elle a failli s'enfuir sept ans plus tôt. Trahie, elle a tout perdu et a été chassée de la maison paternelle. Aujourd'hui, bouleversée à l'idée de revoir celui qu'elle a tant aimé, elle va tout faire pour éviter cet homme surgi de son passé.

✦

Sarah MacLean

Le cercle des canailles - La curiosité est un vilain défaut

Lady Philippa Needham est une excentrique. Elle passe plus de temps dans ses livres qu'aux bals, se soucie plus de la flore que de la mode, des sciences que des mondanités. Fiancée à lord Castleton, elle veut, avant son mariage, découvrir les endroits les plus scandaleux de Londres, ainsi que lever les mystères de la nuit de noce. Pour y parvenir, elle fait appel à Cross, l'associé de son beau-frère à la réputation sulfureuse. Très vite, les talents du jeune homme vont entraîner Philippa bien au-delà de ce qu'elle avait imaginé...

Monica McCarty

Les chevaliers des Highlands - La vigie

1307, Écosse. Lorsqu'il reçoit l'ordre de s'infiltrer dans le clan du chef qui a assassiné son père, Arthur Campbell veut en profiter pour prendre sa revanche. Mais sa ferme résolution est ébranlée lorsqu'il croise le regard ardent d'une beauté aux cheveux d'or : la fille de son ennemi… Tandis que la traîtrise, le danger et la menace d'une guerre imminente les poussent irrésistiblement dans les bras l'un de l'autre, Arthur va devoir faire un choix cornélien entre l'amour et la vengeance.

Sélection

1er juin

Jill Mansell

Petits mensonges entre voisins

La vie de Dex, don Juan impénitent, est bouleversée quand sa sœur Laura meurt subitement. Tuteur du bébé de Laura, il décide de l'élever à la campagne dans son cottage des Bruyères, charmant village anglais. Si la petite Delphi est craquante, Dex doit reconnaître que les bébés, ce n'est pas du tout son truc. Un soir, au bout du rouleau, il frappe à la porte du café d'à côté, où la pétillante Molly donne des cours de dessin. Touchée par son histoire, la jeune femme le rassure. Il va s'en sortir. Et entre voisins, il faut s'aider !

✦

Rachel Gibson

Sauve-moi !

Sadie Hollowell a 33 ans. Bombardée demoiselle d'honneur, elle se retrouve engoncée dans une robe bonbon. La veille, elle a secouru un inconnu tombé en panne au bord de la route. Lorsqu'il lui a demandé comment il pouvait la remercier, elle lui a proposé d'être son cavalier au mariage de sa cousine. Le bel étranger a décliné l'invitation. Lorsqu'il apparaît - car il a finalement décidé d'honorer sa dette -, elle est entourée d'une horde de vieilles tantes indiscrètes qui la harcèlent de questions : « Pourquoi n'es-tu pas mariée ? Pourquoi es-tu venue seule ?» Sadie, exaspérée, accueille son chaperon en lui soufflant à l'oreille : « Sauve-moi ! »

13489

Composition
FACOMPO

Achevé d'imprimer en Italie
par GRAFICA VENETA
le 4 avril 2022

Dépôt légal : mai 2022
EAN 9782290372449
OTP L21EPSN002464N001

ÉDITIONS J'AI LU
87, quai Panhard-et-Levassor, 75013 Paris

Diffusion France et étranger : Flammarion